U0031104

那些得不到保護的人

中山七里

劉姿君——譯

目次

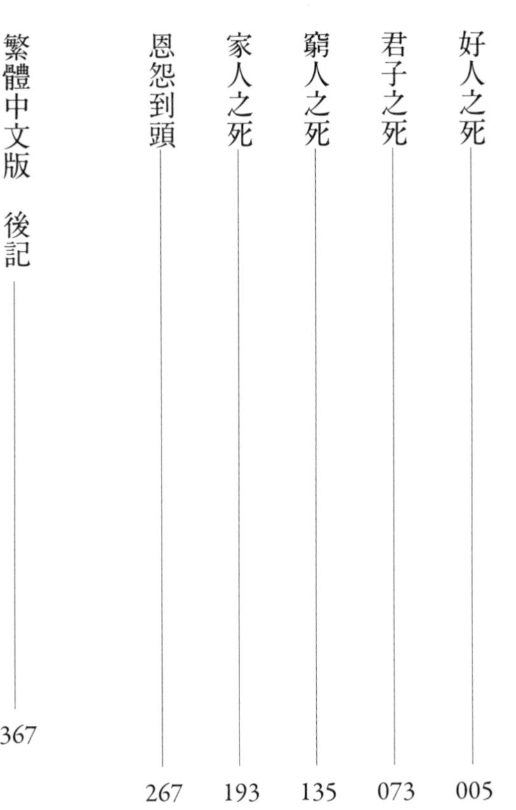

好人之死 005
君子之死 073
窮人之死 135
家人之死 193
恩怨到頭 267
繁體中文版　後記 367

好人之死

1

牆上的時鐘走過晚間七點時，正好處理完最後一份待核文件。三雲忠勝將桌上所有的文件全放進分配給自己使用的文件櫃，上了鎖，確認櫃門都關好了。慎重再慎重——這是三雲一貫的作風。

「辛苦了。還不下班嗎？」

三雲對還留在辦公室裡的澤見這麼說，只見澤見在電腦前無力搖頭。

「申請書還有四張，大概還要一個鐘頭吧。」

雖然很想幫忙，但自己居於蓋章核可的立場，不宜插手那些案件。

留下一句「差不多了就收工吧」，離開了辦公室。

走出青葉區公所大樓時，仙台街頭已在霓虹燈下昏然閃爍。車聲中也響起了年輕女子的嬌聲，幽靜建築群中的喧囂。若是初次到訪，恐怕很難想像短短四年前這裡曾遭逢前所未有的大地震。事實上，災後最早復原的便是仙台市。鹽釜港附近的宮城野區和若林區等地儘管損傷慘重，但來自各地的人員、物資、金援匯聚，有效的催動了復興工程。

然而，市街恢復了生氣，並不能保證生活在其中的人們的心也復原了。有人失去了親人，有人失去了家，有人失去了心。人人心中都各有缺憾。

三雲還算幸運的。雖失去了住在沿岸的哥哥嫂嫂和兩個姪兒，至少自己一家平安無事。也許有人會批評他不近人情，但他相信將所有的愛傾注在倖存者身上才是對逝者最好的供養。

不知老婆的心情如何？今晚的菜色會是自己愛吃的嗎？邊走邊想時，背後忽然有人叫了他。

「三雲先生。」

一回頭，是個意外的人物。

「你怎麼會在這裡……」

「我在等你呀。」

*

『你們家的公寓好臭。』

接到電話的那一刻，寺山厭倦地想：啊啊，又來了。

前來投訴的是住在附近的多惠婆婆。她的散步路線會經過寺山名下的公寓前方，明明是別人土地上的問題，她就是要挑毛病，像是雜草長到人行道啦，缺德的人亂丟垃圾丟到外面啦。寺山有時甚至懷疑她散步是為了找投訴的題材。

『這樣真的會讓鄰居很困擾，麻煩處理一下。』

「好好好，知道了啦。」

放下聽筒看看牆上的鐘。上午八點剛過不久。寺山按捺著滿腔牢騷，準備外出。

遭投訴的公寓建於寺山自家的五十公尺外。那幢公寓是很久以前寺山投入了整筆退休金蓋的，三十年後自然老舊了。再加上地點不討喜，兩年前便已化為空無一人的幽靈公寓。

這種事在地方都市很常見：市區因新幹線通車一分為二，一盛一衰。即便他們仙台是東北第一大都市也不例外，仙台車站西口那邊越來越熱鬧，東口這邊被劃為農地仍未變更，人口也沒有增加。寺山所住的若林區至今仍殘留著老住宅區，這是不討喜的原因之一。乾脆把老房子拆了整建為收費停車場，搞不好收益還能有所改善，偏偏連拆建的費用都籌不出來。沒房客收不到房租，但現在固定資產稅還很低，也只能擺著了。

不久寺山到達了自己的出租公寓「日出莊」。褪色的牆處處龜裂，鐵樓梯早已過時。與名稱背道而馳的破落樣，看一次嘆一次。

一靠近，果真惡臭撲鼻，是水果爛掉的那種甜餿味。看樣子是缺德的人亂倒生鮮廚餘。異臭是從一樓三號室發出來的。寺山進了公寓，打開三號室的門——不禁慘然呻吟。

房裡倒著一具看似屍體的東西。

十月十五日，接到若林區荒井香取發現一具屍體的通報，縣警搜查一課的笘篠誠一郎草草解決了遲來的早餐，前往現場。

儘管十月之後早晚明顯偏涼，白天太陽還是大得讓人冒汗。據說發現屍體的老公寓惡臭大作，不難想見屍體已因室溫腐敗到相當程度。

目前尚未收到死者是誰、死於何種狀況等詳細資料。但從轄區警署慌忙的反應，可見其中有謀殺的可能。同時也不能排除獨居老人孤獨死的可能性。畢竟地震之後，痛失親人、家鄉的老人家悄然死去的例子絡繹不絕。市中心雖已復原了不少，此地仍是爪痕宛然。遲遲沒有進展的復興工程與難以填補的失意，使東北人日日在愁悶中度過。笘篠也是其中之一。

抵達現場，只見該公寓入口已設置了藍色防水布圍幕，顯示驗屍已經開始或已結束。

「辛苦了！」

先行抵達的蓮田跑過來。不愧是自國中便一直隸屬於運動社團的人，在階級分明的警察體系中更加嚴守上下關係，只是這麼規矩倒是讓笘篠略嫌厭煩。

「驗完屍了嗎？」

「正好剛驗完。不過鑑識還在現場採集證物。」

與蓮田一同走進藍色防水布圍幕，頓時惡臭撲鼻。本能叫他避諱同類的屍臭，以至於調到搜查一課都快十年了還是習慣不了這味道。

陳屍現場三號室格局老舊，三坪的房間附上聊勝於無的廚房和衛浴。三名鑑識課員蹲在室內，唐澤檢視官俯視著他們以及倒在中央的屍體。

「喔喔，笘篠先生，辛苦了。」

唐澤出聲招呼，但笘篠的注意力全集中在屍體上。

屍體不但四肢遭到綑綁，嘴巴也被塞住了。

笘篠先合掌行了一禮，才又細看屍體。屍體四肢以封箱膠帶綑了好幾層。嘴巴同樣也以封箱膠帶封住，只有鼻子倖免。笘篠覺得奇怪的是封箱膠帶的狀態。膠帶表面上有好幾條皺摺。

「是典型的餓死症狀。」

唐澤若無其事地說。

「全身肌肉異常萎縮。體重明顯減少，應該也是因為各個器官的重量都減輕了。死者這個狀態自然連水分都無法攝取，所以也有可能是在餓死之前便已出現脫水症狀。大約已死亡兩天。」

膠帶上的皺摺是肌肉收縮造成的嗎？

「未經司法解剖，我也不敢確定就是了。畢竟我沒有多少驗餓死屍體的經驗。」

唐澤的說法卸責意味濃厚。因為過去雖少有餓死案例，這幾年卻因孤獨死的增加而明顯變多了。

「來把封箱膠帶撕下來吧。」

請鑑識動手小心翼翼撕下封箱膠帶，然後脫去死者的衣物。不久，腹部已腐敗變色的軀體便裸裎於眼前。

腐敗，是人體內的常在菌侵蝕內部組織的現象。通常首見於下腹部，這具屍體也是自腹部至胸部變為青黑色。雖死於飢餓狀態，腹部卻因腸道氣體而不自然地膨脹。

膨脹的腹部之所以顯得不自然，是因為屍體的臉在肌肉收縮之前是瘦的。年齡約五十歲，身高中等，男性。笘篠由服裝推斷多半不是從事體力勞動，多半是從事業務或內勤。

由於遭到綁縛，不可能是自然死亡。是遭人綁架、剝奪行動自由，在無法求救的情形下被棄置。本人在飢渴交加中備受折磨慢慢死去。細想之下，沒有比這更殘酷的殺人方式了。

笘篠立即想到的是仇殺。若純粹是為錢，不會採取如此耗時費力的做法。

「找到死者的證件了。」

翻看死者衣物的鑑識課員揚聲說。

「錢包裡有四張萬圓鈔，八張千圓鈔，少許零錢。還有駕照和員工證。」

既然現金四萬八千多都沒碰，強盜殺人這條線就完全不必考慮了。

迅速封入塑膠袋的證件傳到笘篠手中。

對照屍體與證件上的大頭照，雖衰弱許多，仍是本人無誤。

〈姓名　三雲忠勝　昭和四十三年（一九六八年）八月六日生。住址　宮城縣仙台市青葉區國府町〇—〇〉

接著看員工證，笘篠的視線瞬間緊黏在發行單位上動不了。

〈仙台市青葉區福祉保健事務所[註一]**　保護第一課課長　三雲忠勝〉**

「竟然是福祉保健事務所的課長。」

註一：福祉保健事務所：日本政府單位。掌管衛生福利的部門。

笘篠不禁失聲說道。固然是因為猜中了死者從事業務或內勤，但更令人吃驚的是他的身分。從旁探頭過來看的蓮田也一臉意外。

「福祉保健事務所的課長職位也算不低了吧。身上帶的錢也不少。」

「這個年紀帶四萬八是在常識範圍內哦。」

「咦！是嗎？」

「我年輕的時候，就被教說幾歲身上就要帶幾張千圓鈔。沒人教過你嗎？」

話說出口笘篠就後悔了。蓮田的表情顯得非常受傷，但這不是他的錯。是至今帶他的前輩指導不力。

然而，有一件事比蓮田的臉色更令人痛心。不是別的，正是三雲的遺憾。眼睜睜看著自己不斷衰弱卻連死期都無從選擇的痛苦。由於只有行動受限，嚥下最後一口氣前他有的是時間思考。痛苦、悲哀、不甘，以及對身後的親人朋友的後悔——。

笘篠又看了一次駕照上的照片。證件照大多面無表情，但即便扣除這一點，那仍是一張好人的臉。三雲與自己同為公務員，而且還是從事福祉保健的人。三雲的立場是保護社會弱勢，自己是為犯罪被害者討公道而奔走，兩人有共通之處。因而比平常對死者更加同情，對凶手更加憤怒。

笘篠叫住鑑識問道：

「有沒有發現任何疑似凶手的東西？」

然而，鑑識課員個個臉色無精打采。先到場的轄區調查員說出了其中原因。

「本來這棟公寓兩年前就沒人租了，地上也積了厚厚一層灰。」

「那應該更容易找出死者和凶手的腳印和殘留物吧？」

「可是……凶手是用拖的把死者帶進來的。而且在離開的時候，應該是沿著來時的痕跡走，既沒有留下立體印痕，也沒有平面印痕。但願可以驗出凶手的體液或毛髮。」

「這樣的話，玄關的硬泥地那裡應該會留下腳印吧？」

「有凶手自行清除過的行跡。」

笘篠低低呻吟。懂得清除自己的腳印，如此細心的凶手，只怕不會輕易留下體液和毛髮。

「指紋成為一般常識之後，不是很多犯人都會戴手套犯案嗎？這也是同樣的道理。這年頭的警探片都以科學辦案的專業知識為主題，犯罪者對辦案經過也越來越了解，實在是給我們實際辦案的人找麻煩。」

對此笘篠也有同感。最近甚至有外國人複製他人指紋非法入境的。犯罪手法與科學辦案無窮無盡的你追我趕並非現在才開始，但不免覺得拍得好的推理劇確實成了犯罪者的啟蒙。

「只是，長久以來沒有人出入反而是好事。不明指紋和第三者的殘留物應該很少，能夠採到凶手殘留物的機會一定不小。」

笘篠與蓮田將希望寄託在鑑識課員這句話上，離開了房間。在公寓大門那裡，遇到了之前因共同辦案而熟識的仙台中央署的飯田。

「哦，原來本部的專員是笘篠先生啊！」

飯田一看到笘篠便燦然一笑。他比笘篠小兩歲，個性隨和，在轄區強行犯係[註二]中是最談得來的。

「現在正針對周邊居民進行訪查。凶手肯定熟悉這個地方。」

飯田的語氣聽得出自信。

「有什麼根據嗎？」

「就像你看到的，這是棟幾近廢墟的老公寓，而沒有人會在有人居住的地方監禁被害者。凶手一定是知道這棟公寓沒有人。」

所以才說熟悉這個地方嗎？

的確，如果不是監看一整天確定有沒有人出入，便無法斷定一棟公寓沒有人住。即使能從外觀推測，但不能確定沒有住戶便有可能遭到目擊，凶手應該不會冒這個險。

「目前還沒有得到目擊證詞說看到有人白天在這棟公寓附近徘徊。」

「所以你才會解釋說，是本來就知道有這棟公寓的人，等到沒有行人的深夜把被害者弄進來的？」

「對啊。這樣嫌犯的範圍就小很多了。」

「那麼，鑰匙的問題呢？」

「這個問題是有點頭痛……不過，最好直接問房東，也就是屍體的第一發現者。這邊請。」

在飯田的邀約下，笘篠與蓮田前往與藍色塑膠布圍幕有段距離的一區。一個八十歲左右的老人無所事事地被留在那裡候傳。

「這位是『日出莊』的房東寺山公望先生。」

「我是宮城縣警搜查一課的笘篠，謝謝您一早便來協助辦案。」

寺山口中說著你好，低頭行禮，卻一副心不在焉的樣子。

「寺山先生，聽說您是因為鄰居的通報發現屍體的？」

「是啊。有個老太太散步都會經過公寓前面。她來跟我抱怨說經過的時候聞到惡臭。我一進味道最重的三號室就發現屍體，馬上就報警了。」

「虧您認得出是屍體。您是過去確定心跳停止之類的嗎？」

「是不是屍體一看就知道。」

「哦。可是那具屍體沒有外傷啊？」

「我小時候遇過仙台空襲。看過被炸死、燒死的屍體，也看過餓死的。所以我一眼就看出那是餓死的。」

「您的公寓門窗都上了鎖嗎？」

「當然沒有啊。」

「咦！」

「不是我要說說，但這房子的拆除費用還比固定資產稅高。我是在等它自然腐朽。就算有人闖進來，也沒有東西好偷，不要說窗戶了，連大門都沒上鎖。」

人在旁邊的飯田臉色不好看。

註二：強行犯係：管殺人、強盜、誘拐、放火等兇惡事件。

「在防範犯罪上，這種做法令人難以苟同。要是變成遊民的巢穴，您打算怎麼辦？」
「你是說要因為這樣逮捕我？」
寺山衝著飯田來。
「你們這些公務員真的很惡質。遇到煩難事就推拖延宕，只會挑簡單、看得到成果的事做。稅金從容易徵收的徵收，年金卻是最難搞的最先發。在逮捕犯人之前先逮捕我這個屋主，真是豈有此理。」
笘篠他們設法安撫了激動的寺山，將在現場能看能問的都看過問過。司法解剖、鑑識、訪查全都要等候結果。但笘篠他們仍留在現場，為的是得到通知的死者家屬即將趕到。
問完寺山不久，三雲的妻子尚美現身了。
「聽、聽說找到我先生了，真的嗎？」
她一定是接到通知便匆匆出門。連妝都沒化，頭髮也是隨手紮在腦後而已。
「啊，三雲太太，請您鎮定些。」
請家屬認屍是現場最煩人的工作之一。才剛讓轄區的飯田處理寺山的抗議，所以笘篠主動攬下了這件工作。不動聲色一個眼神遞過去，飯田便過意不去地低頭行了一禮。
「他、他半個月前就音訊全無，我報警之後一直在等消息。」
換句話說，三雲月初就失蹤了。從唐澤判斷死者已死亡兩日倒推，他是在兩週內慢慢餓死的。
「真的、真的是我先生嗎？沒有認錯人嗎？」
「請您來便是為了請您認人。」

尚美像看什麼極其不祥之物般看著藍色塑膠布，然後才猛然想起般掩住口鼻。看來她終於察覺蔓延到附近的腐臭味了。藍色塑膠布與腐臭味，兩者湊在一起，為尚美帶來難以言喻的不安。

「也許對三雲太太而言，結果會令人傷心……」

還請您不要激動——這句話笘篠嚥了回去。這樣要求家屬未免太過殘酷。

帶尚美進了三號室，讓她站在覆蓋著白布的屍體頭部旁。

「請確認是否是您先生。」

笘篠靜靜掀開白布，只露出頭部。

一見到屍體的面孔，尚美雙眼大睜，仍掩著口鼻便當場癱軟。

「太太。」

「是我先生，是我先生沒錯。」

一旦認完屍，也不能讓家屬一直伴在屍體旁。儘管家屬捨不得離開，但不巧這裡是犯案現場。只好請家屬把哀傷留到司法解剖結束後的停屍間。

原本擔心尚美看到丈夫的屍體會哭天搶地，但她卻只是茫然自失，既不吵鬧也不抵抗。聽聞出了事的消息，好奇圍觀的民眾和媒體記者已群聚在「日出莊」四周。笘篠先讓尚美坐進警車。目的地雖是縣警本部，但三雲家與縣警本部同在青葉區，正好順路。而且比起在本部問話，在車上問緊張的程度會減少許多。笘篠將駕駛的工作交給蓮田，自己與尚美坐進後座。

「您想必非常震驚……現在心情平靜些了嗎？」

尚美點頭答是，卻仍掩著嘴。剛才多半是為了忍受惡臭，現在顯然是為了忍住嗚咽。

「方便說話嗎？」

尚美不作聲又點了一次頭。

「您先生失去聯絡，確切是從什麼時候開始的？」

「……十月一日的傍晚。平常他再晚歸，十點前都一定會到家，那天卻沒回來，也沒打電話回家……我想他會不會是臨時有聚會要外宿，可是打手機、發簡訊他都沒回……」

「您是什麼時候報警的？」

「隔天。我想搞不好他去上班了，打電話去區公所，他們說他沒去上班。」

「您十月二日報警，之後就沒有消息？」

「我不止報警，還每天都去署裡問。我強調我先生從來沒有兩天都沒跟家裡聯絡，所以一定是出事了，可是署裡的人都不當一回事……」

笘篠很慶幸飯田不在場。認真顧家的丈夫某天突然斷了音訊的事情絕不罕見。尤其是地震之後，失去親人變成孑然一身的人宛如神隱般不見蹤影的例子一直零星發生。

非得是明確的案子，否則警方不會認真尋找失蹤人士——民間一直如此指責，於是當事情演變成刑事案件時難免備受非議，但宮城縣以及整個東北地方的警察又有地震這個特殊背景因素。說實話，要一一搜索因地震蒙受精神上的痛苦而刻意斷絕音訊的人非常困難。再加上很多負責搜索的警察也在地震中失去了親人，能夠理解失蹤者的心情，也成為他們不願主動加以搜索的主要因素之一。

尚美細數著警方遲遲不願著手偵辦三雲失蹤案的藉口，或許再也忍不住了吧，開始嗚咽。大概是狹小的車內空間裡只有笘篠和蓮田使她少了顧忌，嗚咽聲越來越大。

笘篠很清楚，在這種情況下，就算提問，對方也無法好好回答，便決定暫時不開口，靜待尚美恢復鎮定。

哭了一陣子，尚美似乎累了，行禮說對不起。

「我失態了……現在沒事了。」

一雙眼睛哭得又紅又腫。簡直像在短短幾分鐘內便把淚水哭乾了。

「我先生是被殺的嗎？」

「我們認為遭到殺害的可能性很大。」

「他是怎麼被殺的？」

「沒有外傷，也不像被下毒。多半是不給食物、不給水喝，被丟在那裡。」

一聽這話，尚美又垂下了頭。

「好狠……太狠了。我先生為什麼會死得這麼慘？」

「三雲先生錢包裡的東西沒有被碰過，所以強盜殺人的可能性很低。」

「那麼，你是說我先生是跟人結怨而被殺的？」

「您知不知道有誰對三雲先生有這麼深的怨恨？」

「完全不知道。」

尚美不假思索地回答。

「我先生是個大好人，就連我都覺得他做人好過頭了。也許有人瞧他不起，但絕對不會有人說他不好。他真的善良得讓人看不下去。」

尚美一股腦兒地說，為自己先生打抱不平。

「他升遷得比別人慢，說起來也要怪他人太好。無論是對家人還是對朋友，他都把別人擺在自己前面。這樣一個人會和人結怨？我根本無法想像。」

笘篠心想，這種事常有。無論結褵多久，妻子看到的終歸只是在家庭之內，也就是僅限於為夫為父的一面。一個人在職場上的角色與丈夫父親截然不同。舉例而言，專事虐殺屠戮的納粹軍官，回到家不也是好丈夫、好爸爸嗎？

「像下雨天，還會把傘借人自己淋雨回家，他就是這種人。到底有誰會恨他恨得要他的命？」

「想必他在家也是個好好先生吧。」

「是啊。我們結婚二十多年，他從來沒有以自己為先。永遠都是先想到我和孩子。」

「他在家會和您聊工作嗎？好比在工作上發生了什麼不開心的事，或是被上司刁難這類的？」

「我對我先生的工作內容不感興趣，所以他沒有詳細提過。只是，很偶爾很偶爾會帶錯過末班車的部下回來，但他們相處氣氛融洽，我認為他在職場上也很受後輩愛戴。」

一定是想起過去了吧。尚美雙手掩面，又哭起來。

「那麼，最近三雲先生有沒有什麼不同的徵兆呢？好比在煩惱什麼，或是害怕什麼的樣子？」

尚美仍低著頭，無力而緩慢地搖頭。指縫中透出來的聲音非常沙啞。

「一直到他早上出門上班，都和平常一模一樣。照常吃飯，照常說『那我去上班了』離開家門。」

「真的都沒有嗎？」

「要是有任何變化，我一定早就發現了。我們可是牽手二十多年的夫妻呀！」

從這句話的尖銳，感覺得出尚美所言不假。

2

來到縣警本部，再次向尚美進行訊問，但終究沒有得到更多資訊。

結束訊問讓尚美回家後，笘篠前往下一個地點。

「接著去他上班的地方。」

三雲所服務的青葉區福祉保健事務所，與縣警本部隔著縣廳，僅咫尺之遙。

青葉區役所的五樓便是福祉保健事務所所在。向服務台告知來意後，笘篠與蓮田便被帶到設於該樓層一隅的會客室。

等了五分鐘，開門現身的是一個五十來歲的男子，說他是所長楢崎。

「聽說發現了三雲課長的遺體，是真的嗎？」

楢崎的神情難掩驚詫，如果這是演技，那可真是演技精湛。

「是意外，還是那個……自殺？」

「為何您會往這兩方面猜想？」

「因為除此之外都不可能啊。」

「很遺憾，依屍體被發現的狀況，不得不說這兩種可能性都很小。」

「那麼，是遭到殺害……怎麼可能，這種事不可能發生在三雲課長身上的。我知道了，一定是強盜殺人。」

「那個可能性應該也不高。」

除了認屍的尚美，笘篠不能向尚未確定是否涉案的楢崎透露偵辦內容。因此含糊以對，但楢崎的反應在在都很誇張。

「你是說也不是為了錢？」

「恕我無法說明詳情，但依現場的狀況，無法否定仇殺的可能。」

「怎麼會……」

「三雲先生若是遭到仇殺，會讓您這麼意外？」

「他不是會遭人怨恨的人。」

楢崎的話與尚美一致。

「我和他同部門雖然不到二年，但我從沒見過像他那麼為人著想的人。無論是身為福祉保健事務所的課長，還是身為一個人，他都是個值得尊敬的人。」

笘篠直視楢崎的眼睛。他的眼神看來不像在說應酬話或是在賣人情。

「楢崎所長。我們是在偵辦命案，所以即使是三雲先生的隱私、甚至他本人不願別人提到的事，我們也不得不問、不得不查。因為這些負面的部分都有可能是使三雲先生喪命的動機。」

「可是刑警先生，恕我直言，三雲課長真的和與人結怨結仇這種事無緣。」

此時要是提出質疑，只怕楢崎會賭氣嘴硬下去。

於是笘篠改變了問題的內容。

「三雲先生是保護第一課的負責人吧？」

「是啊。我們事務所分為保險年金課、保護一課、保護二課這三個單位。」

「保護一課負責什麼樣的工作內容？」

「生活保護、單親家庭諮商，再來就是住院生產，這一類的業務。」

「三雲先生得以擔任課長，是因為對業務很熟悉嗎？」

「這與福祉保健事務所的人事有關，所以不能一概而論，但他自入所以來，長期從事生活保護方面的業務是事實。」

「在事務所中不是也會有職務上的輪替調動嗎？」

「輪替調動的意義在於了解機構的整體業務。只不過，有時在輪替中會發現人盡其才的狀況，擅長年金業務的人，還是會因專長得到適合的職位。」

這一點笘篠也能理解。警察組織中有些人適合對付重大罪犯，有些人適合對付經濟犯。只不過這類資質顯現得很早，一旦在專業部門扎根，相同的業務通常一做便做到退休。理由正如楢崎所說，在追求專精的過程中，能力越磨越強。就好比如果現在要他去做鑑識或總務的工作，他的表現恐怕不如新人。

「他擅長法律與實務，甚至能把整部生活保護法從第一章到第十三章都背出來。來我們部門諮詢的民眾提出的問題五花八門，負責的職員只要不知如何回答，在翻閱手冊之前，一定會去問三雲課長。因為這樣最快最準。」

「哦，就像活字典啊。」

「可以這麼說。他就是這麼一個精通專業知識和業務的人才，為人又值得尊敬。我從來沒看過哪個和他共事的人說過他半句壞話。」

這倒是讓笘篠訝異。

再怎麼以死者為大，也未免奉承過頭。

「刑警先生也是組織裡的一員，或多或少都有經驗吧。尤其是公務員，職務越高，個人的主張主義和為人被毀的傾向就越明顯。組織的方針和決定是絕對的，越靠近金字塔頂端，就必須越扼殺個人，也越來越不敢說話。」

「您這番看法會不會略微偏激了些？」

「現在和十年前不同了。」

楢崎露出自虐的笑容。

「在政府單位和辦公室內的談話全數封閉的時代，上位者還能自由發言。也敢開業務方面的黑色笑話，雖然這並不值得稱許。但如今內部告發和形同自殺炸彈的社群媒體、見縫插針的告狀已經成為常態，連對部下也不敢說真話了。上位者為了怕落人口實而噤聲，一舉一動不敢稍有鬆懈。如此一來，管理階層與一般員工之間當然會築起無形的牆。但是，三雲課長卻沒有這道牆。他為人和善，不怨不妒，分享自己的知識和經驗，毫不藏私。就這一點而言，他實在是個難能可貴的主管。」

楢崎的話慢慢有些傷感。笘篠明知無用，還是得問這個問題。

「您知不知道最近在工作上，有沒有人對三雲先生心懷怨恨？」

楢崎搖搖頭，一臉不以為然。

「那麼，是否曾與前來諮商的民眾發生過任何糾紛？」

「那也是不可能的。倒也不是因為他身為課長，但擔任民眾窗口的確實都是一般職員，他本身應該沒有機會直接接觸民眾。」

否定得如此徹底，反而令人懷疑是否有所隱瞞，但說這些話的人反應都很誠懇，不像裝出來的。

「我想刑警先生的工作就是懷疑，但只有三雲先生我敢說，不會有人恨他的。」

「可是，凶手殺害他的方式顯然非常殘酷。」

「世上有像三雲課長那樣的好人，就有無可救藥的壞人。有孩子弒親也不當一回事，也有些人渣因細故便殘殺素不相識的陌生人。這些例子，用不著我這種門外漢特地在刑警先生面前班門弄斧吧。」

「換句話說，您認為是某個無可救藥的人渣，不是為了錢，只是好玩就殺了三雲課長？」

「站在發放年金和生活保護的最前線啊，就必須親眼看到惡人比比皆是的現實，這種人多得超乎想像。像是為了領殘障補助，不惜恐嚇醫生開立假證明。這還算好的，還有人真的把人斷手斷腳，再盜領發給當事人的補助。一天到晚時時刻刻都動著歪腦筋的人太多了。在這些人眼裡，三雲課長這樣的好人肯定是絕佳獵物。」

或許是被自己說的話刺激到了，楢崎漸漸語帶哭聲。

「好人永遠都會變成被害者。這次三雲課長的不幸就是一個例子。啊啊……實在令人痛心。基於職務，我不能不把這個事實告訴同仁。一定會有很多人像我一樣難過。」

楢崎低下了頭，笘篠與蓮田對看一眼。果不其然，蓮田也一臉困惑地等候自己下令。

無辜的人受到無比殘酷的考驗——簡直像聖經裡的章節，但東北人卻因為地震而飽嘗箇中滋味。平日的作為與上天給的回報完全是不相干的兩回事。

「所以，很抱歉沒能幫上忙，但至少我想不出任何會與三雲課長對立或反目的人。」

既然如此，只能詢問楢崎以外的職員了。笘篠表示也想詢問三雲的部下，楢崎爽快答應了。

接著來到會客室的是三雲的部下，一個名叫圓山菅生的男子。

「聽說三雲課長遇害了？」

圓山也是一臉難以置信。

「現在還不確定。只是可能性很高而已。」

「到底是怎麼死的？」

笘篠認為透露新聞會報導的內容無妨，便說出三雲被迫處於飢渴狀態的事實。

「好殘忍……」

圓山望著地板，彷彿三雲的屍首就在眼前。

「是啊。從某些角度而言，也許比刺死、勒死還殘酷。」

「不是從某些角度，實際上就是。」

他的語氣極其認真，引起了笘篠的注意。

「現在也不是戰時，像您這樣的年輕人竟然知道餓死是什麼狀況？」

「我覺得站在生活保護的第一線和處於戰時沒有什麼不同。」

他的話比年紀老成許多。

「當請領生活保護的人不遵從個案工作者的指導或不當請領，一旦被發現，有些案例的生活保護補助金就會被取消。雖然是自作自受，但本來靠著生活保護才勉強度日，被斷了唯一的收入來源，當然活不下去。有些被取消的人沒有東西吃，只能喝水。一段時間之後就因為營養不良無法活動，連水都沒得喝，於是就出現飢餓和脫水症狀。當附近的人通報有異味，我們趕過去的時候……是什麼情況就不必說了。」

「您也遇過這樣的案例嗎？」

「保護一課這個部門，會給我這種沒幾歲的人超乎想像的經驗。三雲課長一直盡心盡力努力減少這樣的不幸。他本人竟然是餓死的……只能說太諷刺了。」

「可是，據貴所所長說，三雲先生並不是民眾的直接窗口。」

「生活保護的申請通過與否，是由課長審核的。課長會真誠地聽我們窗口的說明。」

既然生活保護的通過否與取決於審核者的一念之間，那麼圓山的話確實有幾分道理。

「這是我聽前輩們說的，課長以前在當窗口的時候，對申請人的諮商總是設身處地回應。」

「要是每個申請的案件都核准，不是很快就會把預算用光嗎？」

「所以才更為難。相對於需要生活保護的民眾，預算實在太少了。我們窗口只是把申請人的需要呈報上去，三雲課長卻必須做出取捨的決斷。說起來是很殘酷，但就是一定會有人被遺漏。可是，又沒有安全網可以接住這些被遺漏的人。每次駁回申請，課長一定很心碎。」

圓山垂下頭。

「刑警先生，您知道仙台市生活保護率的變化嗎？」

「不知道，我孤陋寡聞……不過可以想像得到不是很充裕。」

「發生地震的二〇一一年降低了，但第二年便開始上升。地震後出現復興相關工作的需求，又有捐款挹注，保護率一度下降。可是二〇一二年以後，受災的影響如內傷般漸漸浮現。沒有工作，高齡人士只能挨餓。再加上仙台市特別的狀況。」

「還有？」

「縣內各地生活窮困的人都往仙台市跑。仙台市已著手開辦臨時生活支援事業，但縣內的其他十二市還沒有。這些自市外流入的民眾更加壓迫了預算。當然，生活保護的預算也減縮了。支援法旨在幫助人民自立，使人民不至於需要政府的生活保護，但外來的人有不少是直接就成為生活保護受給者的。糟一點的例子，還有其他市的社工以帶往仙台的設施為前提，在手續完成之前讓他們露宿在外的。以現狀而言，說仙台市承接了宮城縣內的生活窮困者也不為過。」

圓山的說明帶來不小的衝擊。儘管笘篠也隱約感覺到社會保障如履薄冰，卻萬萬沒料到狀況已如此危急。

「有時會遇到必須當場給予生活保護的案例，每次遇到就不得不重新規劃預算。當然，結果會由決策者承擔，所以三雲課長總是很煩惱。也因此，比起當窗口的我們，三雲課長應該更加勞心。可是他竟然偏偏是被餓死的……」

「三雲先生努力回應民眾需求這一點，我們明白了。那麼，他對各位又是如何呢？會不會為了嚴守預算而對負責窗口的各位過度施壓？」

「怎麼會。」

圓山當即否認。

「三雲課長總是說『為預算頭痛是我的工作』，絕不會逼我們調整。當然，在各個案件中，我們不得不刷掉確定要駁回的，但需要研究檢討的都是由三雲課長判斷。」

「那麼，私下如何？有時候人們在工作上雖值得尊敬，私底下卻不見得。」

「這個……」

看圓山首次遲疑，笘篠的身體微微向前探。

「不好意思。三雲課長偶爾會邀我們一課的人去聚餐，可是不巧我不會喝酒，所以從來沒去過。所以我幾乎不知道三雲課長私下是什麼樣子。不過，聽出席的人說，他是醉了會很開朗開心的那種人，不會糾纏別人也不會滿口怨言。聽說還會帶錯過最後一班電車的同仁回家過夜，算是喝醉的照顧吧。」

話說到這裡又中斷了。

「早知道會發生這種事，就算有點勉強，也應該一起去吃飯的。」

「那麼，您知不知道有誰痛恨或討厭三雲先生？像是申請生活保護卻被駁回的人。」

申請生活保護，無論通過還是駁回，通知書上應該都會留下決策者的姓名。不能保證不會有人因而對三雲心生怨念。

然而這一絲期待，卻被緊接而來的一句話粉碎了。

「那種可能性為零。」

「零？」

「保護申請駁回通知。我們內部叫作八號表單，上面僅註明事務所長的姓名，不會連課長的名字都放上去。所以被駁回的申請人是沒有機會得知三雲課長的姓名。」

笘篠大為失望。這麼一來，嫌犯又更加飄渺了。

「我有點知道刑警先生在猜想些什麼，可是就我接觸過這麼多生活保護受給者，我認為他們就算對福祉保健事務所的負責人或決策者心懷怨恨，也絕不至於付諸實行。」

「為什麼?」

「因為在來到窗口的這個階段，他們已經沒有力氣了。」

哦……笘篠應聲向他點頭。

「不願接受別人的照顧。即使走投無路，也希望儘量不要依賴國家……在高齡者當中有這種想法的人還是很多。說美德是很好聽，可惜我們就是會覺得死要面子也要適可而止。一忍再忍，忍到束手無策了才來窗口。那時候他們已經幾近營養不良，就算還有力氣罵負責人，也沒有體力和精力偷襲了。說來令人難過，但他們的氣力頂多只夠尋短。絕望，會剝奪人類所有的力量。」

這句悲痛的話令人揪心。

不必圓山明言。仙台市內高齡者的自殺一年比一年多。這些窮困潦倒的人不偷不搶，只是靜靜凋零。對負責取締犯罪的笘篠而言，雖不會增加工作上的負擔，但愁悶卻令人更加悒鬱。

3

在福祉保健事務所問完話，四處訪查遭綁架的三雲十月一日的狀況，時間便過了晚間九點。

「今天就到此為止吧。」

年紀較輕的蓮田很難開口說要休息，所以都是由笘篠決定收工的時間。與本部聯絡之後，兩人走向宿舍。

一回到宿舍，臨分手之際蓮田叫住他。

「笘篠先生，不嫌棄的話一起吃個晚飯吧？」

不必要的關懷也是運動社團的習性嗎？

「會給你太太添麻煩的。」

「哪裡，她還說好久沒和笘篠先生說說話，嫌冷清呢。」

大家都住同一棟宿舍，都是左鄰右舍，哪來的冷清。顯而易見的社交辭令反而讓人不自在。

「不好意思，下次吧。」

笘篠只說了這句話，便與蓮田分手了。蓮田的兒子應該還在上幼稚園。他是希望讓自己重溫久違的家庭溫暖嗎？如果是的話，蓮田雖然沒有惡意，但這卻是殘酷的好意。

一開門，比外面潮濕的空氣便包圍全身。灰塵味和汗臭味簡直是標準配備。一開燈，清冷的日光燈燈光照亮了獨居的房間。

笘篠馬上打開電視。並不是有想看的節目，只是想要有點聲音。電視正播放綜藝節目，他也懶得轉台。

丟下搞笑藝人刺耳的話語和空虛的笑聲，走進廚房。取出冷凍食品放進微波爐。雖然遠遠算不上自炊，總比便利商店的便當有家庭味，能稍稍逼退一點怠惰感。

將冒著熱氣的炒飯放在茶几上，低低聲說「開動」。這是婚後養成的習慣，現在一個人吃飯仍自然而然脫口而出。

叮。

茶几上的相框裡放的是老婆和獨生子的照片。

被轉調縣警本部之前，笘篠是在氣仙沼署的強行犯係。當時一家人沒住宿舍，租了獨棟房子。與牽手二十年的老婆和兒子一家三口的生活，對笘篠而言是充實的。尤其兒子是年過四十才有的，看到他的小臉便是一日辛勞的獎勵。

笘篠每天都要這樣對還聽不懂人話的小嬰兒這麼說。

「爸爸會保護你們的。」

有了要保護的人事物，工作更有幹勁。人這種生物，好像能為了別人超乎實力地賣力。儘管辦案到深夜、凌晨的情況不少，但光是有家人在等他回家，走在回家路上的腳步便是輕快。現在回想起來，那正是他人生中最美好的日子。

那樣的生活，也在二〇一一年三月告終。

十一日，笘篠因辦案離開了市區。地面往上頂般的震動讓他晃了一下，但當時他還不知道事情重大。

透過警方無線電得知發生了緊急狀況，在斷斷續續傳來的情報中得知氣仙沼灣岸災情相當嚴重。

電視新聞讓他目睹了那片光景。

熟悉的景物不斷被濁流吞噬。被沖走的房舍也包括了笘篠的家。

笘篠全身虛脫，當場癱軟坐倒。原來過大的衝擊不僅會奪走一個人的體力，連精神也不放過。

氣仙沼署本身也因海嘯失去機能。雖緊急轉移至氣仙沼、本吉廣域防災中心，但當時無暇顧及蒐集情報，以保護、誘導災民為第一優先。笘篠忙著救助命懸一線的市民，一邊尋找老婆和兒子的面孔。沒找到。雖想丟下手上的工作趕回家，但身為公務員的使命感與苦惱不斷交戰。為了趕走頻頻來襲的不安，他也必須專注於工作。

不久，隨著氣仙沼市災情逐漸明朗，他明白老婆和兒子生存無望。他們住的房子被沖走，只剩下地基。能證明兩個人存在的事物、生活的痕跡，全都消失了。

氣仙沼署雖轉移至防災中心，但短時間內機能並不健全。不但資訊蒐集能力低落，也有不少同仁因擔憂家人安危而心神不寧。唯一值得安慰的，災區幾乎沒有人違法違紀。一想像同樣的事如果發生在其他國家，不禁對東北人的自律與公德心肅然起敬。

復興作業從拂拭悲劇的痕跡開始。建築機具一一清理了居民化為瓦礫堆的回憶。清除後留下的空地空盪盪的，正如失去了家人的心。

笘篠也一樣，每逢休班便趕回自家原址尋找遺物。回神時，發現好幾個看似處境相同的居民視線都落在地面上。

然而，他一無所獲。在這段期間，他收到了調往縣警本部的人事異動。

仙台市是在災區中最早著手進行復興的。天一黑，霓虹燈便滿市閃爍，迎接各地派遣至此的復興工程人員。

人潮一聚集，犯罪也就跟著重放光明的市街回來了。除了尋找失蹤者，維持災區治安，還有一般犯罪，再加上以受災者為目目標詐騙事件橫行，笘篠也不得不忙著辦案，無暇沉溺於回憶。

他曾聽人說，葬禮時之所以讓家屬大忙特忙是出於好意，以免他們無事可做而深陷哀慟。果真如此，那麼笘篠被調往縣警本部，也許是上天眷顧。

不到一年，政府便決定一項特別措施，市町村受理地震失蹤者的死亡證明，不需經民法上的失蹤宣告手續。這項政策讓失去家人的居民得以辦理財產繼承和保險理賠，以幫助他們邁向新生活。

即使如此，笘篠至今仍未辦理妻兒的死亡證明。雖想著必須及早辦理，卻忙於工作，一直沒有填寫文件。

這是自己給自己的藉口，他心知肚明。他至今仍不願承認妻兒的死。不願想起曾誇口說要保護他們，結果卻束手無策，只能遠遠旁觀的自己。

照片中的兩人宛如責怪般，對著笘篠笑。

「動機有沒有可能是財產？」

在前往專案小組所在的仙台中央署的車上，負責開車的蓮田對笘篠說。

「對死者身上的小錢不屑一顧，為的就是更大筆的財產。」

「這樣的話，嫌犯就僅限於三雲的家人了。」

「無論在職場還是家庭，三雲都是完美的好人。仇殺的可能性很低。這樣的話，應該懷疑另有動機、仇殺是故布疑陣比較合理吧？」

蓮田的意見很有道理。既然在人際關係上查不出對死者的任何非議，自然會作如此想。

然而，笘篠無法贊同。

「看來笘篠先生有不同的意見。」

「不是的。只是覺得不應該完全放棄仇殺的可能性而已。」

「那就是有不同的意見嘛。」

蓮田苦笑。

「到底是哪裡讓你不滿意呢？」

「就是凶手選擇餓死來殺害手段的理由啊。如果要偽裝成仇殺，有的是其他方法。例如：分屍、毀損屍體什麼的，變化多的是。」

「可是那樣耗時費力啊。既要有分屍的體力，還得忍受惡臭。就這一點來看，餓死只要綁住手腳丟著就行了。簡便，而且節能。別的不說，餓死也一樣非常殘酷啊。當事人要在飢渴的煎熬中慢慢等死。比起殺人還更像酷刑。」

在觀察屍體時，笘篠本身便有此感想，因此不得不同意。

「你不覺得想法特異嗎？」

「咦？」

「你說這是節能型的殘殺方式，的確沒錯。可是，會想到這一點本身就很特異。既然是達成目的的障礙，想及早解決才是人之常情。但命案現場卻與人之常情相去甚遠。我也是頭一次看到那種現場。你也見過三雲的老婆了吧。很難想像她會有這種想法。」

「想殺人的人，或多或少都有點特異不是嗎？」

蓮田又繼續說下去。他並不是為反對而反對，而是在反覆提問、發表意見中，有些本來看不見的東西便會漸漸冒出來。

「那也不一定。如果只有不見容於社會和腦筋有問題的人才會殺人，事情就好辦了。就是因為不是他們，而是普通走在路上的學生、在超市想今天菜色的主婦、在電車裡人擠人的上班族、窩在自己房間裡的無業遊民，這些人成了殺人凶手，這個社會才麻煩。」

「最後的無業遊民，我舉雙手雙腳贊成。」

「部分肯定啊？」

「因為最近抓到的嫌犯有一半以上都是無業遊民啊。他們有滿肚子的不平不滿，還有從容犯案的自由時間。再怎麼說，還是他們最……」

笘篠認為這想法很膚淺。

有了工作不但有收入，也沒有閒工夫花在犯罪上。再加上在辦案過程中見多了那種身分的嫌犯，也難怪蓮田會有這種論點。

但是，這難道不是建立在極端性惡說上的偏見嗎？俗話說小人閒居為不善，但把不善和犯罪劃上等號，未免太簡略也太武斷。

「你說是為了財產，是吧。那我問你，三雲忠勝有哪些財產？資產調查應該已經有點進度了吧？」

「他名下的房產，現值大約六百萬。銀行帳戶有二百五十一萬。以妻子為受益人的壽險是一千五百萬……」

「總計二千三百五十一萬。就殺一個人而言這筆錢還不算太少，但等三雲退休就會有金額相當或是更多的退休金。現在就把人殺了怎麼算都不划算吧。如果動機真的是財產，應該會算準投報率最高的時候再執行計畫才對。勘查現場，準備工具。光這樣就能證明是有計畫的謀殺。所以，這個動機不合理。」

不知是否是接受了笘篠的說法，蓮田暫時沒有再開口。

小組會議於上午九點開始。

一字排開坐在笘篠等調查員前方的，有仙台中央署署長、來自縣警的東雲管理官以及刑事部長。他們的臉色都一樣沉鬱，因為從會前的個別報告便已得知調查進展不如預期。

「首先請報告司法解剖的結果。」

果然不出所料，東雲的話不見霸氣。站起來的調查員的聲音也一樣。

「死因與唐澤檢視官的看法大致相同。直接死因是衰弱而死，但是……」

說到這裡，調查員清了清嗓。從接下來的說明，可以理解他這個動作的用意。

「死者衣著內側沾有排泄物，由此看得出胃幾乎是空的。血鈉濃度顯著上升，可知有明顯的脫水症狀。從殘留的些微內容物的消化程度，以及屍體黏膜部分的蛆的生長情形，推定死者死於十月十日至十二日之間。」

「有無與凶手打鬥的痕跡？」

「沒有明顯的撞傷，或是擦傷之類的外傷。」

「那麼，是以什麼方法將死者迷昏了，再帶到現場去的嗎？」

「屍體並未採集到疑似安眠藥的成分。」

「如果是素不相識的人，在被綁架的階段不可能不加以抵抗。又沒有用安眠藥，那麼熟人犯案的可能性就很高了。」

東雲的推論很合理。笘篠也對熟人涉案的假設沒有異議。

「接著，地緣關係。從十月一日下班起，有沒有看到死者的證詞？」

這方面由另一位調查員站起來。

「根據福祉保健事務所保存的上下班打卡紀錄，死者的下班時間是晚間七點十五分。平常死者都是走路回家，而最後拍到死者身影的是區公所大樓前的監視攝影機。攝影機拍到死者離開大樓的身影，但死者在那裡並沒有與任何人接觸、或遭到任何人跟蹤的情形。」

「目擊證詞呢？晚間七點的區公所大樓前，行人應該還很多才對。」

「可能是太多了。路上的行人多數是購物和下班的人，也很少有店員從店裡向外看。我們對鄰近店鋪進行訪查，但目前尚未有死者的目擊情報。」

「從失去蹤跡的地點到發現現場，如果是步行，大馬路上設的攝影機應該會拍到。」

「目前正在解析該路徑所有的監視攝影機，但還沒有找到死者的身影。」

「所以也可能是開車到現場是嗎……」

「晚間七點左右的時段正值下班時間，計程車也很多。我們也詢問了車行，但沒有得到發現可疑車輛的說法。」

由此也可以想見要找出證人會相當耗時。地震發生之後，來自其他府縣的人力、物資、金流雖然都集中在仙台，但換個說法便是外來人口激增。這是一種移民過剩，只是很少發生於地方都市。因此車輛中也常見其他縣市的車牌，要特定出可疑人物和可疑車輛並非易事。

東雲大概也料到了，只見他眉頭開始緊蹙。

「那麼，接著報告屍體發現現場的狀況。」

這次由縣警鑑識課的調查員作答。

「遺體是在『日出莊』的三號室被發現的，該室已有好幾年無人入住，殘留了大量的灰塵與毛髮。但除了死者的毛髮，這些毛髮全都沒有毛囊，所以很遺憾，無法進行ＤＮＡ鑑定。」

「鞋印呢？」

「從地板的狀況和屍體上附著的灰塵，可知凶手是抬著死者的上半身，拖進屋內的。而離開時，也是沿著拖痕走。」

「但至少也會留下一點平面足跡吧？」

「關於這點……」

鑑識課員說到這裡話就變少了。

「雖以ALS（鑑識光源）和DIP（化學試劑）驗出了新的鞋印……但似乎是無紋的拖鞋所留下的。」

一聽這話，東雲的嘴便半張。

「公寓玄關雖散亂著滿布灰塵的拖鞋，但與現場殘留的鞋印尺寸不合，所以拖鞋多半是凶手事先準備好的。玄關的硬泥地上有凶手掃掉足跡的痕跡，經過精密檢查，也驗出是相同拖鞋的痕跡。然而，這拖鞋的痕跡也只到玄關，到路上就消失了。若行凶是十月一日，那麼距發現屍體的十五日已經過兩週，即使凶手是開車將死者帶去的，也不得不說要驗出輪胎痕極為困難。」

鞋印之所以有助於辦案，是因為能夠從殘留的鞋底圖案過濾出製造商，縮小嫌犯範圍，然後再從附著於鞋底的微量跡證推斷嫌犯的行動和部分生活環境。

但遇上無紋的拖鞋，能夠得到的跡證便驟然大減。

「拖鞋與一般鞋子不同，只套在前端，所以也顯現不出步幅等個人特徵，尺寸方面，如果不是完全與腳符合，在身高的推算上會產生很大的誤差。」

鑑識課員過意不去似地行了一禮後就座。

坐在前台上的東雲等幹部臉上難掩失望之色。無論是地緣關係還是科學鑑識，在初始調查階段線索便如此匱乏，前景堪慮。

「現場附近的監視攝影機呢？」

仙台中央署的飯田站起來。

「現場若林區荒井香取距離開發區有一段距離，向來是住宅區。近幾年該區的犯罪率一直維持在相當低的水準，在檢討監視攝影機的架設地點時，也很遺憾地都不在重點區域內……」

「說重點。」

「……『日出莊』附近沒有監視攝影機。」

東雲短短嘆了一口氣，視線回到縣警調查員所坐的前排。

「那麼，報告一下死者的人際關係。」

苫篠緩緩站起來。終於輪到他上場，但不巧的是，笘篠的報告也沒有值得注意之處。

「死者與妻子兩人居住於青葉區自有房屋。有一個女兒，今年二十三歲，在東京的化妝品公司上班，上一次回家是中元節。死者本人與鄰居的來往僅止於點頭招呼，從未發生過糾紛。一般認為他個性溫厚。在工作地點也是如此，向上司與部下問話的結果，都表示他很照顧下屬，工作上也絕不會下達不合理的指示和命令。風評方面，人人都說他是個好人。總之，無論問什麼人，得到的都是同樣的回答。」

「好人之死，是嗎？」

「他也沒有特定的嗜好，每天便是來回於家中和事務所，交友圈很小。但在其中也找不到懷恨或嫉妒死者之人。他是個好好先生，又不深入他人的生活，生活方式也極其平凡，找不到令人妒羨之處。」

「換句話說，仇殺的可能性也很低了。但從殺害方式來看，卻能感覺到非比尋常的殺意。」

不久前和蓮田的討論在此重現。

「若因剛才報告的人際關係便立刻排除仇殺的可能，屬下認為似乎有些躁進。依屬下之見，有必要與其他動機並行調查。」

「金錢方面的可能性是嗎？」

於是，東雲要求負責資產調查的調查員報告，結果也與蓮田所述相同。三雲雖然有些資產，卻沒有非於此時加以殺害不可的積極動機。若等到三雲退休，說得陰狠些，等果實成熟了再執行，更加甜美。

東雲再度一臉憂鬱。

「所以金錢、財產方面也找不到積極的動機嗎？情況如此，卻選擇如此迂迴的殺人方式，到底是基於什麼理由？」

這個疑問並非針對特定哪個人提出的，卻也沒有任何人答得出來。

「用來綁縛死者的封箱膠帶有沒有查出什麼？」

東雲的聲音因為一再的失望，語調變得平板。笘篠心想，也難怪。什麼都沒有，要訂定辦案方針都很難。

剛才那個鑑識課員再度回答：

「從皮膚殘留的痕跡看來，膠帶應該只纏了那一次，沒有重新纏過。多半是在限制了死者的自由之後，便一直棄置。凶手應是戴了手套才進行，沒有驗出指紋。此外，所使用的膠帶是大牌子的量產商品，販賣通路很多，要查出購買者極為困難。」

能報告的內容就這麼多了。

東雲祈禱般雙手交握，環視會議室內縣警本部與仙台中央署的每一個調查員。

「就剛才所聽到的報告，可見本案的初始調查進展並不順利。一個無可非議的好人竟死於如此殘酷的手法，這個矛盾依然沒有解開。然而，既然凶手選擇了如此迂迴的殺害方式，對犧牲者的選擇一定有其意義。重新徹查三雲忠勝的人際關係。出入福祉保健事務所的業者、家中上門的業者、過去來往的人，擴大範圍來查。負責資產調查的同仁，調查有無租用銀行保險箱。如果有隱藏的資產，全案也會呈現不同的樣貌。鑑識從凶手的足跡追查行為模式和個性。就這樣。」

這一聲令下，調查員便紛紛離席。笘篠一回頭，飯田朝這邊點了頭，正準備離開。

「幾個主管的臉色都不好看啊。」

一會合，蓮田開口便是這句話。

「要我們把調查範圍拉得更廣、更深，那就加派人手啊。」

蓮田的牢騷是建立在明知無望達成的前提下的抗議。目前，光一課便有好幾個案子要處理，在這種情況下，根本沒有餘力傾注在這個案子上。若一直毫無進展，時間久了，專案小組的規模也會被縮減。

「人在忙的時候腦袋隨時都在運轉。腦袋隨時在運轉，也就能把失誤控制在最少。」

笘篠往蓮田肩上一拍，走出會議室。

4

根據東雲指示的調查方針，應調查出入家中與職場的業者，笘篠便前往三雲家。

「不過，地下資產算哪一齣？」

開車的蓮田一副提不起勁來的樣子。

「管理官的意思我不是不明白，但死者不也跟我們一樣都是公務員嗎？這種人會有什麼非暗藏不可的資產？」

「是有這個可能。正因為是公務員，要是擁有與身分不符的資產，馬上就會被盯上課稅。拿到臨時收入就立刻換成金塊、債券的人絕對不在少數。」

「公務員有金塊，我實在很難想像。」

不用蓮田說，笘篠也明白。然而，笘篠他們的工作便是一一查證所有的可能性，無論這個可能性有多小。

搜查一課雖有最風光的刑警之稱，卻也沒有像小說或電影中那些驚天動地的追緝場面，與罪犯之間也沒有巧詐機鋒的精彩對話。真正的犯罪調查沒有看頭，而是周而復始的單調作業。再怎麼難以想像的事情，都要追查到能夠完全否定為止。三雲的資產調查便是如此。

再訪三雲家，向三雲尚美問起有無租用銀行保險箱，不出所料，對方露出了訝異的神色。

「我從來沒聽說過我先生有存款以外的資產。要是有，應該早就拿去付還沒付清的房貸。」

這是意料中的回答，所以笘篠也事先就想好下一個問題了。

「但是太太，您府上的房貸已經還了二十年，現在應該只剩下本金的部分才對。換句話說，不必急著還。」

「所以你是說會拿去做其他運用嗎？我和我先生在一起這麼多年，從來沒看過他對股票或投資這些感興趣。他總是說，我們這個年代的人，老了以後光靠年金和存款就綽綽有餘了。」

三雲在社會福利第一線工作多年，不難想像他對退休後的生活有確切的判斷。

「要是他租了保險箱，一定會告訴我的。」

「您確定？」

「因為凡是和錢有關的，我先生都全權交給我。他連存摺的印章收在哪裡都不知道。身上的錢也是採零用錢制，只有在包紅白包這種不定期支出的時候才會找我要。這樣懷疑一個人租保險箱藏錢實在可笑。」

這樣的回答也是在預期之內。

三雲有無租借保險箱，已有其他同仁向縣內主要金融機構照會過了。結果是零。無論哪家銀行都沒有三雲忠勝名下的出租保險箱。明知如此還是向尚美詢問，不過是做個最終確認。

「那麼，再請教您其他問題。可以請您列出出入您府上的業者嗎？」

於是尚美扳著指頭數出來的，只有定期送煤油的、消費合作社的送貨員、宅配、郵差。這些人頂多是停留在門口，沒有人踏進家門一步。

「他們都是來送貨送信，所以大多是平日下午……，所以應該都沒見過我先生。而且，煤油、消費合作社和宅配，去年都換過人。」

聽著聽著，蓮田的臉色越來越憂鬱。儘管早有心理準備，但線索實在太少，也難怪他洩氣。

「我看你們還是一樣在懷疑有人痛恨我先生。」

尚美的話非常尖銳。

「我剛才也說了，我跟我先生在一起這麼多年了。我從來沒見過半個對我先生有怨有仇的人。你們這樣查是沒有用的。」

「這我們也知道。」

明知這麼說強辯意味濃厚，也只能這麼說。

「只是啊，沒有人能保證好人就不會遭人怨恨啊。」

三雲家算是白跑一趟，笘篠與蓮田開車前往福祉保健事務所。蓮田的側臉仍舊陰沉。

問他怎麼了，蓮田尷尬地笑了笑。

「對不起。這次的案子在各方面狀況都不太一樣……。東雲管理官的指示雖然在理，但我總覺得好像每項都會落空。」

笘篠立刻便想像得到蓮田要說什麼。

「清查沒有銅臭味的死者有多少資產。清查一個被所有人奉為好人的老實公務員是否與人結怨。既然無關金錢仇怨，就只能是突發的犯罪，但犯案現場和殺害手法又是預謀的……，你是想這麼說吧？」

「是啊。絕大多數的命案動機都集中在這三者，死者也都能歸於這三類的其中一類。然而三雲忠勝的情況卻無法歸於任何一類。」

蓮田邊說邊懊惱地搖頭。

「從死者的為人和收入來過濾動機和嫌犯，然後一一破解不在場證明，找出是否有殺害的動機。辦案的流程是這樣沒錯吧。可是，這次從一開始就方向不明。我們到底該往哪個方向查，根本沒有頭緒。」

笘篠既無言補充也無言反駁，只是沉默。蓮田的困惑，也是東雲管理官手下專案小組所有成員的困惑。笘篠也是其中之一。

犯罪必然存在欲望，無一例外。金錢欲、獨佔欲、性欲、破壞欲。到頭來，動機和犯罪樣貌，都是衍生自這些欲望。因而，無論什麼樣的犯罪，只要能夠類推出最根源的欲望為何，便能看出全貌。

基於這個觀點，三雲忠勝的命案是前所未有的。明知東雲的指示沒錯，仍感到往黑暗中投球般的不安。不知道自己所做的，將作用於何處，又是如何作用。地緣關係，人際關係，連這些一般辦案不可或缺的程序能有多少用處都不知道。

遇害的是一個平凡的好人。但笘篠覺得這背後是一片深不可測的黑暗。

再訪福祉保健事務所，這次仍是圓山接待他們。只不過，聽了笘篠的問題，圓山微偏著頭。

「出入的業者嗎？」

圓山複述了一遍，然後盯著笘篠直看。

「您問的是，出入的業者中有沒有人曾與三雲課長發生爭執，是嗎？」

「無論再小再細微的事都可以。」

「沒有所謂小不小，因為根本沒有這樣的事。」

圓山的回答非常乾脆。不，隱約可以看出對笘篠他們的反感。

「首先，出入這裡的業者相當有限。複合式事務機的維修，電腦系統工程師，養樂多阿姨，清掃業者，電梯和手扶梯的定期檢查，宅配業者和郵差就這樣了。公家機關有安檢的問題，沒有預約的業者是進不來的。我想這在民間企業也一樣，但我們的業務要處理很多個人資料。因此，標準作業流程上也註明要將與外部的接觸減到最低，而且規定有外部業者在場時，要關上電腦。當然，也不希望我們與業者單獨談話，如果不是在辦公室內，而且是眾目睽睽之下，連聊天都不行。像三雲課長這樣身為必須負責的主管就更不用說了，我從來沒看過三雲課長和出入我們這裡的業者說過很久的話。」

「聊天也是嗎？」

「對。我想一定是課長他嚴以律己的關係。因為他是個自律的人。」

又來了——笘篠在內心暗自咋舌。沒有人比三雲忠勝離犯罪更遠。他清廉高潔，從未遭人怨恨——這種話不知已聽了多少次。追念故人之德不是壞事，但聽在一個辦案的人耳裡，宛如在數落自己辦事不力似的，令人煩躁。

「可是，為了保密義務和個資，連話都不肯說，會不會反而讓業者心生恨怨呢？」

「這就是三雲課長之所以為三雲課長啊。即使話不多，也絕不會讓對方留下不好的印象。」

「原來他有這種本事？」

「純粹是人品啊。」

圓山嘆著氣回答。

「只要有他在場，氣氛就會很融洽。就是有這種人。」

「你說過，三雲先生絕對不會為難你們。」

「是的。」

「可是，這也是程度的問題不是嗎？三雲先生所負責的保護第一課是受理生活保護申請的部門吧。其中難道沒有讓負責人叫苦的案子嗎？叫你們不要為難，不就等於要你們通過所有個案嗎？既然社會保障的預算有限，要無限受理申請只怕很困難。」

「這個……我想大部分要看負責窗口的裁量。」

語調聽起來低了許多。

「窗口的工作，是斟酌個案的妥當與否，再將文件送交給課長。有九成以上的申請案，都是窗口可以判斷的。課長不讓我們為難的，是針對剩下的那一成。」

這倒是頭一次聽說。

「所以，不讓你們為難，是指那一成課長會幫忙判斷？」

「是的。有九成的案件憑表格就大致能判斷會不會核准了。」

「有判斷生活保護核准與否的表格？」

「沒有那麼複雜。唔，能不能稍等一下？」

圓山離座走出了會客室，不一會兒拿著幾張紙回來。

「我想看了應該就會明白了。」

他遞出來的是以下的表單：

・**生活保護法保護申請書**

・**資產申報書**

・**收入申報書**

・**同意書**

・**薪資收入證明**

・**住宅（土地）租賃契約證明**

仔細看過之後，就連笘篠這個門外漢也能理解申請項目的用意了。總之，就是叫人有資產就拿來運用或變賣充當生活費，有能力就好好工作，有親戚能接濟就先去投靠，有其他制度的給付就先不要申請生活保護，還有就是為了確認申請內容，要同意向政府及相關人士查證——換句話說便是這些內容。

「填寫好各申請書，便能判斷是否能核准。就算虛報，只要向相關機構一查，馬上就會查出來。所以我們的工作只要記住竅門就能常規化，要請示課長判斷的案件就會變少。」

笘篠邊聽說明邊細看六張表單。上面是申請書特有的冷漠文句，以及資產、收入方面的詳細記載事項。若是不熟悉填表的人，光看上一眼就會對申請這件事裹足不前，委實是文件表單的範本。

「在外行人眼中，標準看起來很嚴格啊。」

「因為生活保護的定位是最後的安全網。這樣說雖然很嚴厲，但用意是希望人們只要稍微有點能力，就要努力朝不必接受生活保護的方向努力。」

然後憂鬱地嘆了一口氣。

「雖然這未必是主因，但現實中真正需要生活保護的人拿不到，反而是不需要的人在領。」

「你是指不當請領吧。」

「有黑道涉入的違法請領就不用說了，但其實是以廣義的不當請領佔絕大多數。說什麼與其領低薪苟延殘喘，不工作接受生活保護還樂得輕鬆，或是一邊接受生活保護一邊從事地下經濟。說起來是不好聽，但吃定社會制度的人確實不少。與此同時，有些人明明真的生活困難得都快要活不下去了，卻只因為不願麻煩別人、引以為恥就對申請猶豫再三。」

圓山苦惱地搖頭。

「我只覺得這兩種人都誤會了生活保護這個制度。一般人的印象也不見得是正確的。生活保護是基於憲法的規定，這個刑警先生知道嗎？」

「不好意思，我孤陋寡聞……」

「憲法第二十五條，國民有權過健康、有文化的生活。國家必須針對生活各方面努力提升並改進社會福祉、社會保障及公共衛生……。生活保護則是基於憲法的精神，保障國民最起碼的生活與自立的制度。不是讓連水電費都付不起的人不敢申請，也不是讓有能力工作的人霸佔制度的好處。」

稚氣猶存的圓山在這一刻，展現出了正直公僕的本色。來問話的笘篠反而要聽訓，不由得有些緊張。

「正因為生活保護費來自國民的血汗錢繳的稅，其運用與核准與否的判斷更不能輕忽。為了讓真正需要生活保護的人拿得到所需的金額，即使在窗口被申請者罵得狗血淋頭，也不能隨便核准……這是三雲課長教我的。」

「貴處的志氣非常了不起。但是，要貫徹這項方針，確實需要制度運作得非常理想，但我總覺得會受到霸佔制度好處的人怨恨。」

「您是說，所以會有人怨恨三雲課長？可是面對申請者的只有我們。他們對三雲課長根本一無所知。」

這時候，房間外傳來粗暴的怒吼聲。

「把你們負責人叫出來！我受夠你這混帳東西了！」

從語調聽起來，氣氛頗不尋常。笘篠和蓮田中斷了問話，走向聲音的來向。

一來到辦公區，吵鬧的起因便一目了然。一個六十來歲的男子正隔著櫃台與一名男職員對峙。

男職員叫澤見，是最後目擊三雲的人。在他對面的六十多歲男子是個頭頂只剩一小撮白髮的矮個子，一雙充血的眼睛直瞪著澤見。

「你從剛才就一直給我大放狗屁，我申請個生活保護還要受你的鳥氣！」

「可是，沓澤先生，既然您還有力氣在這裡大吼大叫，應該就能工作吧。」

「我每天都跑職業介紹所。可是，就是沒有公司要請一個年過六十的人啊！都是你們公家機關，你應該很清楚吧！」

「我不知道，部門不同，我們無法得知。我們只能說，既然您無病無痛，又沒有哪裡不方便，就請您努力找工作。」

「就是因為怎麼找都找不到工作，我才會來這裡！不、不然，沒事誰要來這裡？又不是來玩來逛街。」

「找不到工作，會不會是沓澤先生太挑了呢？只要您不挑，應該還是有缺工作的地方吧。聽說因為復興事業的推動，建築工地薪資高漲呢。」

「那種條件好的工作早就被年輕人搶去了！」

「可是，我也常看見和您年紀相當的人努力打掃車站啊。」

「你這傢伙，反正你就是想說我不願意工作是不是？」

「我沒有這麼說。我說的是，如果有人比沓澤先生更積極找工作，就不得不以人家為優先。要是您無論如何都不願意工作，請投靠親友。」

「到了這把年紀，哪來的親友可以投靠？這我之前就說過了。」

「是啊，的確聽您說過。令弟雖然也居住在同一縣，卻很疏遠⋯⋯。可是，就算關係不太好，既然您境況這麼差，難道不應該委屈點去低頭嗎？不願意在至親手足面前出醜，寧願向公家求助，這是本末倒置。生活保護的制度不是這樣隨便用的。」

「隨、隨、隨便？」

這位水澤先生的臉轉眼漲紅了。

「你以為我來這裡覺得很輕鬆嗎？」

「我覺得至少是比您到令弟家要輕鬆。」

「以前我們為爸爸的遺產鬧翻了。當時就斷了兄弟關係。現、現在哪好意思厚著臉皮去找他！」

於是澤見身後往後仰，輕蔑地看著沓澤。

「所以啊，沓澤先生這樣怕丟臉、怕失體面，可是臉皮、體面不能當飯吃啊。既然您都不怕在這裡公開家醜了，對令弟又有什麼不好意思的呢。福祉保健事務所是依據實際狀況來評估是否支付生活保護，不能感情用事。請不要過度依賴國家。」

「在我辭掉工作之前，我可是讓老婆小孩有飯吃有衣穿。有、有工作的時候，也有一定的頭銜。」

「那又怎麼樣呢？人當然要工作，工作久了也當然會有一定的頭銜。可是，這些自尊到底有什麼用？人又不能靠自尊吃飯，在依賴生活保護之前，應該先拋下這些自尊吧。」

澤見的語氣已經不再是提供諮詢，完全是看不起對方。

「像您這樣的申請者很多。沒有上進心就算了，自尊心還比別人強一倍。既然如此，就請您靠您的自尊心活……。」

大概是忍無可忍，不等澤見說完，沓澤便朝他撲過去。千鈞一髮之際，蓮田從背後架住了他。

「放手！我叫你放手，他馬的！」

沓澤就這樣被蓮田架著，帶到外面去了。情緒還很激動，但沒碰到澤見便以未遂告終，也不會有罪責。

「不好意思，讓您見笑了。」

剛才還在接受問話的圓山極其惶恐。偏偏在義正嚴辭大談生活保護應如何嚴謹時出了這種事，也難怪他會惶恐。於是笘篠不禁想問個有些促狹的問題。

「請領生活保護的資格必須嚴謹，這我明白了，但一定要問那麼私人的問題嗎？」

「我想，每個人都不願意讓人介入自己的財務狀況和內心的。」

圓山以辯解的語氣說。

「我不是要替澤見先生說話，但畢竟我們無法一一實地家訪去查明每位申請者的現況。我們有的就是申請文件上記載的內容和申請者的口述，必須靠這些資料來判斷核准與否。」

所以不問冒犯人的問題就看不出申請者的實際狀況。圓山的話笘篠不是不明白，但看著精神上和肉體上雙雙已達極限的申請者，在福祉保健事務所的窗口受到更進一步的逼迫，實在不是件愉快的事。

「連水電費都付不出來的人不敢利用制度，難道不是因為怕被別人那樣窺探隱私嗎？」

「的確有人高唱隱私。但是，真正需要生活保護的人會願意說出他們的難言之隱。說真的，這樣的人申請起來也比較容易通過。」

「這是不是有常規化的傾向？我倒是覺得，被那樣逼問，大多數的申請者只怕還沒提出申請表就叫苦連天了吧。」

「至少，我是不會那麼做的。」

從圓山強調「我」，可以窺見他的罪惡感。換句話說，這就意味著剛才的情景是家常便飯。

5

今年的秋天很短。上週還熱得發昏，昨天起風卻突然變冷了。難不成牆內牆外季節的順序不同？利根勝久抱著自己只穿著一件襯衫的身體，看著印出來的地圖。指定的地點是在五百公尺外的三叉路左轉的地方。

不經意一看，眼前有一家便利商店。這才想到，今天什麼都還沒吃。距離面試時間還有四十多分鐘，時間充裕，利根便信步走進店內。

好久沒進這類商店了，商品品項之豐富讓他暈了一下。食品、飲料是如此，生活雜貨的貨架上也是琳瑯滿目，擺滿了至今從未見過、聽過的東西。防撥水手機殼、自拍棒、手機充電器、螢幕保護膜——

先不說這些，利根連智慧型手機都沒碰過，光看商品名稱也不知是何用途。

最初店內令人目不暇給，但待了一會兒不安與孤獨便從腳邊悄悄靠過來。仙台他以前來過好幾次，但待在店內，卻像被扔在異國，感到格格不入。在日新月異的世界裡，只要短短幾年的空白就能輕易製造出一個浦島太郎。相較之下，牆內的時間流動得多慢啊。不，搞不好那裡的時間是停頓的。

重振精神，走向熟食區。熟悉的商品中，也擺著令人意想不到的商品。一看價錢，標示著稅前價和含稅價。含稅價零碎的尾數固然令人在意，但更驚人的是稅金之高。

牆內也有新聞可看。利根知道消費稅從百分之五上調至百分之八，但由於沒有實際購物，並沒有實際感受。考慮到往後的生活，稅率之高是個惱人的問題。但另一方面，有鑑於他在牆內的生活是受到這些稅金保障，他也不敢有怨言。

結果，利根買了蛋包飯和瓶裝綠茶。二項一共五百二十三圓。錢包裡只有一張萬圓鈔和三張千圓鈔。

便利商店的停車場很大，利根便在擋車墩上坐下來，打開蛋包飯的蓋子。店員問起「要加熱嗎」時，他毫不考慮便點了頭，容器底部傳出來的熱度，他現在感激不已。

扒了一大口，滿嘴煎蛋的甜與番茄醬的酸。好吃得讓他差點掉淚。在牆外吃的東西樣樣滋味濃郁，但這又格外有味。這幾年入口的東西無不低鹽低卡，飯和湯都是冷的。刑務官胡扯什麼有益健康，但這個刑務官同時也鄙視受刑人為「無可救藥的飯桶」。要無可救藥的人健康又有什麼意義？

配著綠茶吞下最後一口，終於覺得自己又像個人了。好像也不緊張了。接著就要去面試，正好。利根將空容器丟進店旁的垃圾桶，又來到馬路上開始走。他想走對面的人行道，但視線範圍內都沒有斑馬線，只好橫越馬路。

然後，正好在他一腳踏上馬路的時候。

對向車道來了一輛轎車。離他還有好一段距離。

估算車子的距離和自己行走的速度，應該綽綽有餘——才對。

他失算了。

就在利根越過中央線的那一瞬間，響起一陣震耳欲聾的喇叭聲。反射性地回頭，車子已來到眼前。

還來不及叫，便全身僵硬。

車身近在眼前。

要被撞了！這個念頭閃過的那一剎那，車子大大向左偏，從利根眼前擦過。

闖上人行道的車很快便回到原來的車道，直接駛離。駕駛肯定在駕駛座上罵髒話。

利根先是鬆了一口氣，才開始後怕。

要是駕駛操作方向盤時有那麼一點點差錯，他現在已經在車輪底下了。也該慶幸利根嚇得全身僵硬動彈不得。

到達對面時，冷汗一口氣從腋下冒出來。心臟這時候才狂跳，肚腹驟然發冷。

這也是自己變成浦島太郎的佐證。利根心想，得趕快適應才行。他可不打算再回牆內。必須趕快適應，擺脫這種浦島太郎般恍若隔世之感。

板卷鐵工所是觀護志工幫忙介紹的工作機會，說是利根在刑務所的勞動中習得的車床技術在那裡大有用處。

鐵工所的作業場旁就是辦公室。一進去鐵味與防鏽漆的味道便衝鼻而來。這個味道不討人喜歡，但諷刺的是，一聞到這個味道，利根便感到懷念。

一個年紀不小的女人坐在辦公室裡。利根說了姓名和來意，女人便進了後面，換一個頭髮灰白的矮小男子出來。

這名男子便是老闆板卷。

「好準時啊，很好很好。」

「我叫利根勝久，請多指教。」

等板卷坐下，利根從背在肩上的包包裡取出履歷表。那是昨晚在保護司櫛谷家中寫的。寫壞了好幾張才終於寫好，保護司說可不能摺了皺了，還借他一個透明文件夾來裝。

然而，板卷只看了一眼，就把履歷表放在桌上。

「您不看履歷表嗎？」

「這種東西，看不看都一樣。櫛谷先生的介紹就是最好的履歷表。既然是他介紹的人，應該都沒問題。」

板卷請利根在他正面坐下。

「櫛谷先生在商工會很照顧我們，但就算不是這樣，我也非常敬愛他的人品。這年頭沒多少人自願當觀護志工，而櫛谷先生已經當了十幾年了。一般人可做不到啊。」

然後板卷開始絮絮說起櫛谷為人如何高風亮節。

正為他遲遲不提起自己而不耐煩的時候，板卷換了一個語氣。

「聽說你有車床的經驗啊？」

「是的，我有機械加工技能士二級。」

「哦，二級啊。」

從板卷的語氣聽不出他對二級資格的評價如何。

機械加工技能士的報考資格分為四級。

三級：實務經驗六個月以上。

二級：實務經驗二年以上。

一級：實務經驗七年以上。

特級：通過一級後，實務經驗五年以上。

利根在獄中報考二級，考了三次才通過。其實他還想繼續往上考，但在實務經驗還來不及累積到七年就出獄了。

「你有沒有繼續往上考的打算？」

「有。」

「一般都是邊累積經驗邊往上考的嘛。你再幾年就七年了？」

「再兩年。」

「那好。只要考過一級，無論到哪家鐵工廠都很搶手。而且你才三十歲嘛。這個年紀一級也很不錯了。那個啊，二十來歲走過那麼一遭，也許可以算因禍得福吧。」

然後，板卷忽然壓低聲音。

「那，你是做了什麼才進去的啊？」

利根萬萬沒想到他會問這個，吃了一驚。

「那個……櫛谷先生沒跟您說過嗎？」

「是啊，他只說萬事拜託，關於你的為人啦背景資料什麼的都沒說。不過，他本來就不是愛到處講這些的人。」

「一定要說嗎？」

「那當然啦，如果以後要待在我這裡，總要知道一些最起碼的事啊。」

「無論如何都非說不可嗎？」

「你是贖了罪才出來的吧。那就沒有什麼好隱瞞的，不是嗎？」

可以的話利根不想提，但這個當下又不能惹得板卷不高興。利根猶豫了一下，但下定決心開口。

「……我打了人。」

坦白說了之後，板卷睜大了眼。

「咦，這樣就要坐牢嗎？」

「下手有點太重……而且之前有紀錄。」

「哦。這還滿……」

話沒說完。滿什麼呢？是想說下手太重的傷害很豪邁嗎？

板卷的反應在預期之內。一個對出獄人的更生保護表示支持的人，一旦知道站在眼前這個人有傷害前科，也會頓時心生恐懼。一定是怕自己不知何時會挨打吧。

不可思議的是，一說出前科，莫名就壯了膽。雖然不知道板卷是個什麼樣的老闆、多麼精明能幹，但至少應該不曾打人打到失手。在這方面，利根是佔上風的。

然而，板卷的好奇心卻超乎預期。

「你到底打了誰？」

這回換利根睜大眼睛了。到目前為止，當著當事人的面敢問得如此深入的，就只有同樣在坐牢的受刑人而已，板卷卻一副好奇的樣子望著他的臉。俗話說好奇殺死貓，但看來似乎還殺不死人。

「就是，因為區公所的人態度很差……」

「喂喂喂，你對公家單位不滿意就打負責人啊？」

再來板卷就沒有說話了。

利根對板卷的想法瞭若指掌。不過打個人，八年的徒刑也未免太長了。雖說是傷害，但其實會不會和殺人相差無幾？——他多半是這麼想的。證據就是，他看利根的眼中帶著一絲恐懼之色。

「請問，要我什麼時候開始上班？」

一聽這話，板卷著了慌似地搖手。

「啊啊，這個再等一下。我還需要時間想想。我再跟櫛谷先生聯絡。」

離開了板卷鐵工所，利根搭公車轉車回到櫛谷家。

櫛谷家是屋齡不小的制式獨棟房屋，垂直落下的雨水管到一半就破了。因此管中聚集的雨水滲入部分牆壁，造成漏水。龜裂、褪色的牆直接反應了屋主的模樣。

「我回來了。」

「哦，回來啦。」

櫛谷貞三從後面緩緩走出來。那張笑臉完全是慈祥老爺爺的寫照，但他可是退休警官，所以人真的不可貌相。

據他本人說，他退休後先擔任地區的民生委員，然後才成為觀護志工。觀護志工必須經過保護觀察所認定，可見在社會上需要具備一定的人望吧。

「面試如何？」

「他說結果會再和櫛谷先生聯絡。」

「再聯絡？奇怪了。平常都是面試即錄取的。」

櫛谷訝異地說完這句話，趕緊往這裡看。

「不是啦，板卷先生非常謹慎。他不是針對你。我介紹的地方老闆絕大多數都很明理，不過其中也有人疑心比較重。」

雖然有分辯的意味，但利根認為是自己令人感到不安，便沒有插嘴。

「該煮晚飯了。吃咖哩好嗎？王老五煮的就是了。」

「只要是吃的我都可以。」

「你一定很想吃重口味的東西吧。等你以後習慣了，就知道我做的東西實在不能吃。你會削馬鈴薯的皮嗎？」

「還可以。」

「那真是太好了。乾脆別當車床工，改當廚師吧？」

據說他老婆死了好幾年了，所以原以為廚房會是一片骯髒，結果意外整潔。

櫛谷說聲「來」，遞上馬鈴薯和菜刀。拿起菜刀時，利根忍不住看了櫛谷一眼。

「怎麼啦？比較想削我的頭皮嗎？」

拿刀給一個從牢裡出來的人，你不會害怕嗎？——利根連忙吞下差點說出口的這句話。

「怎麼呆站著。快削啊。我這外行人做菜也是有步驟的。」

利根重振精神，站在櫛谷旁削起馬鈴薯的皮。一開始手指頭還很生硬，驚險萬分，但不久便抓到竅門。

廚房裡只聽見兩個男人的削皮聲靜靜作響。

「櫛谷先生，可以問你一個問題嗎？」

「什麼問題？」

「仙台景氣好嗎？」

「還以為你要問什麼呢。」

櫛谷的視線落在削紅蘿蔔皮的手上，無意朝利根看。

「我出來之前，從電視和報紙上聽說仙台因為最早著手重建，景氣已經恢復了。」

「唔。這話倒是沒錯。」

「可是，我去板卷先生的工廠，卻沒有那種感覺。」

「不會吧！你光從工廠外面看就看得出景不景氣？」

「因為沒有聲音。」

「聲音？」

「我一直做這方面的工作所以我知道，鐵工廠裡不只有車床運作的聲音，打鐵聲其實也很大。可是我在板卷先生的工廠卻沒有聽到太大的聲音。以那裡的大小，要是所有機器都運作起來，應該會大聲到吵到鄰居的。」

櫛谷哦了一聲，佩服地轉頭看利根。

「你常面試啊？」

「今天是我這輩子第三次。」

「那你的觀察能力很敏銳。嗯。你的疑問有一半猜對了。仙台的確是因為災區重建景氣變好了，仙台的市面感覺上好像也恢復到地震前的樣子了。不過，這是常有的事，景氣好主要是好在從事公共建設的那些人，不是整個仙台市、所有仙台市民都好。板卷先生的工廠也一樣，並不是工廠在仙台，老闆連同底下的員工就人人口袋麥克麥克。賺錢的是東京的大型工程承包商，再來就是一些撿得到他們剩下的人。」

櫛谷的語氣中聽不出哀嘆或憤怒。

「這是常有的事。大家嚷著重建重建的，但推動巨額人力、物力、財力的，是東京的大資本商。本地的中小、零售得等他們吃飽喝足之後才能分到一杯羹。勞工也一樣，現在聚集在仙台的幾乎都是外來的人，本地的人他們只挑年輕的。不過，就算這樣，地方經濟還是因為他們撈剩的錢而受惠，所以兩難啊。」

「那，板卷先生那裡也……」

「是啊，生意應該沒那麼好吧。不過呢，幫助你們這樣的人重回社會和景氣是兩回事。所以你不用那麼擔心。」

「可是，景氣不好，就算想請人也請不起吧？」

「如果只講經濟理論是這樣沒錯。可是，社會貢獻也好，社會保障也好，不景氣的時候就更要發揮作用。景氣好的時候是富人先得利，不景氣的時候反而是低所得的人先吃虧。要怪景氣很簡單，但景氣不好底層的人真的會死，不是開玩笑的。不然何必要社會保障？在那種狀態下沒有作用的社會保障，只不過是空中大餅。」

這番話儘管說得並不激動，話中卻有著不容反駁的勁力。

在旁聽著，利根不禁感到欽佩，原來世上還有奇人異士。他聽說觀護志工，是沒有報酬可領的。而且還必須定期參加研修。櫛谷能夠對這種無償的工作投注熱情，怎麼想都和自己不是同一種人。

「可是……像我們這種人，要找正派的工作還是很難啊。我在裡面的時候，就知道有好幾個人都是出來了又馬上回去的。」

「社會上有人就是摘不掉有色眼鏡。還有就是，一旦犯過罪，門檻就變低了，對做壞事就沒有那麼排斥了。聽我說這些你一定很不好受吧。我是舊時代的人，一直相信大多數的苦難都能靠自己的努力加以克服，可是最近好像不見得了。」

削完紅蘿蔔皮，櫛谷接著把洋蔥切末。

「貧困只會造成不幸。人和社會都一樣。我以前一直認為，要防止貧困，最好的辦法就是人人有工作，都能靠勞動所得生活。可是，近年來的不景氣又深又黑暗，連我們這種老人家的經驗都無用武之地了。身為觀護志工這樣講好像在發表戰敗宣言，實在很不甘心，但無論我們再怎麼盡心盡力，也治不好生病的心。而生病的人連自己病了都不知道，又重蹈覆轍。回到牢裡遇到的也同樣都是病人，當然治不好。」

櫛谷的話雖毒辣，卻有他的道理。

在裡面，受刑人談起來最得意洋洋的，是如何犯罪獲利，如何失手被逮。能夠從當事人口中而非書本上聽到這些寶貴的經驗，可是無與倫比的最佳教科書。他們認為被捕只是運氣不好，而非行為本身有誤，來到監獄這所學校上了最好的課，又放到牆外去。要他們在外面別犯罪，腳踏實地認真工作，根本是痴人說夢。

「我搞不好也是那種病人。」

利根隨手切起削好的馬鈴薯。櫛谷拿平底鍋炒起洋蔥丁。四處擴散的洋蔥成分直擊眼球。眼中開始泛淚。

「我待的地方也都是病人。身邊都是病人，慢慢就不覺得自己是病人了……櫛谷先生會不會不想聽這些？」

「不會啊。」

「所謂的壞人，無時無刻腦子裡都轉著壞主意。尤其是我待的監獄全都是有前科的。我一直跟那些人在一起，也許在不知不覺間也……」

「你不是那種人。」

櫛谷打斷利根的話。

「這麼多年下來，各種更生人我見多了，我自認有看人的眼光。你是能夠在大千世界落地生根的人。」

這時候，客廳的電話響了。櫛谷匆匆走出廚房。

「哦，板卷先生。不好意思啊，今天讓你特地抽出時間。那，結果如何？咦，你說什麼？」

櫛谷的聲音突然尖銳起來。

「我說啊，板卷先生，哪有現在才反悔的呢。是啊，之前你也說過你那裡也不輕鬆，但這件事本來就不是為了圖利……。可是啊，能運用他的車床技術的地方就只有你那裡……是啊，要是害你工廠運作不順就得不償失，可是更生援助是……可是……是嗎？好吧，我知道了。不好意思，給你添麻煩了。」

稍後回到廚房的櫛谷消沉得讓利根不敢跟他說話。

「……對不起啊。」

「櫛谷先生不用道歉的。」

翌日，櫛谷便打電話給其他朋友。他向利根強調也許會是車床以外的工作，但利根認為自己本來就沒有選擇的餘地，只說一切由櫛谷先生作主。不，說實話，他當時有點心不在焉。

原因是當天的早報。為了看求職欄而打開的東北新報。宮城綜合版上刊登了那男人的照片。

一看到那張照片，頓時喚起了沉睡的情緒。

一開始還以為是長得像，看了照片底下的名字才確定。

是他。是那傢伙沒錯。

原來自己蹲苦牢的期間，那個男的已經爬到能風光上報的地位了——看著那張得意洋洋的臉，早已封印的憎惡又抬頭了。

第一個人已經成為憎惡的犧牲品，在飢餓與脫水中死去。這傢伙會是第二個。以他的行徑，比三雲忠勝更悲慘的死才配得上他。

驀地裡櫛谷問道：

「怎麼了？表情那麼可怕。」

「沒有，那個，因為職缺比想像的少。」

利根以這句話敷衍過去，也不知櫛谷信是不信。

總之，得找出他的行動。自己就是為此才努力當上模範受刑人獲得假釋的。至於自己重返社會什麼的，不過都是其次。

君子之死

1

「尋找我先生還是沒有進展嗎？」

城之內美佐在電話這頭一催，只聽接電話的署長以恭敬的語氣答道：

「實在非常抱歉。我們全署同仁四處走訪，卻沒有得到任何目擊情報……」

話雖客氣，但美佐深知實際的搜查沒有那麼仔細。就算要找的是縣議員，也不可能因為協尋一名失蹤人口而動員整個警署的警力。警方恐怕只有在丈夫以屍體被發現的時候才會認真。

「署裡所有同仁會傾全力搜查，夫人請暫候我們的報告。」

從他的語氣隱約聽得出他只想早點結束談話。美佐也很清楚再繼續說下去滿腔憤懣就要爆發，便早早掛了電話。

即使如此，對警方的不信不滿還是在心中翻騰了好一陣子。「反正還不是趁著公務的空檔窩在情婦家裡。」一部分調查員的這番揶揄也傳進了美佐耳裡。

情婦？真是笑死人了。他們結婚已三十多年，其間從來就沒出過這種事。丈夫方正耿直，同事陰損他是一穴主義，就連身為妻子的美佐有時也嫌他方正得美中不足。要是真有女人願意被這麼無趣的男人包養，她倒是想見見。

丈夫城之內猛留斷了音訊是十天前，十月十九日的事。議會散會後，傍晚六點離開縣議會便不見蹤影。一開始美佐還以為他是去和哪個支持者碰面，但問過後援會，卻說沒有這樣的行程。打他本人的手機，都切換到語音信箱沒人接，就這樣過了一晚。

以他們的年紀，不會因為丈夫凌晨回家或是外宿一晚便大驚小怪。美佐心想一定是有什麼緣故，等到第二天的傍晚，才終於向仙台北警署報警協尋。

全國各縣縣議員的醜聞飽受國民非議，也是警方遲遲不願展開行動的原因之一。政務活動經費挪作私用，以考察為名出國遊山玩水，性騷擾不夠還鬧出猥褻行為和買春。種種瀆職與失德的報導層出不窮，一介地方議員短短數日的失蹤不免令人聯想到公器私用。

對此，美佐也有異議。城之內在宮城縣議會裡也是出了名的老頑固。就連好酒好色的同黨議員也對他的古板方正傻眼，去那種場合絕不會找他。再加上在金錢上奉行清廉高潔的信條，議會裡因醜聞見責的議員在城之內面前也抬不起頭來。這樣的城之內竟會因一些有失體面之事藏身？這無非是低劣的笑話。

然而過了兩天、三天，依舊行蹤杳然。到了第五天，美佐束手無策之下還請了偵探，卻也得不到有用的報告。

到了失蹤十天後的二十九日，那個警察署長與美佐聯絡了。

「可以麻煩您立刻到署裡一趟嗎？」

「找到我先生了嗎？」

「是。但很遺憾，發現的是他的遺體。」

城之內的屍體發現於宮城郡利府町、高森山公園附近一座蒼鬱的森林。發現的是在仙台市內務農的一名男子，姓五味，只見他萬分惶恐地回答笘篠的問題。

「電圍籬的電池快沒電了，所以我去農機具小屋換電池。一開門，就看到有人被綁在裡面。」

農機具小屋被林木遮蔽，從外側絕對看不見。看來五味是認為農機具小屋因立地條件被選為犯案現場而惶恐。

「您上一次來小屋是什麼時候？」

「收割期是十月初開始的，那時候……呃，上一次是十七日。」

「那麼，如果不是為了換電圍籬的電池，您也不會來小屋了？」

「是的。」

「有誰知道五味先生什麼時候會收割完呢？」

「附近大家都知道啊。我們這邊務農的人全都加入了農協，大家都用同一張時間表。」

所以凡是在附近看到農事的人，都能夠知道農機具小屋是否有人使用。

「您一眼就看出是屍體嗎？」

「當然啊，因為有味道。」

五味沒好氣地說。

「我們做這一行的，對米啊什麼的爛掉的味道都很敏感……，而且人的腐臭味很特別，我一進小屋，就知道是死了。」

笘篠朝身後瞄了一眼。由於四周樹木環繞，沒有必要以藍色塑膠布遮蔽小屋。小屋裡，唐澤正在進行相驗。

農機具小屋裡發現了一具衰弱瘦削的男性屍體——一聽到這則通報，笘篠立刻想到與三雲命案的關聯性，報請唐澤驗屍。因為他判斷若兩起命案是同一凶手所為，由唐澤驗屍最為適任。

但他萬萬沒料到屍體竟是縣議員。一查之下，二十一日其妻美佐便已報警協尋。報警後的第九天失蹤者以屍體被發現，受理的仙台北警署便已面目掃地，偏偏死者又是現任縣議員，極可能要面臨責任問題。此刻署長和眾幹部想必膽顫心驚。

「您剛剛說，人的腐臭味很特別。您以前也聞過嗎？」

「大概五年前吧……，那個農機具小屋也死過人。」

五味的表情好像吃到了什麼難吃的東西。

「隆冬之際，有遊民跑進去，就這樣凍死在裡面。那時候也是我發現的，好像已經死了快一個月了。那個味道啊，想忘也忘不了。之後有一陣子連這種鐵皮屋我們也都會上鎖……」

「但這次也沒上鎖是吧？」

「因為後來就沒有人亂跑進去，裡面也沒什麼好偷的。」

「那次的命案新聞報紙有報導過嗎？」

「有啊，在地方版上刊了小小一篇。電視新聞好像也有播報吧。」

聽到這幾句證詞，當下凶手的範圍便又擴大了。凡是看過遊民凍死這則新聞的人，都知道如果要監禁一個人，這座小屋是絕佳地點。

讓五味離開的同時，蓮田跑來了。

「唐澤先生好像驗完了。」

搬出來的屍體就不能不停放在藍色塑膠布帳篷裡了。笘篠跟著蓮田一踏進帳篷裡，酸敗的腐臭味便立刻強烈刺激鼻腔黏膜。

蹲在屍體旁的唐澤轉頭過來。

「聽說是你指名要我來驗屍的？」

「是我僭越了，但我料想若由唐澤檢視官出馬，當場便能判別此案與三雲命案的共通點。」

笘篠的回答讓唐澤苦笑。

「共通點啊，就算不是我來驗屍，答案也一樣啊。這次同樣是餓死和脫水。才遇過兩具屍體，我就成了餓死屍權威了。」

笘篠在唐澤身邊蹲下觀察屍體。正如唐澤所說，屍體全身肌肉萎縮，和三雲一樣。嘴巴四周與四肢也同樣有綁縛的痕跡。

「封箱膠帶已經拆掉了，但以我所見，與第一起命案中用的十分酷似。恐怕是同樣的東西。」

「什麼時候死亡的？」

「要等解剖，不過大約是兩天前，二十七日前後吧。這個也和上次一樣，是飢餓造成的衰弱至死。比起沒有進食，沒有水喝更要命。」

「綁縛的方法和部位一致。就檢視官的立場，只能說非常類似。」

「是同一人所為嗎？」

三雲命案僅報導了死者遭綁縛棄置。因此若非同一凶手，連綁縛的部位和所使用的封箱膠帶種類都一致的可能性跡近於零。

「死者是漸漸衰弱，容易被當作不確定故意的殺人，但換個角度來看，沒有比這更殘虐的殺害方式了。辦案最忌先入為主，但這個方式讓我感到凶手非比尋常的憎恨。」

唐澤的言外之意，笘篠不難理解。

「只要站在被綁縛的人的立場就知道了。得不到任何食物飲水，甚至無法呼救。小屋外卻是鳥語花香，有時候還聽得到說話聲。小屋外明明平靜如常，緩慢的死亡卻一步步穩穩朝自己逼近。很難想像還有什麼別的方式能讓一個人在如此孤獨與恐懼的折磨下死去。姑且不論肉體上如何，精神上就算發瘋也不足為奇。」

「可是檢視官，找不到任何痛恨或討厭三雲忠勝的人啊。」

「反過來說，明明無怨無仇，卻能這樣殺人我才更擔心。讓人想起納粹的人體實驗。」

笘篠將視線移往屍體。除了膨脹的腹部，全身的肌肉都收縮了。與古代繪卷上畫的餓死鬼如出一轍。當上縣議員少不了飯局，就算沒有飯局，應該也是豐衣足食。看到屬於富裕階層的人竟落到這般如同餓死鬼的模樣，也會覺得唐澤的話說得中肯。

找一個忙著在小屋四周查看的鑑識課員問了一下。

「是的。凶手使用的封箱膠帶與第一起命案用的看來是同樣的。只不過這是大量生產的商品，很難過濾出終端用戶。」

「是在穿著衣服的狀態下直接綁的？」

「是的。西裝內口袋裡的鈔票也原封不動，衣領上的議員徽章也是。凶手似乎完全無意隱藏死者的身分。」

沒錯。轄區也是因為看出死者身為縣議員，才立刻向縣警本部通報的。

「其他跡證呢？」

「老實說，不太樂觀。因為地點的關係，不可能開車到小屋。這麼一來，無論是用扛的還是用拖的，凶手也應該會留下不少跡證，可是……」

鑑識課員指著從小屋搬出來的農機具。

「如果是用那個搬運，我們就一點辦法都沒有了。」

他指的是用來搬運雜糧等物的手推車。的確，有了這個，即使是小孩也能輕鬆搬運一具大人的身體。

「手推車是這座小屋本來就有的，凶手應該是以不費力的方式搬運了死者。正如您所看到的，通到小屋的路，連獸徑都算不上。雜草長得如此茂密，要採集鞋印也很困難。要是像第一起命案那樣也穿了拖鞋就更糟了。」

「可是至少是開車到森林入口的吧？」

「死者是十天前就失去聯絡的，十天的交通量累積起來相當可觀。森林旁邊又有公園，要追蹤輪胎痕也不容易。啊，還有，」

鑑識課員的語氣顯得更加懊惱了。

「像這樣的地點，也不能期待有監視攝影機拍到。」

不等他說笘篠就已經注意到了。小屋四周就不用說了，連森林入口也沒有看到任何形似監視攝影機的東西。

行人多的鬧區、金融機關，或便利商店門前、學校附近。這些地方姑且不論，但白天也沒有人會進去的森林當然不可能裝設監視攝影機。如果凶手是考慮到這一點來選擇場地的，那麼果真是熟悉此地嗎？或者曾經在附近勘察，偶然間發現了這個條件絕佳的農機具小屋？

「手推車的把手上，只採到所有人五味先生的指紋。小屋裡呢，則是散亂著各種毛髮。恐怕有一半以上是動物的毛。我想光是區分就需要不少時間。」

接著笘篠又找上轄區鹽釜署的署員，他也難掩懊惱。

「說是調查地緣關係，但森林裡又沒有不良少年聚集，這裡天黑之後連行人都沒有。目前也沒有蒐集到曾有人在這附近看到陌生人的目擊情報。」

本來就是個少有人會經過的地方。只要是深夜開車來，人帶進森林以後，恐怕誰也不會發現。

正當笘篠對毫無線索的情況開始不耐煩時，蓮田一臉洩氣地對他說。

「笘篠先生，你聽說過遇害的城之內縣議員的風評嗎？」

「我對縣政生疏得很。知道縣長叫什麼就不錯了。」

「人家都說他是縣議會的頭號正派人物。不愛錢，不好女色。人人都說，他是清廉潔白的化身。」

「哦。我還以為貪污好色是當議員的必要條件。」

「那也太極端了，可是城之內縣議員完全沒有負面的評語。我也向本部二課確認過了，他的名字從來沒有在貪污事件中出現過。再加上他又肯提攜後輩，很多後進議員都很尊敬他。」

「你是說，作為一個縣議員，沒有令人痛恨之處？」

「如果有人專門與聖人君子為敵，那他倒是個很好的目標。」

「他自己太乾淨，在爛泥堆裡反而會被視為眼中釘不是嗎？」

「我想嫌他礙事是有的，但就是看不順眼吧？總不至於這樣就想除掉他。」

這笘篠也知道。

「據說他也很重視民意，在縣議會的網站上形同民眾的意見箱。又沒有什麼政敵，所以不同派系的議員也不會抨擊城之內縣議員。」

所以城之內作為一名公僕沒有死角是嗎？那麼人際關係方面只能以私人的角度來調查背後的關係了。

「聽說錢包沒被碰過。裡面有多少錢？」

「現金二十一萬多，還有各種卡。因此，這件命案也沒有財殺的可能。」

可惡，又是動機不明的行凶嗎——笘篠暗自咋舌。動機不明，豈不是連嫌犯都無從過濾起？

「和三雲命案的共通點很多啊。而且都是些棘手的地方。」

「死者都是名聲很好的人物。都是在下班回家路上遭到綁架。屍體發現之處都十分荒廢。使用的工具全都是量產的一般商品。沒有目擊者、沒有監視攝影機拍到。沒有能夠鎖定凶手的殘留物。而死者都是遭到封箱膠帶綁縛餓死的。」

「像這樣一一列舉出來，越聽就越令人煩躁。」

「共通點幾乎都是沒有向媒體記者公開過的資訊。第三者要模仿也模仿不來。笘篠先生，這十之八九是同一凶手所為。」

「恐怕從管理官起，全專案小組沒有一個人不這麼想。」

「笘篠先生有不同的意見嗎？」

就是沒有才憂鬱——正要這麼說的時候，轄區的員警插進來說道：

「死者家屬到了。」

唉，最讓人提不起勁來的工作還沒做啊。

城之內美佐自抵達現場的那一刻便激動不已。那個樣子就是收到通知知道丈夫被發現了，卻不接受他已經死了。

無論如何，面對死者都不是一件愉快的事，而陪同家屬認屍則是最痛苦的工作之一。看似堅強的美佐也是一見到城之內的屍體，便不出所料地垮了。

美佐認清屍體是城之內，隨即頹然坐倒，喃喃地說著「怎麼會這樣……」，之後便掩面嗚咽了好一陣子。

然後，正以為她總算平靜了些，她卻突然緊咬著笘篠不放。

「都是你們警察害的。」

「什麼？」

「我報警的時候，要是你們認真找就不會發生這種事了。全都是警察的責任！」

她指的是受理失蹤案的仙台北警署吧。一時間，笘篠真是怨恨北署的生活安全課，但美佐的怒氣只怕是針對全日本的警察而發。代表警方承受責怪也是工作中無奈的一面。這時候不能反駁，只能低頭乖乖挨罵。

「我拜託了北警署署長不知多少次，卻連一次調查報告都沒有。你們知不知道，我先生可是堂堂縣議員呀，是扛起宮城縣政的要員之一，你們卻把他當作一般離家出走的人看待。你們到底有沒有身為公務員的自覺？」

看來美佐是那種會因為自己的聲音而激動的人，只見她的抗議越來越激昂。

「到底是誰的怠慢造成了這起悲劇，我會透過議會發動徹底調查。你們竟敢如此草菅人命！」

接下來，美佐便不斷哀陳城之內的死對宮城縣和自己一家是多麼沉痛的打擊和巨大的損失。

笘篠雖如坐針氈，但也懂得如何處理這種場合。總之，千萬不能回嘴，要讓對方說到滿意為止。

絕大多數的人只要發洩了心中的情緒便會平靜下來，偏要將眼前的人痛罵到地老天荒的好戰之士也不常見。

不久，美佐的激動也平息了，或許是說話說累了，笘篠看準了她低下頭的那一瞬間，開口說道：

「也難怪您會生氣。警方或許是有該被檢討的地方。即便我代表所有警察向夫人賠罪，也難消夫人之氣，而就算我這麼做，您的先生也無法復生。但是，有一件事是我們警方做得到的。那就是逮捕凶手，交付司法。」

於是美佐緩緩抬起頭來看笘篠。

「由於牽涉到辦案機密，不方便向您透露詳情，但殺害您先生的凶手是個極其狡猾、極其殘忍的人物。您或許會認為為時已晚，但我們還是必須蒐集與凶手相關的線索，大大小小都不能遺漏。當然也需要夫人的協助。」

關鍵時刻到了。笘篠直視著美佐的眼睛不放。

「您事後要怎麼責怪我們都行。但現在請您協助我們辦案。」

裝模作樣也好，三流演技也罷，最重要的是讓家人說出可信的證詞。

果然，美佐雖一臉質疑，仍怯怯開口。

「我能提供什麼樣的協助？」

「我們也對您先生身為縣議員的風評有所知聞。在工作上，他沒有敵人。」

「我先生說，是有人與他政見對立，但只要離開議會他們便能直言不諱，暢所欲言，所以我想他並沒有死敵。」

「原來如此。但是，會不會有人對如此高潔的人物心懷嫉妒或成見呢？」

「我不知道，至少我沒有聽說。」

「那麼，私生活方面如何呢？一直到現在，您知不知道有誰對您先生心懷怨恨？」

美佐沉思了一會兒，但無力地搖頭。

「……我想不到。不是我自誇，但我先生真的是個完美的人，就連我這個妻子有時候都會覺得喘不過氣來。一般夫婦在一起久了，都會發現對方個性上有什麼不足之處，可是我先生完全沒有……所以我從來沒聽說有人恨他、討厭他。」

2

理所當然地，死者一增加，小組會議的氣氛就明顯變差。因為，無論凶手是否有此意，負責辦案的人就是會覺得凶手在暗地裡嘲笑。

而且，這次遭到殺害的是現任縣議會議員。所謂人命無輕重之分，不過是生物學上的事實，專案小組所受的壓力會因死者的社會知名度和頭銜而敏感變化。尤其當死者是縣議會議員，縣長和議會都會關心辦案的進展。東雲身為負責管理官必須扛起責任和面子，換個角度來說，他也是被害者。若能順利將凶手繩之以法也就罷了，若拖久了勢必飽受議會與社會抨擊。要是一個不幸案子破不了，還可能被貶。

「意思是說，無法斷定凶手是同一人？」

東雲的臉色也是使氣氛變差的原因之一。或許是切身感到事情重大才會做出這個動作，他在等候調查員回答的期間，手指不斷敲著桌子。調查員也是看著他的臉色回答，說起話來不免有點結巴。

「不，這不是解剖紀錄上寫的，是唐澤檢視官的個人意見……」

「沒有確切的證據嗎？」

「就綁縛的方式、封箱膠帶黏貼的位置而言，是同一凶手所為的可能性極高。死者身上的財物全都原封不動，凶手對犯案現場十分熟悉，這兩點也指向凶手為同一人。」

「下一個，訪查的結果如何？」

轄區的調查員站起來。從現場狀況不難想像並沒有目擊者。好可憐見的，他也是還沒回答就先退縮了。

「……發現現場的農機具小屋位於郡部一座頗深的森林中，除了賞鳥人士和農人之外，鮮少有人經過。森林入口也只有零星民家，天黑之後居民就不會出門了。由於是這樣的狀況，目前尚未有目擊可疑人物或聽見可疑聲響的情報。而現場附近並未設置監視攝影機，四周沒有任何影像記錄。」

「下一個，鑑識報告。」

被指名站起來的鑑識課員臉色也不好看。

「現場雜草茂密，難以採集立體足跡，實際上能夠採集的只有農機具小屋四周的一小塊範圍。這是在那裡採集到的相對較新的鞋印。」

他做了一個手勢，前方的大型螢幕顯現出鞋印的樣本。從陰影可以看出那是平面印痕。非常平板，完全看不出任何圖樣。

「這是留在水泥部分的。鞋底沒有圖樣，因為這應該是拖鞋般的鞋子。」

又是拖鞋啊——東雲臉上失望之色更濃了。

「但與第一起命案所使用的拖鞋種類不同。從這一點看來，兩起命案有相似之處。」

凶手在行凶時穿著拖鞋的事實並未公開，而目前也沒有任何媒體打探出來。儘管要避免武斷，但在場的每一個調查員都深信是同一凶手。所有人都表情複雜，因為心中有一半是有把握如此確信，而另一半是對案子果然不易追查的失望。

「農機具小屋平常沒有上鎖，因此屍體周邊採集到的毛髮多數是野狗、貓、老鼠等獸毛。少數的人類毛髮已證實是死者與小屋所有人的。」

「人際關係。」

這次換笘篠站起來。

「這次的死者是縣議員城之內猛留，我想很多人都知道，是宮城縣議會的頭號正直人物。在議會中從不嘲諷謾罵，高唱縣民第一主義，絕不激動失態，其他黨派對他也十分敬重。自當選以來，與貪瀆、無恥的醜聞一概無涉，人人都說只有情義才是懷柔他的唯一手段。我們問過好幾個縣議會的人，幾乎所有人都說沒有人會討厭他這個縣議員。看來是近來難能可貴、信譽卓著的政治家。」

「私生活如何？」

笘篠一五一十報告了城之內美佐回答的內容。作為丈夫，他是理想得甚至太理想的典型。既非暴君也不花心。也許有人會覺得這種人很無趣，但至少不會招惹麻煩。

「在交友關係上也沒有稱得上問題的問題。死者生性謹慎，除了後援會的相關人士之外不與人深交。據妻子說，他十分潔身自愛，以免必要以上的深交使自己的立場和頭銜遭到利用。」

「無死角的清廉潔白是嗎？」

東雲的臉色更難看了。

只要翻一下地方新聞就能了解他臉色難看的原因。地方版和社會版都大肆報導城之內議員之死。這不僅是因為他是現任縣議員，也是因為記者都很清楚他的人品和風評。

〈宮城縣議會的良心〉

〈絕代縣議員〉

〈考驗縣警的威信〉

主標上的文字，直接反應了記者的憤慨與輿論的猛烈。原本是支持者與部分市民才了解的城之內的為人，在地方媒體的宣傳之下加了油添了醋。若報導再繼續下去，城之內的神格化勢必變本加厲。

被害者神格化的程度與專案小組的壓力成正比。甚至有傳聞說，昨晚縣警本部長便受到縣長親自關切。然而，初始階段仍然沒有像樣的線索。要是媒體再挖出與三雲命案之間的關聯，天曉得會被寫成什麼樣子。

「死者和頭一個死者三雲忠勝有相似之處。他也是個性篤實，找不到仇殺的可能性。」

笘篠也贊成這個意見，因此點頭表示同意。

「繼好人之後，是君子嗎？搞不好，凶手就是把箭頭瞄準在這些人身上。」

飽受社會虐待的人反而惱恨卓有威信之人——並非全然沒有這樣的可能性。人被逼急了，和飢餓的野獸沒有兩樣。飢餓的野獸是不講常識和道理的。

「有必要從資料庫裡挑出有前科、曾經看過精神科的人。」

這樣的判斷雖然多少有些危險性，仍屬妥當。若暗自調查有精神科病歷的人一事遭到公開，只怕逃不過人權團體的抨擊，但監視可能出現虞犯的團體在辦案手法上則是正當的做法。

「初始調查的階段線索稀少，也看不出凶手的特徵。實在令人著急，但現狀我們除了按照基本，實實在在繼續查地緣關係和人際關係，也沒有別的辦法。」

東雲環視在場所有調查員的面孔之後說。

「但是，無論什麼案件都一樣，別忘了實實在在的搜查到頭來才是最短的捷徑。凶手一定接近過死者，熟悉死者的行動模式。否則無法如此巧妙地綁架死者。靠地緣關係和人際關係一定能查出凶手。現在只是還查得不夠深而已。」

調查還不夠徹底——一句話罵了包括轄區在內所有的調查員，人人表情都僵了。

「由於遇害的是縣議員，縣民對我們專案小組更加注目。縣警的威信就取決於我們能不能成功逮捕凶手。昨天縣長也破例特地向縣警本部長表達了對案情進度迫切的關心。」

笘篠吃驚不小，其他調查員肯定也一樣。儘管早有傳聞，卻萬萬沒想到東雲會在會議席間明說。

「我知道有人虧我們是權力的走狗，但代表縣民的縣議員遇害的事實，比一般市民遇害沉重好幾倍。甚至可能被說成對縣政的恐攻，對縣民的恫嚇。不能耗時延宕，更別提破不了案。視案情考慮增加人手，縣警總動員也在考慮之列。各調查員要以沒有成果就不回本部的氣勢來辦案。以上。」

調查員在此一聲令下解散。

「好一番慷慨激昂的訓話啊。」

蓮田語帶困惑，低聲對笘篠說。也許是被東雲的焦躁感染了。他那樣子，才真叫笘篠感到一抹不安。

「上面的人火燒屁股，我們不必跟著著急。照平常辦案就好。」

「真的可以嗎？我總覺得好像下了備戰號令。」

「跑現場是我們的工作，負責任是管理官的工作。要是連在下游的我們都被責任壓垮，本來做得好的事都做不好了。」

警界固然階級分明，但笘篠認為上層和下層沒有必要肩負同樣的緊張。各階層必須拿出的成果各自不同，所以才會領不同的薪水。同一道命令也只須依照職責來解釋即可。

「只不過，管理官的話也不能全當作耳邊風。好比凶手一定很接近死者。」
「可是，他都可以伺機綁架兩個人了，對他們的行動模式瞭如指掌不是當然的嗎？」
「問題就在於對兩個人都瞭如指掌。好人三雲忠勝，君子城之內猛留。照理說，他們除了不會得罪人之外，一定還有其他共通點。會議中提到精神科患者，但就一個精神有障礙的人而言，犯罪的手法太乾淨俐落了。這兩人不是隨機中選的，是依照某個共通點選出來的。」
「這樣憑據不會太弱了嗎？」
「如果是隨機選的，凶手不會興之所至就特地去綁架出了事會被大肆報導的縣議員。而且綁架當天議會在縣政府開會，縣政府的警備比平常更嚴密。就算知道城之內的行動模式，光是這樣就動手綁架太危險。還必須掌握議會結束的時刻和縣政府周邊的警備。就一個興之所至選出的對象而言，太麻煩了。三雲也一樣。福祉保健事務所的工作幾點結束，三雲課長幾點下班，這些都是必須連續監看好幾天才會知道的，所以如果是隨機選擇的也很麻煩。這兩個人被選上一定是有原因的。而這個原因應該是兩人共通的。」
聽完，蓮田揣測般看著他。
「笘篠先生，你一定想到什麼了吧。」
「我們都被縣議員這個頭銜唬住了。無論再受人愛戴的議員，也不是一出生就在縣議會上班。」
「在當上議員之前的工作……」
「沒錯。我們來追溯城之內縣議員出社會以來的工作。這當中或許會有和三雲的接點。」

離開了會議室，笘篠立刻上網找出宮城縣議會的網站。點了議員一覽中「**城之內猛留**」的名字，立刻出現他的大頭照、聯絡方式，以及簡歷。

・宮城縣兒童育成委員會名譽會長
・乾貨振興工會副理事
・水產加工業振興會理事
・宮城縣中小企業聯絡會會長
・仙台青少年育英基金理事

上面所列的是歷任榮譽職，全都是擔任縣議員之後的活動。沒有笘篠想要的資訊。

「像這類名鑑，不會記載畢業學校和之前的工作喔。」

「應該是看縣民關心到什麼程度吧。最重要的是隸屬哪個政黨和當選次數的資料而已。相較之下，之前的工作經歷大概不是什麼重要資訊。」

若是國會議員，多半會記載更詳細的資料，不過原來縣議員在官方留下來的紀錄就只有這些啊。

既然如此，問家屬最快。笘篠帶著蓮田前往城之內家。

城之內位於青葉區庚申町的自宅是間優雅的獨棟房屋。告別式於昨天舉行，但門上仍貼著「忌中」的紙條。一進玄關，濃濃的線香味便撲鼻而來。

美佐顯得比在現場見到時更加憔悴。沒了尖刺，取而代之的，是花朵枯萎之際散發出的細微腐敗味。

「我先生當上議員以前嗎？」

美佐的聲音有些空泛。

「是的。訃文的報導也沒有提到任何當選之前的事。」

「頭一次當選大約是八年前的事了，在那之前是厚生勞動省的公務員。」

「厚生勞動省？」

「我們結婚時，他是在氣仙沼的福祉保健事務所服務。然後轉調過登米、栗原、石卷、岩沼分所，退休的時候是在鹽釜福祉保健事務所。」

忽然間美佐懷念過去般瞇起了眼。笘篠卻沒了關心未亡人情緒的心情。

福祉保健事務所。

「夫人，您先生的朋友當中，有沒有一位叫作三雲忠勝的人？」

「三雲……。我沒聽說過。他在當上縣議員之前，都不會在家裡談工作。當上縣議員之後，倒是常說到同事議員和不同黨派之類的話題。」

笘篠說是這一位，請美佐看了三雲的大頭照，但美佐沒有反應。

「我先生不會帶同事回家。」

即使如此，離開城之內家時笘篠暗自興奮。也許終於能把城之內和三雲連起來了。

「要到三雲家一趟。」

「可是，三雲太太也一樣不認得先生的同事和上司吧？」

「光是能確認兩人有接點就是挖到寶了。」

三雲家同樣位於青葉區，要去很方便，這個事實也讓笘篠懷疑三雲與城之內的關係。住得這麼近，要在家人不發現的情況下碰面也是可能的。

一如笘篠預期，三雲尚美雖知道城之內這個人，卻不記得與丈夫是否有工作上的往來。

「我先生不會在家裡談工作，我們也不會在電視上看到縣議員，所以不會提到。」

聽著尚美的話，笘篠回想自己的家庭。自己也不太會在家裡談工作，回到家總是單方面聽妻子說話。所以世間的丈夫不論工作和頭銜為何，在家裡幾乎都是沉默寡言的嗎——這麼一想，便對三雲和城之內產生幾分親近感。

「那麼，能不能請教您先生工作上輪調的經歷？」

尚美望著天花板，露出搜索記憶的樣子。

「結婚前是在栗原福祉保健事務所，然後是鹽釜福祉保健事務所，最後是青葉區的事務所。」

笘篠將每一處的任期記錄在記事本中。旁邊那一頁，同樣是城之內歷任職務的時間。

兩相對照，八、九年前有一次服務地點是重疊的。

鹽釜福祉保健事務所。兩人曾在那裡共事兩年。

「您先生有沒有提過鹽釜福祉保健事務所時代的事？」

「沒有。就像我剛才說的，他在家裡是不會談工作的。」

「是因為您夫妻說好不談的嗎？」

「倒也沒有特別說好。不過，聽其他太太說起來，我很慶幸他不會這樣。」

「為什麼呢？」

「刑警先生也是男性，聽我這麼說也許會覺得不太舒服，但專職的家庭主婦忙著家事和小孩，每天都很累。到了晚上累得不成人形的時候，要是丈夫回來又要沒完沒了抱怨工作，誰受得了呢。我們夫妻感情能夠維繫，也許應該要歸功於他從不帶工作回家……如今回想起來，他真的是個好丈夫。」

離開三雲家，笘篠與蓮田便將車開往青葉區的福祉保健事務所。

「可是，為什麼要去那裡？」

「因為三雲如果有工作上的麻煩要抱怨，職場是他唯一的出口。」

「……笘篠先生又想到什麼了嗎？」

「我是想，丈夫從來不在家抱怨工作半句，心裡肯定累積了很多垃圾。」

「我不是那種會累積垃圾的人，所以不太能了解。」

「我們警察是特別公務員，有太多事不能告訴家人了。城之內和三雲卻是一般公務員。抱怨的種類和民間應該沒有太大的差別。」

「什麼意思啊？」

「他們兩個不是不提工作，而是不能提吧？所以才連同事的名字都沒告訴老婆。」

「這樣會不會想太多了？」

「會嗎？至少可以假設是不方便讓老婆孩子聽到的事。拿我們來舉例好了，好比因為案子實在沒有進展而捏造證據之類的。」

「……這個例子實在不好笑。要是在飯桌上說了這種醜聞，從那天起就會被家人瞧不起。」

「那麼，為了避免不小心說溜嘴，平常就把在家談職場當作禁忌，這樣的可能性呢？」

「我覺得這好像也想太多了……別的不說，他們兩人當時都是在福祉保健事務所那裡工作。這方面的工作，真的會發生什麼無法告訴家人的醜聞嗎？」

笘篠能理解蓮田有些顧忌地提出質疑的心情。笘篠也有自覺，擔心這個看法太多疑。然而只要是可能性之一就要查個一清二楚，辦案就是這麼一回事。

「那我反過來問你，我們警察的工作就是保護國民的生命財產安全，防止犯罪，但至今連一件冤獄都沒有嗎？從來都沒有報過假帳、對嫌犯沒有過度偵訊或非法調查嗎？」

「這個，這個……」

蓮田支吾了，接著便陷入沉默。

一到福祉保健事務所，除了所長以外的職員全都在窗口服務民眾，看來願意理會他們的只有圓山。

「三雲課長對工作的抱怨，是嗎？」

圓山把剛才正在看的文件先擱在旁邊。

「如果是中階主管的悲哀之類的，在中午吃飯的時候曾經聽過不止一次……不過沒那麼嚴重。就是夾在我們一般職員和所長之間左右為難的時候，好像相當痛苦。不過，這在每個職場上都會有吧。」

「不，我指的不是這些，像是在以前的職場上曾經發生過某某糾紛之類，比較嚴重的。」

見笘篠追問，圓山便皺起眉頭。

「和辦案有關嗎？無論什麼職場，都會有或大或小的糾紛吧。」

福祉保健事務所內部一查就知道，所以把這件事告訴相關人士應該不成問題。

「您知道城之內縣議員遭到殺害的案子嗎？」

「知道。不光是地方電視台報導了，也上了全國電視台的新聞。怎麼了嗎？」

「城之內先生以前在鹽釜福祉保健事務所的時候，三雲先生也在那裡。」

一聽到這句話，圓山的表情為之一變。

「這是真的嗎……」

「只要查查貴處保管的人事資料庫應該就能查出來。」

「一般職員沒有查閱職員個人資料的權限……但既然刑警先生調查過了，那一定是真的了。」

「這兩起命案或許有關聯。」

「或許吧。既然兩個人之間有這樣的關係。剛才您的問題是建立在這個前提上嗎？」

「是的。無法完全否定八、九年前他們兩位任職於鹽釜福祉保健事務所期間曾發生過糾紛的可能性。」

「那是以福祉為宗旨的職場啊！」

圓山說了與蓮田同樣的話。然而，笘篠認為這正是推託的好藉口。

「無論什麼樣的工作，都有不得洩露於外的黑暗面。老師也好，宗教人士也好，律師也好。世上有好幾種職業被稱為神聖的職業，但他們雖然號稱神聖，也不是與犯罪全然無緣。只要和錢扯上關係，就一定會有陰影。即使高唱福祉也一樣。難道不是嗎？」

一經逼問，圓山就不作聲了。

正當笘篠開始反省自己是不是有點逼人太甚時，圓山似乎想起什麼似地開口了。

「我不知道這和三雲課長遭到殺害有沒有關係，但福祉保健事務所的確存在著不願意讓外界看到的東西。而我們因從事份內的業務而得罪人，也是事實。」

「從事份內的業務卻得罪人，是嗎？」

「我們保護第一課的工作是批核生活保護的申請，但其實還有一項業務，就是擔任個案工作員。」

笘篠對個案工作員這個詞毫無頭緒。

「也稱作現業員或地區負責人員，就是向需要生活保護的對象諮商，或是提供建議……」

「如果是這樣的工作，應該不至於得罪人吧？」

「想要生活保護的人雖然是向窗口提交申請書，但申請書上記載的未必全都是事實。也有人為了領款而虛報資產，或隱瞞就業事實。所以實地確認申請書內容也是個案工作員的工作。」

「那……也許真的會讓存心不良的申請者懷恨在心。」

「不是也許，是確實有。」

圓山有些為難地笑了。

「申請生活保護的人，精神狀態幾乎都非常緊繃，所以妨礙他們申請的個案工作員說起來就像天敵。衝突自然會更加強烈。」

說起來是很合理，卻也令人難過。雖然不是人窮志短，但和飢餓的人是沒有辦法講良知的，是嗎？

「然後……」

「還有？」

「是啊，很悲哀。這也是個案工作員最糟糕的工作。」

說完，圓山從抽屜裡拿出幾張文件。

「雖然時下對生活保護都聚集在盜領的問題上，但這更是起始，或說是最前線。」

圓山遞過來的文件大小不一，其中也夾雜著看似傳真影本的東西。

『小山町二丁目的津久島丙吾大白天就一直跑小鋼珠店。停止他的生活保護！』

『久野町五—三，國枝家前面停了一輛新車。他一定不合條件。』

「這些，全都是民眾的通報。傳真、信件、在官網上的留言，當然也有電話通報。」

「說通報，聽起來不是很平和啊。」

「有些地方政府甚至還獎勵這些通報。宮城縣雖然是災區，但過了一段時間就會反彈。於是，本來完全傾向救濟弱者的輿論也會轉為偏向絕不能原諒不當請領。」

這同樣很有道理。就連東日本大地震這般前所未有的災難，過了兩、三年的時間，同情和關心也會減弱。善款和重建預算一度集中之後，可以百分之百肯定會有人緊盯這些款項的用途。

原因之一是很可悲的，有詐領財源之輩。偽ＮＰＯ，詐騙災民，不當請領生活保護。錢都是因為救急與善意而籌得的。違法的用途當然會受到比平時更強烈的批判。

「取締這些不當請領也是由福祉保健事務所執行吧？」

「我們會在下班之後再前往個案家。如果願意的話，要和我一起去嗎？」

「跟圓山先生一起去嗎？」

「不瞞您說，個案工作員的工作就是我負責的。福祉保健事務所職員的牢騷，其實走到哪裡都差不多。我不知道三雲課長在之前的單位遇上了什麼糾紛，但如果您看了我等一下要做的工作，大概會有個頭緒吧。」

「我們同行方便嗎？」

「我反而要感激兩位呢。在不當請領者當中，有不少是反社會勢力的人，和暴力傾向很嚴重的人。」

笘篠和蓮田對望一眼。事情的發展雖然出乎預料，但想想兩名死者都是福祉保健事務所的人。既然如此，了解這份工作的表裡兩面，對辦案有利無弊。

「我想等您實際看了，就能理解為什麼這份工作會得罪人。」

笘篠他們決定跟圓山一起去。

3

下午五點過後，圓山向四周的職員打過招呼，與笘篠他們會合。

「兩位可以坐事務所的車嗎？不好意思，小車坐起來有點擠。」

開警車造訪生活保護受補助者的家，事後可能會衍生不必要的問題，圓山的提議真是求之不得。

圓山沒有開啟導航便開了車。可見這條路他常走，已經記得路了。

「我記得再過去是室山社區吧？」

只要是仙台市內，笘篠大致都有譜，因此憑車子的行駛方向便猜出目的地。

「您好清楚啊。正確答案。案主就住在那裡。」

不久，車子來到一個社區，六棟大樓相倚而建。這個地方笘篠曾為辦案來過幾次，並不陌生。

這裡一般稱為室山團地，正式名稱是「仙台第三雇用促進住宅宿舍」。建設之初，本是提供短期的臨時住處以保障外來的就業者，但後來放寬了居住資格，不是就業者也可居住。基於保障短期住處的立意，房租平均二萬五千圓，十分低廉，但規定租約以兩年為期。只不過，負責營運的SK綜合住宅服務協會會視新申請租約的情況來續約，因此期限過了仍繼續住下去的大有人在。原定二〇二一年度要廢止並改為民營，但又將已決定廢止的住宅作為救濟措施加以利用，提供給因長期不景氣而被迫搬離員工宿舍的就業者。

雖是鋼筋水泥建築，但屋齡高便無法補救，不能否認整個社區散發出窮酸與貧困的味道。通路各處都散亂著生活雜物和玩具的垃圾，更增幾分蕭條。

「笘篠先生好像來過很多次？」

「是啊，為了搜查嫌犯住處來過三次。」

「我大概是一週三次吧。搞不好來得比常去的簡餐店還勤。」

圓山自嘲地笑了。

「全國各地都一樣，這種社區好像都開始貧民窟化了。可是就算想脫離貧民窟，又沒辦法搬到房租高的地方。拖著拖著，住戶越來越高齡化，於是貧民窟化又更嚴重，形成惡性循環。」

一旦貧民窟化的傾向顯著，住戶中自然會出現需要生活保護的人家。

「案主是渡嘉敷秀子女士。她是單親媽媽，日子過得很辛苦，就是因為太辛苦而做出了違反規定的行為。」

渡嘉敷秀子住的是C棟七〇五號。八層樓高的建築竟然沒有電梯，三人只能沿著水泥樓梯爬上去。

「這年頭這種公寓很罕見吧！」

領頭的圓山開玩笑地說。這是個光憑建築本身就能窺見貧困的地方。圓山之所以開玩笑，多半是為了緩和這種悲慘吧。

建築物本身發出異味。有點酸，有點甜。

「您有沒有注意到有個味道？」

「是啊。這到底是什麼味道？」

「貧困的味道。」

圓山不假思索地回答。

「生活拮据，隔天才洗一次衣服，最後連伙食費也越來越省，就會發出這種味道。做我們這種工作，常會遇到這種味道。」

所以是疲於生活的味道嗎？

但其實笘篠對這種味道並非全然陌生。

有點酸，有點甜——這種味道和腐臭味非常相似。人死後被體內細菌逐漸分解的臭味。所以這種臭味是生活的腐臭味啊。

圓山站在七〇五號前。笘篠有些吃驚，因為沒料到這年頭竟然還有只有門鈴和鷹眼的門。按了兩次門鈴，門縫中才露出一個中年女子的臉。她看到圓山便微微點頭，可見她就是秀子了。紮在腦後的馬尾和脂粉未施的臉。雙眼凹陷，嘴唇乾燥脫皮，毫無修飾。事前聽圓山說她四十一歲，但笘篠怎麼看都像五十幾歲。

「妳好，秋穗妹妹呢？」

「出去了。」

「那正好。請讓我進去。啊，這兩位是來實地實習的，請不用在意。」

三人被請進門。一進去，剛才的腐臭味就變得更濃，直竄鼻腔。笘篠怕失禮不敢伸手捏鼻子，但或許眉頭有點打結。

玄關很小，站了四個大人便無立錐之地。秀子一副無可奈何的樣子，請三人進了室內。

雖是兩房兩廳的格局，但走廊和房間都散亂著小東西，令人感到空間狹小。笘篠等人被請到餐桌坐，但餐桌本身很小，坐了四個人，彼此的手肘都會相撞。

秀子已吃過晚飯，廚房水槽裡堆著餐具。從殘渣和味道可以猜出她吃的是義大利麵。

「請問有什麼事？」

秀子毫不掩飾她的警戒。

「這麼晚的時間三個大男人找上門來，鄰居不知道會怎麼想……」

「事情一談完我們馬上就走。請問，秋穗妹妹到哪裡去了？」

已經七點多了。雖然不知道秋穗這個女孩的年齡，但這個時間外出，去處自然有限。但秀子堅決不肯透露，絕口不提女兒的行蹤。

「我今天來訪，是因為收到了有點令人為難的通報，是關於妳的。」

「令人為難？是圓山先生為難，還是我會為難？」

「都是。通報的內容，說妳在市內的超市站收銀台。」

「那是臨時的工作……」

「我們也基於工作確認過了。宮城野區的『櫻井超市岩切店』，也請店長給我們看過班表了。妳從三個月前就開始全職工作對吧。」

聽著說明，秀子的臉漸漸扭曲。

「政府付給渡嘉敷女士的生活保護費，扣除兒童扶養津貼是十一萬圓。可是，打工收入，上上個月是十二萬圓對吧。」

「那個，我不太記得了。」

「渡嘉敷女士不記得，從班表上也可以概算出來。不然，我也可以請超市給我們薪資明細的複本。申請的時候，我跟妳說明過吧？當妳每個月的收入高於生活保護費，政府就會止付。」

圓山雖然是在逼問，語氣卻極其平穩。

「當然我們很少因為這樣就立即停止生活保護，我們會暫停，最多觀察六個月。這段期間，如果收入果然高於生活保護費就會止付，如果相反不到的話，就會繼續給付。可是啊，渡嘉敷女士。問題不是收入的多寡，而是妳對我隱瞞有收入這件事。妳答應過我，要是有工作一定會跟福祉保健事務所聯絡的。」

「那是因為，我很忙……」

「很抱歉，在這個情況下，很忙不是理由。渡嘉敷女士，妳要知道，就像我以前說明過的，宮城縣的生活保護費預算很緊，現狀是無法支付必要的金額給必要的人。當然必須將不再需要生活保護費的人從給付對象中移除，把經費撥給新的申請人。這一點您可以明白吧？」

「可以。」

「本來執政黨就已經提案要將生活保護費刪減百分之十了。再加上現在又因為知名藝人的家人不當請領生活保護，大家都在罵。」

這則新聞笘篠也在電視上看過。因走紅而年收入三級跳的搞笑藝人，傳出母親一直請領生活保護的醜聞。即使本人沒有收入，有扶養義務的親人經濟充裕，那麼在麻煩國家之前應該先投靠親人。基於這個道理，懷疑該藝人的母親是不當請領。

演藝人員的醜聞引爆了媒體對不當請領的報導。

『生活保護道德淪喪！』

『靠不當請領發財』

『霸佔社會保障的無產階級』

『才二十幾歲，卻靠社會救濟爽爽過』

首先是女性週刊率先抨擊生活保護受給者，寫真週刊與綜合雜誌起而追隨。一度有人提出應立法懲治不當請領者。

「目前的狀況，對不當請領的批判比以往更加強烈。渡嘉敷女士去工作被人通報，也和這種風氣有關。還得請妳更加謹慎才好。」

「也對，我去當兼職人員的事被知道了，負責的圓山先生會挨罵。」

「我只是挨挨罵就算了，但渡嘉敷女士的生活保護會被止付。」

秀子的頭漸漸往下垂。

「這，只要圓山先生不說不就沒事了嗎？」

聽到這種幾近無賴的說法，就連笘篠這個局外人都不禁心頭火起。所謂人不要臉天下無敵，當真一點也沒錯。只見圓山仍力圖冷靜以對，不禁佩服他雖年輕卻能幹。

「不當請領就像污漬一樣，越是不去處理，時間久了就很難清掉。最好的做法是發現時就馬上擦掉。發現時，會被追繳過去不當請領的部分。要是不處理，那筆錢只會越來越大。渡嘉敷女士還得起嗎？」

「還得起就不會申請生活保護了。」

「說起來，妳為什麼要這麼做呢？不惜瞞著我、瞞著福祉保健事務所，也想奢侈一下嗎？」

「……這樣算奢侈嗎？」

「是什麼事呢？」

「讓女兒去補習。」

圓山的表情頓時僵了。不經意一看，蓮田也是同樣的表情。

「以她現在的成績，實在考不上好學校，可是光靠學校上課又跟不上……所以我讓她去上評價很好的補習班。」

「那麼妳工作的收入……」

「她上的是個別指導，一週三次，一次三小時要四萬，秋季講習五萬。教材和雜費另計。還得要來回的交通費。再加上她在補習班也有朋友，總不能每天都穿同樣的衣服。」

秀子頭也不抬地說個不停。從笘篠所在之處看不見她的表情，但不難想像一定是越說越氣。

「沒有規定說可以扣除補習費。給付金額是將學校的學費考慮在內才計算出來的，無法變更。妳可能不會喜歡這樣的說法，但補習費無法被認定為不可或缺的必要支出。」

「接受生活保護的家庭連孩子的教育都要被管嗎？」

秀子的聲音當下尖銳起來。

「單親家庭的孩子連好好受教育的權利都沒有嗎？」

「我不是這個意思。」

「現在無論哪裡，只靠學校上課根本不夠。為了讓孩子上好一點的學校，每個家庭都想盡辦法供孩子補習。不去補習，功課就注定比別人差。要是進了學力差的高中，將來就沒救了。」

「渡嘉敷女士。妳這麼說也太極端了……」

「一點也不極端。有能力出得起教育費的家庭，孩子的學業成績就是比較好。這是當然的。出不起的，孩子就只能上學校的課，回家自己預習、複習。有沒有請一對一的家教老師完全不同。想要跟上同學，最少也必須和別的孩子一樣去補習。」

說到最後已經是尖叫，連圓山也不作聲了。

秀子的話不無道理。昂貴的私立高中與公立高中光是上課時數和課程安排便相差許多。光是要讓孩子上私立高中花費就得往上加，但在送進學校之前的前哨戰爭中，經濟能力便已大有影響。到頭來，低收入戶的孩子還是無法選擇他們想要的將來。

學歷是不成文的種姓制度。高中畢業或三流大學畢業，難以走上高收入之路。機遇差一點的，連正式員工都當不上。來自低收入戶的人依舊只能在低收入中打滾。這一點多半也和種姓制度一樣。曾幾何時，日本已成為不是富人便無法提供孩子完善教育的國家了。

「我會跟那種老公在一起，就是因為我沒什麼學歷，沒有機會遇到好一點的人。圓山先生，學歷和金錢，會決定一個人和什麼樣的人來往。什麼白馬王子，那根本是騙人的。窮人家的女兒只有窮人家的兒子會追。這樣的兩個人湊在一起馬上就有孩子，結果孩子也只能過貧窮的人生。」

這番見解雖然嫌武斷，但在這個家中卻莫名有真實感。或許是被秀子的氣勢所迫，圓山尷尬地搔頭。

「渡嘉敷女士的擔憂我不是不明白，卻也不能因為這樣就給渡嘉敷女士一家特別待遇。保障制度必須各戶平等。」

「不然，你到底想叫我怎麼樣？辭掉超市的工作去當乞丐嗎？」

「乞丐其實是違法的。身為福祉保健事務所的一員，怎麼會勸市民從事違法行為呢。」

「請你放過我們，我求求你。」

秀子一下椅子，便伏跪在地上。

就連笘篠也不禁心生同情，但圓山仍恪盡職責。

「對不起，渡嘉敷女士。妳這樣只會讓彼此尷尬，對解決問題沒有任何幫助。妳請起來。總之，依照規定，妳的生活保護會暫停三個月。」

「怎麼可以……」

「渡嘉敷女士有兩個選擇。妳可以維持目前超市工作的所得，不再接受生活保護，或是將收入減少到給付額以下，維持目前的生活。總的來說，應該不必想就知道怎麼做對您比較有利。」

圓山說完便站起來，也要笘篠他們這麼做。

「要是有什麼事，請立刻與我們聯絡。我們與渡嘉敷女士絕對不是敵對的。我們是想支援妳們母女的生活……」

「夠了，給我出去！」

接著，三個男人便被秀子轟了出去。

圓山苦笑著說我們去下一個地方吧。笘篠不禁對他說：

「我們警察的工作大多是吃力不討好，但圓山先生的工作也不輕鬆啊。」

「沒辦法啊。再怎麼設身處地為案主著想，也有限度。太過同情，放任他們違規結果反而會害了他們。所謂的生活保護完全是緊急措施，本來的用意是幫助人們重回社會。」

接著車子駛向久野町。

「這是有人通報的案件。案主名叫國枝惠二，這個人很難對付。」

秀子就已經很難對付了，還有比這更糟的？

「也不枉我請兩位同行了。」

「難不成你說的反社會勢力，指的就是這個人嗎？」

「說來慚愧，棘手的案子我還是會往後排。因為我基本上是個膽小鬼。」

「不靠警方的力量就無法面談嗎？」

「看狀況吧。這次可能會談到止付生活保護，所以……」

可是——。蓮田插嘴說道：

「之前不知道他是兄弟嗎？我記得幫派分子是被排除在生活保護對象之外的。」

這個規定連笘篠這些外行人都知道。

首先，生活保護制度的目的是幫助請領者重回社會，但幫派分子無法以文件證明其收入來源，因此無法證明重回社會。

其次，是為了避免以現金支付的生活保護費成為反社會勢力的財源。

「申請時，案主申告說已經金盆洗手了。而且，他的手法也很巧妙，是由生活扶助的社福團體職員陪同來事務所的。有這樣的人介紹，我們不能不採信。可是後來一查，他本人仍舊是幫派分子，而那個職員也是受到威脅，被迫協助的。但已經來不及了。」

「可是兄弟還靠生活保護，也太小家子氣了。」

「他的話，每個月是領十一萬九千圓，冬天還有煤油津貼三千圓。過年再加一萬。幫派那邊當然也會有收入，但有這樣一筆固定收入，自然也不會想退出吧。」

這一點笘篠也能理解。《暴力團對策法》實施後，他們的資金來源便不斷縮小。幹部以外的成員中，明天的花費沒有著落的人也不少。

久野町是老住宅區，其中木造平房也不少。國枝家也是屋齡相當高的房子，若說住在裡面的家庭請領生活保護，也不會有人起疑。

不過停在停車場的車卻相當突兀。賓士C class。通報裡提到的新車指的就是這輛車吧。

「嗯——，雖然與案主不相配，卻不是新車。是舊款的。」

圓山看了賓士一眼便低聲這麼說。

「賓士C180 Blue Efficiency Avangard，是三年前的中古車。三百萬左右就買得到了。」

「你好清楚啊。」

「因為這種案例相當多。」

圓山嘆息著說。

「就算住得破爛，開到外面去的車子卻豪華得與收入不成正比。不是基於只養一件寶貝奢華品的概念，純粹是打腫臉充胖子。做那一行的開一般轎車不像樣啊。案主裡也有這種人，所以我對車也就莫名其妙熟了起來。」

「真的有人明明接受生活保護，卻死愛面子？」

「我真的覺得人類是非常貪婪的生物。」

圓山才二十多歲，有時說出來的話卻非常冷酷。笘篠心想，一直介入別人的苦日子，任誰都會變成這樣嗎？心中不禁感到一絲涼意。

按了門鈴，開門現身的是一個一臉窮酸相的女子。

「我是福祉保健事務所的圓山。請問您先生回來了嗎？」

女子極其厭煩地瞪了他們三人，又回進屋內。

「老公——，福祉保健事務所的人來了。」

「跟他說我不在。」

「白痴啊，外面聽得到啦。」

「嘿！」

「你可別在家裡講那些鬱悶的事，小孩會聽到。要講去外面講。」

「囉嗦欸，臭三八。」

粗魯的腳步聲隨即從後面靠近。

「你也是，煩不煩吶？」

出現在玄關的是個短髮的矮小男子，光看眼神就知道是混黑道的。

「國枝先生，我們來訪是為了生活保護費的事。」

「幹，不要在門口講這些。要講去車上講，車上。」

原來如此，除了家裡，能夠保密的就只有車上是嗎？

「那，這兩個人是什麼阿貓阿狗？」

「算是實習吧……請放心。我們會徹底遵守保密義務。」

國枝大搖大擺坐進了賓士。圓山坐了副駕駛的位子，所以笘篠和蓮田自然被趕到後座。

「真是輛好車，賓士的C class是吧。這是怎麼回事呢？」

「這是別人的車，有點緣故借放在我這裡的。」

國枝罵也似地說。在圓山面前，當然不能說是自己的吧。

「可以讓我調查嗎？」

「調查什麼？」

「只要洽詢監理所，馬上就知道車子是在誰的名下。」

「……別人送的。」

「這麼高級的車？」

「在我們的世界，不管是賓士還是什麼別的，和義氣一比，都跟垃圾沒兩樣！」

「也就是說，賓士是國枝先生的了？」

「對啦。」

「那賣掉的話，應該可以賣不少錢。賓士的中古市場車價錢高又穩定，一年份的生活保護費應該綽綽有餘才對。」

「你他媽給我開這什麼玩笑！幹你娘！」

國枝當下翻臉，一把抓起圓山胸口。

「我沒有開玩笑，這樣的車是無法被認定為生活必需品的。」

「我看你是不想活了。」

「這句話，勸你看看後面那兩位的臉色再說。畢竟他們是宮城縣警的刑警先生。」

被這樣點了名，總不能沒有表示。笞篠與蓮田同時出示了警察手冊，國枝的表情為之一變。

「刑、刑警怎麼會跑來這種地方！」

「國枝先生，您還是組員吧。我們的守則裡有這麼一條：與隸屬於這類反社會勢力的成員商討生活保護時，需要警方提供情報、建議指導以及面談時，得請警方派人同席。」

有兩名刑警在總不好發飆，國枝扁著嘴不說話了。

「剛才您抓住我的胸口，力氣很大。申請時您帶了醫師診斷書說慣用手不能動，不過看樣子已經完全好了。」

「喂，給我等一下。」

「我們朝止付的方向來討論國枝先生的補助。」

「我叫你等一下你沒聽見嗎？」

「或者，您要歸還至今不當請領的生活保護費？」

圓山的臉上雖有畏懼之色，仍仗著後面有笞篠這兩個援軍努力把話說出來。

「我就明白對您說了，我們想把您這樣遊手好閒的人所領的錢，全部轉發給其他需要的人。請您還錢吧。」

「呸！那些八百年前就用掉了。」

「那麼，能不能請您至少在這張紙上簽名蓋章？」

圓山這麼說，從他帶來的包包裡取出一張紙。標題是生活保護停領同意書。

「您只要在這上面簽名蓋章，就不會向您追討已經請領的部分。」

「你少給我得寸進尺！」

國枝搶過那張紙，當著圓山的面撕成兩半。

喂——笘篠不能不插嘴。

「我勸你不要再做出更不客氣的舉動。」

有人助陣，圓山再取出同樣的表單。

「沒關係，表單還很多。總之，我先交給您。其實就算沒有同意書，光憑福祉保健事務所的判斷也可以止付的。只是那樣的話，怕國枝先生良心不安。」

國枝看也不看笘篠他們，一個勁兒瞪著圓山。似乎是認為只要威脅他，就能夠避免生活保護被停掉。

「那麼，事情都說完了，我們這就告辭。」

「馬的，你給我站住！」

「過幾天，您會收到福祉保健事務所寄來的止付通知。如果您對內容有所不滿，只要依照手續申訴，我們都會誠懇回應的。」

「我叫你站住！」

國枝粗聲吼著再次抓住圓山，但笘篠的手一按住他的肩，他就不動了。

「不要鬧事。你不怕家人聽見嗎？」

這句話簡直像魔咒。

他放開抓住圓山的手，遷怒般把那疊新的紙朝圓山臉上扔。

三人留下國枝下了車。

「不好意思，給兩位添麻煩了。」

回到自己車上後，圓山低頭致歉。

「好像狐假虎威似的，實在令人慚愧萬分，但如果不向國枝先生那麼說的話……」

「哦，不要放在心上。多虧走這一趟，讓我們長了許多見識。現在我們很了解所謂的生活保護不是只有光明面。」

「全國的案主人數已經超過二百萬人。社會保障費要是遭到刪減，這種不當請領的案子會更多，而我們的工作也會更忙。」

圓山自嘲般說。

「可是，我想您應該已經明白了。就像他們兩位那樣，即使我們行政部門妥善應對仍常常遭到對方痛恨。因為對他們而言，生活保護費感覺就像固定收入，一旦被停掉就會覺得被國家壓榨了。」

「明明是他們自己不好。」

蓮田一副憤懣不已的樣子忍不住說道。

「做錯事還怪別人。」

「三雲課長也好，城之內議員也好，只要與我們這份工作有關，就算本人自己沒有印象，卻反而遭到不合理的怨恨。這種怨恨通常都不管對方是誰的。」

車上的三人一時無語。

4

「利根，這次搬到那邊。」

現場工頭碓井指著靠近崖壁的瓦礫堆。地面不穩的地方無法使用重機，自然只能利用人力。

利根簡單答聲是，將瓦礫鏟進手推車，運往指定的地點。儘管不是下盤無力的年紀，但身體還不適應搬運的粗活。當負荷極重時，手推車這類重心不穩的搬運工具除了需要竅門，也需要一定的體力。

搬到一半，車輪卡進路上的坑洞，手推車一下就翻車了。

「喂，又來了啊。」

碓井朝散亂的瓦礫跑來，卻不會伸手幫忙。

「你得趕快習慣，不然我頭就痛了。」

「……對不起。」

嚅嚅回答之後，利根忙著耙起瓦礫。

新聞報導發現城之內屍體那天，利根人在荻濱港。櫛谷四處奔走為他找工作，結果錄取他的是在港灣做粗工，和車床的資格一點關係都沒有。利根當然沒有選擇的餘地，對方提出的條件他只能全盤接收。

在監獄中雖然也是一天工作到晚，但至少不會如此透支體力。現在領得多該付出的勞力自然更多，但港灣的勞動讓長久以來遠離體力活的身體吃不消。

搬著瓦礫，利根想起在監獄裡和某個獄友的談話。這個人曾一度出獄，卻不到一個月便又回到同一間牢房。

「結果啊，從這裡出去的根本找不到什麼條件好的工作。拚了命才拿到的資格真的就跟黏在腳底的飯粒一樣，拿下來是最好，但拿下來也不能吃。同樣是求個三餐溫飽遮風擋雨，當然是在有知音的牢裡比較輕鬆啊。」

當初聽他這麼說只覺得事不關己，也感到不以為然，一旦自己親身經歷，卻不得不同意。

知道利根有前科的，只有現場工頭碓井，但這種事往往傳得很快。現在他在工地就已經格格不入了，要是有前科的事傳出去，天知道會受到什麼對待。

工作了一天回到宿舍。同一棟宿舍的好幾個人約好了要去喝酒，但還沒領到薪水的利根猶豫再三。

他住的是建設公司整棟包租的員工宿舍。門面一般，裡面卻極端地小。居住空間不到兩坪，鋪了床就更小了。因為這是將本來一間套房硬隔成兩間。這麼一來，就算房租收得極低，照樣有十足的利潤，而且低廉的房租也吸引房客前仆後繼而來。這種做法好像是源自外國人租屋需求大的新宿周邊，但和這種房子相比，利根覺得牢房好像還好一點。

這裡不屬於自己。

無論是人還是地方，自己都不受歡迎。

無論是在工地揮汗，還是置身於人群之中，格格不入之感總是揮之不去。如果這是更生人共同的感覺，那麼利根已經深深體會到所謂的徒刑是多麼殘虐，甚至會改變一個人的心境。

第二天是休工日，利根便去了最近的一家電信局辦事處。

他聽說最近因為網路和手機的普及，使用室內電話的人遽減。可能是因為這樣吧，一樓的客人少得都數得出來。也難怪沒有設置號碼牌機。

櫃台坐著一位四十多歲的女職員。

「不好意思，我想要仙台市的電話簿……」

「可以呀。我們很多，請稍候。」

等了幾分鐘，只見她抱著幾本電話簿回來。往櫃台上一放，叫利根確認是否都全了。

「那麼，請帶回去吧。」

她把大尼龍袋往前一推，一副沒她的事了的樣子，視線離開了利根。

「費用……」

「不用錢。」

所以室內電話和電話簿的需求已經少到免費發放了嗎？無論如何，想要的東西到手了，利根也沒有什麼好抱怨的。將幾本電話簿放進袋子裡，匆匆離開了電信局辦事處。

回到宿舍立刻打開仙台市的部分。

他要找的是第三個人物。在獄中多年的利根想找人的時候，頭一個想到的是從電話簿查出對方的住址。只要在104登錄在案，光靠姓名就可以知道住址。對方也算是有頭有臉的人物，所以他相信這是個有效的調查方法。

利根翻了好一陣子電話簿，確定上面沒有他要找的名字便闔上電話簿。

這該怎麼解釋？難不成那傢伙已經不住在宮城縣了嗎？還是在上次的地震中沒命，或是遷居至他處——？

左思右想，他決定排除死亡的假設。從家屬的感情來推斷，不太可能家長一死便立刻撤銷在查號台上的登錄。別的不說，照剛剛找的結果，也沒有半個與他要找的人同姓氏的女性。

那麼，遷居的可能性呢？

這倒是極有可能。姑且不論仙台市，他聽說灣岸居民有許多避難之後便沒有回到原先的住處。一定也有不少人不願意再繼續住在曾經的災區吧。

調查這麼快就走進死胡同，利根躺在鋪木地板上望著天花板。也許光靠一本電話簿就想找出對方的所在，是他把事情想得太容易了。

在獄中，他從新來的人口中得知這十年資訊的流通方式發生了巨大的變化。個人電腦、智慧型手機等，現在已經是靠個人終端機就能立刻得到必要資訊的時代了。

但剛出獄的利根住處尚且不定，對要不要買手機也猶豫再三。而且，在工作穩定之前，他也沒把握能付得起每個月的費用。最重要的是，接觸新工具使他心生恐懼。自己到底學不學得會、要是學不會，會不會又嚐到不必要的疏離感？

這也是生活在牆內的人才會有的隔世之感。牆外的世界變化太快了。甚至讓人覺得牆內牆外時間的流動根本截然不同。人家說徒刑期間越長，在外的適應能力就會削弱得越厲害，果然是真的。

也罷。就算沒有手機，只要去網咖，點上一杯飲料就有網路可用。雖然不指望能查到所有的個人資訊，能得到的線索至少會比電話簿多吧。

他現在可不能因為假日就虛耗光陰。一做出決定利根便又離開宿舍。

車站前的網咖招牌張揚刺眼，遠遠就知道在哪裡。

一進去，店員就說明必須出示證件以辦理會員。不巧的是，以前考到的駕照在服刑期間過期了，健保卡之類的又還沒發下來。

「這個可以嗎？」

頭痛半天，拿出了上班地點的員工證，於是雖然多花了點時間，也辦好了會員被帶到後面的房間。

「收費是三小時一千圓。過後每三小時再加一千圓。即使超過一分鐘也會被視為延長，請特別注意時間。」

換句話說，就算待九個小時也只要三千圓。豈不是比投宿一些廉價旅館還便宜嗎？一問之下，甚至還備有簡便的淋浴間。

「有人會在這裡過夜嗎？」

「我們是不太建議啦……」

跟著苦笑的店員走，只見以隔板分別開來的包廂裡有人備好睡袋，顯然是打算在這裡過夜。

「在時間到的三分鐘前，我們會以警笛聲提醒。」

店員做了最起碼的說明，打開了電腦的電源，便又回到櫃台去了。

像這樣坐下來，宛如自己的書房，狹小的空間莫名令人感到熟悉。一想到這或許也是牢中生活的影響，利根不禁有點煩躁。

有多少年沒碰電腦鍵盤了呢？利根以雙手的食指輸入要搜尋的文字。

〈上崎岳大〉

從與〈上崎岳大〉相關的最新報導搜尋起，但一筆一筆看下去，時間一下子就過了。畢竟找到的資料不僅有日本國內的，連國外的都有。大學教授、運動選手、醫師、市議會議員、獅子會會員、釣友──。

覺得可能是的年齡都不對，年齡相近的一看照片卻又不是。而且所在地不限於東北，連九州、沖繩都有。

找著找著，便發現最近連〈圖片搜尋〉功能都有了。在幾度試誤下試著以圖片搜尋，在關鍵字中輸入姓名，便出現了一大串圖片。

然而，最初預定的三小時過後，還是找不到他要找的人。

通知時間到的警笛聲響了。由於不熟悉電腦操作，還有好多沒查的。利根不得不申請延長時間。

像這樣找資料，便更加體會到網路的廣大無邊。利根敲著鍵盤心生畏懼。

無論有沒有地位、出不出名，一旦被扔進網海，照片便會如此半永久地留下來。或許是因為利根有前科才會這麼想，但這和全國通緝有何不同？這些人或許都不在被追緝、被彈劾的立場，但他們竟然坦然公開自己的長相，利根心下有些佩服。至少，他自己就算有人拜託也不想被刊在這種地方。

驀地裡，他懷念起監獄來。那個被圍牆包圍的世界是封閉的，獄友知道的頂多是前科和編號。而且在那裡，前科也不過是用來排行的材料。

讓人知道自己的長相、名字和部門，搞不好連嗜好、興趣和出身都一清二楚。若問他這就是自由世界嗎，只怕他也答不上來。

不久，延長的三小時也接近尾聲。他依舊沒有得到必要的資料，但看來自己能做的大概就這麼多了。他想找的人在網路上也不見蹤影。

疲勞頓時來襲，利根離開了包廂。

走出網咖時，天已經全黑了。

結果努力了六小時，最終還是沒有得到要找的人的有力線索，利根只能飲恨。那個男人在網上也不見蹤跡。身為外行人，利根能找的就這麼多了。

還有什麼辦法？——邊走邊想，便想起了一張男人的臉。

應該是放在這裡沒錯。他想到便往錢包裡找，指尖還真的摸到一張名片。

五代良則。他們是在牆內認識的，但不可思議地合得來，他出獄比利根早，還寄了名片和信來，叫利根出來要去找他。記得他的前科是詐欺罪，雖然是黑道，但他長於智計而非暴力，跟他聊天從來不覺得無聊。

名片上的頭銜是「調查帝國代表」。據他信上的說明，是民間的調查公司。黑道出身的人經營的調查公司，讓人很難相信是正派經營，但調查公司這個名稱吸引了利根。

其實，利根不是很願意去找在牆內認識的人。尤其是黑道出身的。即使在牆內是好人，但一旦出來便莫名有了徽章或記號，總覺得有股抹不掉的不安，彷彿跟他們扯上關係的那一刻起便脫離不了那個世界。

但現在的利根需要資訊。見個面說幾句話應該不至於有什麼實際的傷害吧。於是利根從公共電話打了名片上的電話。

『喂，調查帝國您好。』

適度客氣的語氣，讓利根放下一半的心。

「請問，你們那邊有沒有一位五代先生，我姓利根。」

『利根先生是嗎？請稍候。』

過了一會兒，一個不同的聲音接了電話。

『喂，我是五代。』

「那個，是我。在牢裡待過的利根……」

『啊——！利根老弟嗎？你終於出來了啊！』

「你好，其實是有點事想找你商量。」

『找工作嗎？利根老弟要來的話，我們隨時歡迎。我就中意你的認真老實。』

眼看對方誤會，利根趕緊把話題導入正軌。

「不，不是的。最近有空可以見個面嗎？」

『利根老弟跟我說什麼最近，太見外了。你現在在哪裡？』

「在石卷附近。」

『是嗎？那你在車站前還是哪裡找個地方等我？我這就去接你。』

「這就……你不是在多賀城市嗎？」

『很快啦，一下就到了。』

五代只這麼說，便單方面掛了電話。現在想想，五代這個人的腳步確實是輕盈莫名。

利根在對方指定的石卷車站前的圓環等，只見一輛黑頭轎車開過來停在眼前。

「唷，好久不見啊。」

下了車的五代不怕別人的眼光，抱住了利根。一張瘦長的臉和知性的雙眼。要是不說，誰也猜不到他是兄弟吧。

「你什麼時候出來的？」

「一個月前。」

「什麼？一個月前就出來了？怎麼不早點跟我聯絡啊！」

「因為花了一點時間才找到地方待。」

「要地方我馬上就可以幫你準備啊。你就是見外。」

「對不起。」

「不過呢，這麼拘謹不隨便也是利根老弟的優點啦。你還沒吃飯吧？反正都要吃，你就陪陪我吧。」

說完，半強迫地將利根推上車。到了這個地步，也只能聽五代的了。

「你是地震之後才出來的，一定對街頭的變化很吃驚吧。」

「是啊。」

「好慘啊。人也好，建築也好，地面上的東西全都被沖走了。我是地震之後兩年出來的，以前的家只剩地基了。不過，本來就是破房子，沒什麼好可惜的就是了。」

那住在裡面的家人呢——利根沒問。五代這個人，如果是別人可以問的事，他自己就會主動提起。

載著五代和利根的車駛入多賀城市內，停在一家舞廳前。

「我認識這裡的媽媽桑。不用客氣。」

利根沒問五代便隨口告訴他。輕鬆隨和也是五代的本事。

兩人被帶到裡面的包廂，而非一般桌位。

「要喝什麼？先來個啤酒好嗎？」

「好，就啤酒。」

服務生放下啤酒杯，離開包廂時關上了門，店內播放的音樂和公關小姐的鶯聲燕語便全被擋在門外。

「隔音效果很棒吧。在這裡什麼都可以談。」

「好。」

「先慶祝你出來。乾杯！」

五代咕嘟咕嘟一口氣乾了整杯啤酒，利根卻只是稍微沾了沾嘴唇。在牆內絕對喝不到的東西之一就是酒，但利根本來就不太會喝酒，因此也不怎麼感動。

乾掉一杯的五代望著利根的臉說道：

「不錯吧？」

利根無法判斷他問的是店裡的氣氛，還是啤酒的味道，不知如何回答。

「我說的是特種行業做得成，我出來的時候還沒有這家店。不過這家店還是比公共設施來得早。電視新聞什麼的都不會播，其實在一切都毀了之後，第一個站起來的是賣吃的和特種行業。這兩個都是活下去不可或缺的。說起來，就是入口和出口。放食物進去，讓不滿發洩出來。」

「是這樣嗎？」

「你走出這個包廂就知道了，客人幾乎都是來發牢騷散心的。在臨時避難住宅和工作地點不敢說的，就跑來這裡說。上面完全不懂有這種需求。一提到重建，馬上就想做一些無謂的公共建設。如果他們有認真想，就知道蓋好這種娛樂場所才更能招錢。不過，就是因為上面的沒想到，才有油水可撈。」

五代露出無敵的笑容。

「那，你找我什麼事？」

「五代先生的工作是做哪一方面的？」

「嗯，我的工作嗎？很多啊，不過主要是名單仲介。」

所謂的名單仲介，利根在牆內也曾風聞過幾次。就是將高所得人士或股民等有竹槓可敲的人的通訊方式做成名單來賣的生意。

「名單的資料是正確的嗎？」

「那就要看是從哪裡來的了。我們的可是正確無比。因為我們的是把銀行、證券公司的顧客名單整個拷貝過來。」

「哦，要怎麼弄到啊？」

「很簡單啊。在裡面工作的員工把資料帶出來的。」

五代面不改色地說出大膽的話。

「要把正職員工拉進來很難就是了，派遣員工或兼職的阿姨倒是一下就會為錢上勾。大概也是因為自己成不了正職員工懷恨在心吧。我們會向這種人要公司的客戶資料。手續費十萬左右，不過有錢人的客戶資料一件最多可以賣到五千圓，一下就回本了。」

「這是……犯法的吧？」

「這還用說嗎！完全就是竊盜罪啊，應該也違反個資法吧。偷資料的那些人自己也知道，反正只要沒被發現不會造成任何人的困擾，算是相當穩當的犯罪。」

看著笑得快活的五代，就會相信那不是真正的犯罪，真是不可思議。

「不過，你問我的工作內容幹嘛？果然還是有興趣？」

「有可能找到某個特定的人的資料嗎？」

「什麼？」

「我不知道他是不是有錢人，不過我想知道某個男人在哪裡。我查過電話簿也在網路上找過了，一點線索也沒有……五代先生的公司能不能找到這些資料呢？當然我會付手續費的。不過可能沒辦法一次付清就是了。」

「喂，等一下。」

儘管為隔音效果自豪，五代還是壓低了聲音。

「你這話聽起來不太妙啊。」

確實如此，所以利根默默點頭。

「這個人是個什麼樣的人？」

「是我被關進牢裡的原因。」

「你現在也恨他嗎？」

「怎麼恨也恨不夠。」

五代望著利根的眼睛，短短嘆了一口氣。

「所以是要報復嗎……我倒是有點意外。」

「意外什麼？」

「我一直以為你不是這種人。他叫什麼名字？」

「上崎岳大。山部奇，山岳的岳，大小的大。現在應該是六十五歲。八年前在鹽釜的福祉保健事務所上班，但現在在哪裡做些什麼我完全不知道。」

「所以是曾經在福祉保健事務所待過的公務員嗎？那只要有幾天的時間應該就找得到了。」

「你願意幫這個忙？」

「牢裡兄弟拜託，怎麼能不答應呢。」

「謝謝。要多少錢？」

「不用錢。」

「咦！」

「在裡面，就只有你肯毫不厭煩聽我說話。這次我不收你的錢。那，等你知道這個上崎在哪裡，有什麼打算？」

這個利根就實在不能回答了。

「你打算為了他害你坐牢報仇？」

「……如果是的話，你就不肯幫忙嗎？」

「沒這回事。只是如果我告訴了你，結果害你回又到裡面，難免良心不安。」

「我絕對不會給五代先生添麻煩的。」

「白痴，我不是這個意思。好吧，身體是你的，你想怎麼做是你的自由。」

五代煩躁地手指敲著桌面。

「在牆裡牆外來來去去是不怕無聊，但總不是好事。」

利根知道五代是擔心他，感到十分惶恐。

「好吧。總之，我答應了就會拿出結果的。喏。」

說著，五代把一支手機推到利根眼前。

「這是空頭手機。反正你一定沒手機吧。我會透過這個跟你聯絡結果。事後要用要丟隨你。」

「不好意思，什麼都要你費心。」

「但是，你要答應我一件事。」

五代的手指勾了勾，要利根把臉湊過來。

「要做什麼是你的自由，但你可別搞砸了。」

「……我會小心的。」

與五代的碰面就此結束，五代送利根回原先碰面的地方。目送著轎車的車尾燈，利根反芻了他和五代說過的那些話。除了觀護志工櫛谷，外面的人個個都對利根很冷淡。反而是一起蹲過牢的五代還比較有人情味。

啊啊，原來如此——利根忽然懂了。一度服過刑的人之所以再犯率高，就是因為只能像這樣投靠一起蹲過苦牢的獄友。

不久的將來，自己也會重回牆裡嗎——利根感到心底漸漸發冷。

過了兩天，五代有了聯絡。那是利根的胸口第一次感覺到來電震動，讓他大吃一驚。

「喂……」

『是我，五代。找到那個人的下落了。』

接到聯絡時利根人在工地，所以他慌了。

「請等一下。我現在身邊沒有紙筆……」

『我等等發訊息給你，你再看就好。現在先口頭跟你說。』

於是五代說了對方的住址。

『就這樣，小心行事。』

說完就掛了電話。利根朝著看不見的人深深行禮。

三雲忠勝和城之內猛留都死了。這樣就只剩下上崎了。

只要找到他，自己的工作就結束了。

窮人之死

1

就算行政單位正當應對仍會被人怨恨。

陪同圓山跑了這麼一趟，笘篠覺得這次命案的動機隱約可見。

「兇手會不會是被表面的數字排除了……」

笘篠在辦公室這樣喃喃自語，蓮田立即有所反應。

「表面的數字是指什麼？」

「你看看這個。」

笘篠指指自己的電腦。上面顯示的是厚生勞動省發表的題為〈生活保護受領者動向等之探討〉的報告。

「第二頁是過去十年來受領者人數的推移。照那上面說的，平成十六年（二〇〇四年）七月有一百四十萬人，現在已經增加到二百一十六萬人了。」

「曲線的攀升好誇張啊。不過這兩年幾乎持平不是嗎？」

蓮田手指指的部分，確實是接近平行線。若論這幾年的推移，也是可以視為停滯在高處。

「不，政府換人做之後，政策之一是減少一成的社會保障費，不是嗎？之所以持平，應該是依據這個政策調整了受領人數吧。」

「可是，宮城縣算是例外吧。據圓山先生的說法，生活保護率在地震次年上升，而且縣內各地難以維持生計的窮人都流入仙台市啊。」

「生活保護率的分母是戶數。要是戶數驟減，就算實際受領的人數不變，百分比還是會上升。」

「啊……」

「先不管宮城縣的特殊狀況，過去十年生活保護受領者增加得很離譜。渴求財源的厚生勞動省對這樣的情況不可能只是在一旁乾著急，而且受領者增加，意味著申請者增加了更多。不難想像縣內的福祉保健事務所，以不加審理便拒絕給付的反登陸作戰來扼止受領者增加。」

「那，笘篠先生說的從數字上被排除了，指的是被反登陸作戰給擋下的申請者嗎？」

「好人三雲和君子城之內被殺了。可能的動機也只能是與生活保護相關的不合理怨恨了，現在就到鹽釜去吧。」

「鹽釜，福祉保健事務所對吧。」

「三雲和城之內在當地服務期間，申請生活保護被拒者。或者雖受領卻因為個案工作員的報告而被止付者。拿到這些人的名單，一一過濾。」

蓮田沒有提出任何疑問，跟著笘篠走。

在前往鹽釜福祉保健事務所的路上，笘篠向蓮田問道：

「你從剛才就一直沒作聲，在想什麼？」

「沒有啦……我是在想，即使就像笘篠先生說的，就算假設凶手是被排除於生活保護以外的人，那種殺害方式還是太殘酷了。不過，採用餓死這種方法，如果說凶手是窮人，也大有可能。用意是讓他們嚐嚐不吃不喝的痛苦吧。」

笘篠也有同樣的想法。原本他推測餓死三雲和城之內這些頗具威望的人，凶手一定是對他們恨之入骨，但若動機與生活窮困有關，那麼假設犯案是出自不合理的痛恨也十分有說服力。

問題是可能範圍的人數與資訊的正確性。

九年前起的那兩年，鹽釜福祉保健事務所受理了多少生活保護申請，又擋掉了多少呢？而，就算申請紀錄還在，也不知至今資料是否還有效。畢竟二〇一一年的地震中有多人喪生，也有同樣多的人移居縣外。如此要追查資料也很費時。

「話說回來，笘篠先生，就算那個凶手對三雲和城之內心懷不合理的痛恨，為什麼這時候才作案？就算可以理解他等了八年仍恨之入骨，但這段期間有什麼意義嗎？」

「如果是有什麼非等八年不可的原因呢？因為某種原因，凶手這八年都無法接近死者。過了八年，脫離了禁錮。」

「所以說，可能是住在國外，或是被關在牢裡？」

「對，我想差不多是這樣。無論如何，應該都是個執念很深的人。」

這時候，笘篠從車窗一角瞥見一個熟悉的男子。

車子才剛駛離青葉區。那麼看到他也沒什麼好奇怪的。

「抱歉，在前面先停一下。」
「怎麼了嗎？」
「看到讓我有點好奇的。」
笘篠要蓮田把車停在下一個街區，兩人都下了車。走向一長排連棟的平房。
「到底是什麼……」
「噓！」
往笘篠指的方向一看，蓮田趕緊噤聲。
從這邊數過去第三間的平房。圓山和一個老婆婆就在門口。
一看，圓山正殷切向老婆婆說明什麼。不一會兒，圓山便催著老婆婆般走了進去。
「會不會又是像昨晚那樣，在警告要止付生活保護？」
又不是犯罪行為，笘篠無意介入他人的工作。但是，他在意的是與圓山談話的老婆婆極為襤褸虛弱。
笘篠並不打算這時候才高唱社會正義，但連那種模樣的人也要請到社會安全網之外，他個人看不下去。蓮田或許也有同感，只見他表情略一沉，望著圓山的背影。
「可是，笘篠先生，就算圓山提出報告，要中止那位婆婆的生活保護，我們警察也沒有干預的權限啊。」
「作為警察是沒有。可是如果我們現場目擊了這個場面以後能造成他的心理壓力，也不算越權吧。」

「……原來笘篠先生也會出狠招啊。」

「是因為看出這麼做就能對他造成壓力我才這麼做。圓山那個人作為職員雖然盡忠職守，但我相信他不止如此。」

笘篠和蓮田走近兩人進去的那戶人家。門板很薄，在玄關談話的內容門外也聽得見。

『這種很難的文件我不會填啦。』

『所以呀，佐佐木婆婆，詳細的地方我們會填，婆婆只要在這裡寫自己的名字就好了。』

『那不就成了代筆嗎？』

『沒關係呀。』

『我實在不想呀。』

看來，是要強迫本人在停領生活保護的文件上簽名。雖然要看文件的種類，但若強制過頭也可能成為恐嚇罪。蓮田的表情更難看了。

然而，緊接著傳出來的圓山的一句話翻轉了情勢。

『沒有什麼想不想的。婆婆，妳既沒有工作，又沒有親人不是嗎？』

『這……』

『我們都查過了。婆婆，妳清掃大樓的工作兩個月前就被辭退了不是嗎？唯一的親人兒子和媳婦又被海嘯連房子一起帶走了。在這種狀況之下還不接受生活保護，妳到底在想什麼啊！』

『可是啊，接受生活保護傳出去很難聽呀。』

『電都被停了還有什麼難聽不難聽的！來，趕快在這張申請書上面簽個名。這樣下個月起妳日子就會比較好過了。』

『可是啊……我還是不太想。』

『為什麼？』

『生活保護，就是用我以外的人繳的稅金來付的吧？總覺得好像給人家添麻煩似的，怎麼好意思呢。』

『佐佐木婆婆，妳錯了！』

圓山的聲音很激動。語氣與他和笘篠他們說話時判若兩人。

『婆婆這個年代的人，動不動就會說怕給別人添麻煩，可是事情不是這樣的。我們說的生活保護、稅金，都是為了像妳這樣的人才特別規劃出來的。稅金沒有比這更正當的用途了。』

『是嗎？』

相對於圓山的迫切激動，老婆婆的語氣卻宛如事不關己。

『就是。所以不要客氣，可以申請。只要申請了，我會想辦法讓妳通過的。』

『實在不好意思……不過，既然福祉保健事務所的職員先生這麼說，我是不是應該接受這份好意啊。』

『這不是好意，是婆婆的權利。婆婆有權利過最起碼的有文化的生活。國家援助是應當的。』

『可是畢竟是別人的錢呀。』

『所以啊，這叫作資產重新分配……』

『就跟你說這麼難的事我不懂啦。』

『把剩餘資產的一部分分配給有困難的人，政府是把這個當作使命在做。所以佐佐木婆婆，妳就當作是應該得的，收下就是了。』

圓山想盡辦法說服老婆婆的聲音，笘篠越聽越覺得心酸。

「好了，走吧。看來是我們多事了。」

這麼一催，蓮田也有所領會般點頭。

「笘篠先生的眼光沒錯。看來圓山這個人，並不只是盡忠職守而已。」

「不，他終究是個只會盡忠職守的人。」

「可是……」

「那才是一個公務員應該有的樣子。」

「……就是啊！」

如果從事生活保護受領的職員都像圓山這樣，問題就少得多了——才這麼想，笘篠便立刻撤消這個想法。

行政單位的人再怎麼盡忠職守，只要問題和錢有關，便絕對少不了糾紛。這就是人類的冤孽。

「真希望鹽釜的福祉保健事務所也那麼認真。」

再次上車之際，蓮田半發牢騷地說。

儘管笘篠也有同樣的心情，卻打定主意不抱過度期待。像圓山那樣的職員多半不少。但個人的想法意願，組織完全不看在眼裡。在國家亟於壓低社會保障支出的當下，圓山的作為無異於螳臂當車。

即使同樣都是公務員，警察手冊依舊靈光，笘篠和蓮田馬上就被帶往會客室。接待兩人的是生活支援組的支倉。

「八、九年前申請生活保護被駁回的案件，是嗎？」

「當時，三雲忠勝先生和城之內猛留先生都在這裡服務吧？」

「對，是沒錯。他們兩位的任期都是三年。城之內先生是組長，而三雲先生是窗口。我也是剛才收到你們的通知才去查的。」

支倉毫不掩飾他的厭煩。

「在被退件的人當中，可能有人基於不合理的怨恨他們而犯案。」

「說是說不合理的怨恨……福祉保健事務所才不會做被申請人怨恨的缺德事。這是救助社會弱者的崇高事業。」

不可思議的是，從這男人口中吐出的「崇高」聽來卻顯得惺惺作態。

「正因為沒有道理可言，才叫不合理的怨恨啊。並不是說貴單位的業務有何不妥。」

「這是當然……」

「不好意思，可以讓我們看看被駁的案件嗎？」

「您要現在馬上實在沒有辦法。畢竟是很久以前的紀錄了，也不知道還在不在。」

笘篠不禁懷疑自己的耳朵。

「難道那些紀錄被銷毀了嗎？」

「文件類的保存年限是五年。考慮到每個月的申請件數，五年就快應付不來了。」

「……還是要請您幫忙查一下。」

「是啊。只是職員都非常忙，需要一些時間。」

說這種話，你自己看起來明明挺閒的啊。

笘篠盡力不讓心中的想法出現在臉上。

「申請書是紙本，還是已經數位化了？」

「已經數位化了。」

「那麼，應該不需要太多時間吧。」

「我沒有說要花時間。而是希望讓我們以日常業務為優先。」

支倉的嘴角透出傲慢。

雖然不表現出個人情感，但這時候是專案小組表態的場面。笘篠欺身向前，正面傲視支倉。

「恕我再次強調，這是辦案。必須請善良市民幫助，更必須請從事公職的同仁們協助。」

「這個自然，但希望給我們時間。」

這樣根本沒完沒了。

和支倉繼續耗下去也不會有任何進展。笘篠切換成例行公事的問答。

「我知道了。那麼，還請您儘快幫忙。」

「可以請您提出正式的公文嗎？不是現在馬上也可以。」

笘篠心中暗自咬牙。對方的話雖客氣，但言下之意是沒正式公文就不動手。

「從您的回應看來，似乎不太合作。」

「怎麼會呢。我是想同為公僕，按規定正式來比較好。」

本來，這種場合依慣例是會發文照會的，但他們明知警方連這點時間都想省，卻還採取這種態度。而且照會性質的公文求的純粹是提供資料上的幫助，就算對方動作慢、離譜一點的置之不理，也沒有罰則可以懲處。想要進行強制搜查，就只能請法院發命令。

「是不是有什麼不方便？」

「怎麼會呢！公家機關就是這樣啊，不是嗎？」

這時唯有忍這個字。

「我們回署裡會立刻辦。那麼告辭了。」

自制力不如笘篠的蓮田一臉不滿，但仍在笘篠催促下一起離席。滿腔憤懣忍到離開市政府，一上車立刻爆發。

「可惡！那是什麼態度！狗眼看人低！」

「火氣別這麼大。」

「可是笘篠先生！他那麼不合作的態度！」

「他們有不方便的地方。」

一聽到不方便這三個字，蓮田臉色變了。

「如果拿出來也不會怎麼樣，他當場就拿出來了。之所以會儘量拖延，就是因為有一些不妥當的資料禁不起細查。」

笘篠罵也似地說。

「而且仙台市有前科。」

「前科？」

「二〇〇九年吧。宮城野區的一名女性，說職員逼她簽下生活保護停領同意書，請求審查。宮城縣以仙台市考慮不周，取消了止付。二〇一三年另一名女性想請求審查保護費被刪減一事，申請文件一度被市政府的窗口拒收。光是媒體大肆報導的就有這麼多。沒有被報導的案例一定更多。如果這種事會被一一挖出來，他們自然會抵抗。」

「就是反登陸作戰嗎……他們是很過分，不過看來是顧不了那麼多了。不過，笘篠先生，虧你記得那些案子。」

「查的啊。不過就像我剛才說的，那些是被報導出來的案子。」

結果，在網路上搜尋得到的案子都是已經解決的，而且都以恢復生活保護和相關人士道歉告終。那麼，被葬送在黑暗中的案子呢？

「警方都要求了，卻還那麼不願意拿出資料。一定是有什麼想隱瞞的吧，即使不是自己負責的部分。組織防衛的心理作祟。」

「那他會老老實實拿出來嗎？我很懷疑。」

該死的是，蓮田的擔憂成真了。回到專案小組，笘篠立刻向鹽釜福祉保健事務所發文照會，但第二天、第三天都沒有回音。忍不住直接打電話催支倉，也只是聽他搬出一些不痛不癢的藉口。

過了一週還是沒有任何進展，笘篠便隻身造訪鹽釜福祉保健事務所。然而不但讓他等了好久，最後從櫃台的職員得到的是一句冷冰冰的「支倉組長外出了」。

顯然是裝作不在。

「你說福祉保健事務所不願出示資料？」

一聽笘篠報告，東雲露出明顯不悅的神情。

三雲與城之內的接點在於過去服務的單位，這一點笘篠不僅在小組會議上報告過，也向東雲個人報告過。因此東雲深知那些資料的重要性。他的不悅便是最好的證明。

「對方有什麼不方便的地方嗎？」

管理官室裡只有東雲和笘篠兩人，是開誠布公最好的環境。

「屬下推測，福祉保健事務所所進行的反登陸作戰中，包含了處置過當的案例。」

「而那處置過當的案例之一，便與這次的命案有關……是這樣嗎？」

「屬下不敢斷言，但也認為不能忽視。」

「都死了兩個人了。如果真是事實，那他們做的事可能真的很要不得，好比被媒體揭發以後得有一、兩個負責人下台的程度。」

「很有可能。」

「只是我有一個疑問。」

「您是說，為何八年前的怨恨傷痛現在才發作嗎？」

「不是，那應該是有什麼不得已吧。我的疑問是，真有什麼恨能持續八年之久嗎？」

原來如此，是這一點嗎？

「我們公務員和每個月的收入都有保障的人可能很難理解……沒有生活保護，就意味著今天也沒有飯吃。說來平平無奇，就是關於食物的怨恨是很可怕的。」

「聽你說起來真是真實感十足啊。」

「地震發生那天，我忙著在公民館保護災民。大概有一整天救援物資沒有送到，雖然才一天，情緒就暴躁起來。在公民館的人全都處境相同，所以大家還能發揮自制，但要是事情只發生在某一個人身上，還能不能控制得住情緒就很難說了。」

「……原來如此。」

東雲似乎很快就明白了。對東北的人來說，那次地震是所有人能夠共鳴的悲劇，不需多加說明。

「既然如此，就催他們快交出資料。」

「可是管理官，對方的負責人甚至都假裝不在了。」

「他是公務員。那就只好使出公務員最討厭的手段了。」

東雲露出無敵的笑容。

「出動縣警本部長吧。這是現任縣議員遇害的重要案件，這時候不拿威權出來耀武揚威一番豈不是可惜了。」

若縣警本部長直接下令，福祉保健事務所也不能相應不理。

「只不過，應該要強調我們的宗旨是找出嫌犯。別讓他們以為我們是要扯出福祉保健事務所行使反登陸作戰的劣跡，否則他們只怕不願交出資料。」

這是叫笘篠對他們苛待生活窮困者睜一隻眼閉一隻眼。儘管不能全然同意，但只要當作是辦案方針也不至於無法吞忍。

「在絕大多數的情況下，威權人士的發言會打擊辦案前線的士氣，難得可以反其道而行。你等著看好戲吧。」

東雲愉快地如此嗤笑道。

「區區一個厚生勞動省的地方行政機關竟然拒絕出示資料。哼，笑死人了。敢拿這麼一丁點權力逞威風的人，最好就是拿更大的權力來壓他。」

在一旁看著東雲訕笑並不是一件愉快的事，但在這個狀況下笘篠就算了。古人說得好，以毒攻毒。

事實上，東雲向縣警本部長進言的效果立竿見影。竟然當天之內所有資料便送達專案小組。

兩個紙箱的資料和一個隨身碟，這些便是三雲和城之內在任職期間內，被中止生活保護或申請駁回的所有人的文件和資料。

「竟然退了這麼多案子。」

看到實物，蓮田傻眼說道。

但笘篠還來不及驚訝便是一陣戰慄。一想到整整兩大紙箱裡聚積的憎恨，便遲遲伸不出手去打開。

2

當天起，笘篠和蓮田便夜宿專案小組細讀資料。紙箱和隨身碟裡的生活保護中止與駁回件數，在城之內與三雲在職的那兩年內便多達將近七百件。

「怎麼駁的可以駁到七百件啊。」

蓮田萬分厭倦地說。

「看圓山先生工作，我也知道福祉保健事務所駁回、止付都是有原因的，可是看到這麼大的數量，就覺得雙方都有問題。」

也難怪蓮田會這麼說。把文件一筆一筆看過，從中抽出可能有殺害兩人動機的案子，還要再確認申請者是否存在，既花功夫也花時間。雖然在東雲安排下增加了人手，但每次細讀都能窺見申請者的苦衷，處理的速度也就慢下來。

生活保護費申請遭到駁回和止付的事由，主要是財產的有無與申請內容的真假。

〈申請駁回事由〉

・沒有運用工作能力

・有豪華的房子

・有一定數目的存款

〈止付生活保護費事由〉

・申請不實（虛報財產等）

・家屬關係不實

堆積如山的文件，是窗口職員和個案工作員拆穿這類虛報的紀錄。另一方面，笘篠卻對備註欄一片空白便一味被駁回的寫法產生疑問。

「這些公家單位的文件，被退件也是政府這邊的說法，申請人的意見一個字也沒寫。」

「你是說，這類文件都是隨公家寫的嗎？」

「包括我們警方在內，公家單位製作的文件哪個不是這樣。」

蓮田沒什麼反駁便點頭。來辦案辦了一年，能想到的例子太多了。

過濾的工作長達四天。從中選出的，是包括不服駁回而多次申請、曾與事務所人士發生衝突，且本人或其扶養親屬仍在世的個案。

申請者中有些人被駁回一次仍不氣餒，來過好幾次。笘篠等人將此視為申請者的執念。他們認為若一次駁回便放棄的人，不會恨當時的負責窗口長達八年。

執念深的人當中，當然也有與窗口或個案工作員發生衝突的。若是小爭執，事務所方會留下必須小心此人的註記，若演變成暴力事件，也會在轄區警署留下報案資料。

而最重要的是確認申請者本人及其扶養親屬是否在世。就算對事務所再怎麼恨之入骨，主角死了自然不可能犯案。

以這三個條件篩選的結果，出現了四名嫌犯候選人。

市川松江（七十四歲）鹽釜市北濱

瀨能瑛助（五十四歲）鹽釜市本町

郡司典正（六十歲）鹽釜市尾島町

高松秀子（享年六十二）鹽釜市港町

「最後一個高松秀子已經死了。」

「是啊。他死後親人與事務所起過衝突。其他的本人都還在世。」

「可能是為過世的家人報仇嗎……可是，笘篠先生，如果親人對本人的感情深厚得要為他報仇，那當初應該就不會有生活保護這種事發生不是嗎？」

蓮田的疑問很有道理，說實話，笘篠也有同樣的想法。若是這麼重要的家人，在申請生活保護之前由親人扶養才是最合理的。

「既然都列為候選了，就得去查訪。實際上訪問當事人，也許能挖出一些申請書上看不出來的內情。」

「可是，不管是拜訪本人還是親人，這都是很久以前的事了。搞不好他們連曾經和事務所起過衝突都忘了。」

笘篠倒認為不太可能。就算駁回申請的城之內和三雲忘了，被駁回的人恐怕忘不了。就和打人一樣，打人的會忘記拳頭的痛，挨打的卻不會忘記臉頰的痛。而打人的次數越多，拳頭也就漸漸麻痺了。

「還有就是，知道那個人的所在了嗎？」

笘篠並沒有忘記比過濾嫌犯更重要的事。

「就是和城之內及三雲同時期在福祉保健事務所服務的人。不能保證他不會成為第三個犧牲者。」

「上崎岳大對吧。已經查出來了。」

蓮田豎起大拇指表示「安啦」。

「從當時的員工名冊追查到現在的住址。是有必要和本人面談，不過已經先派一個人去盯著他家了。」

一旦查出城之內和三雲的關係，笘篠便立刻注意到這兩人的上司。

兩人於鹽釜福祉保健事務所服務時，上崎岳大是所長。既然嫌犯找上了那兩人，選上崎為第三個目標也不足為奇。不，既然他是他們的上司，擁有決定權，更恨他不也是當然的嗎？

「可是笘篠先生，第三個我看不可能吧。殺了兩個人，想也知道我們縣警本部的人會發現其中的關係。那還有人敢再殺第三個嗎？」

「如果是正常的凶手，我想應該是不會白費工夫。一連有兩人遇害，不難想像我們會傾全力辦案。現在對第三個人動手，無異於飛蛾撲火。」

但是——笘篠繼續說下去：「這個凶手並不是刺殺或絞殺，而是讓死者不吃不喝餓死。最好不要當他是正常的凶手。而且，因為他不正常，所以才會不當一回事找上第三個人吧。」

「……也對。」

「既然知道住址了，就趕快找那個上崎問話吧。兩個死者他都認識，也許對導致這次命案的衝突知道些什麼。」

卻見蓮田過意不去地搖頭。

「那是不可能的，笘篠先生。」

「哪裡不可能？搞不好他自己也有生命危險，卻拒絕警方問話？」

「不，不是這樣的……上崎幾年前太太過世後單身，現在在菲律賓旅行，見不到。」

想見的人在國外就沒辦法了。笘篠和蓮田決定等上崎回國，先找四個嫌犯候選人問話。

八年前的事當事人還記得嗎——蓮田的疑問在他們找上第一個對象時便一掃而空。

市川松江對於在福祉保健事務所所受的委屈，記得的像昨天剛發生般清楚。

「那些人根本打從一開始，就不想讓我請領生活保護費。」

松江家宛如廢墟，破掉的玻璃窗上貼了塑膠袋，地板好幾個地方腐爛凹陷。一時之間令人難以相信這裡住了人的事實。

「您還記得當時窗口的負責人嗎？」

對笘篠這個問題，松江也是怒容滿面。

「一個叫三雲的。我到死都不會忘記那傢伙的長相和名字。」

「可是，您說他打從一開始就不想讓您請領，會不會言過其實了？他也是公務員，應該會讓需要生活保護的人請領吧？」

笘篠也很清楚這種問法很不公平，他是刻意激怒松江的。但並不是計畫陷害松江。這不過是引出她對三雲和城之內的真心話的手法。再加上，前幾天稍微看過圓山工作情形仍記憶猶新，他不認為事務所會以片面的理由便駁回申請。

但松江的反應卻十分誇大。

「哼！警察也是公務員，你們當然會替自己人說話。公務員是為國家服務，卻不願意為國民和我這種弱勢的人服務。」

「我總覺得您有些誤會了。」

「誤會什麼！要是福祉保健事務所的職員願意為弱勢服務，就不可能會搞出那種申請書！你看過他們的申請書沒？」

笘篠看過幾百份生活保護申請書，懷著略感厭煩的心情點頭。

「有啊。一份六張的表格對吧。」

「那種東西，我這老太婆怎麼會寫！」

松江罵道。

「什麼資產調查，什麼自住房屋估價，什麼薪資明細，那麼難的文件誰會寫啊！不是我自誇，數字和文件我從來都搞不懂。」

「窗口沒有向您說明如何填寫嗎？」

「誰會跟你說明啊。我拚命問怎麼寫，那個叫三雲的也只會一直說請按照範例填寫。範例是那種有定期收入有自己房子的，跟我的條件差多了，根本就參考不了。但我還是辛辛苦苦寫好好，那傢伙，說什麼『辛苦了』，結果卻以文件不齊駁回。然後我要重新申請，卻說『曾經申請過的無法修改』。那個壞蛋。既然知道不齊，寫的時候跟我說就好了，明知道卻不說。」

「他為什麼要這麼做？」

「這還用說嗎！就是想減少接受生活保護的人啊。我、我、我們這種人餓死了，他們也不當一回事。被公家機關裡的高官罵他們還比較怕咧。」

笘篠胸口一陣刺痛。

他自認在辦案時從未看輕過被害者或其家屬，但也經常無法反抗專案小組或上司的意思。地方公務員法中，有一條是必須忠實遵從上司職務上的命令。即使沒有條文，在警察這個階級社會裡也很難反駁上司。就這一點而言，松江的譴責雖不中亦不遠矣。

「後來我又去過窗口好幾次，一直碰釘子，最後他們還叫了警察。」

「那位三雲先生被殺了，您知道嗎？」

瞬間，松江愣住了，但很快便一臉愉快地笑了。

「是嗎，所以你們懷疑我是凶手？也對，要是我真能殺得了他我巴不得。但可惜的是，我的身體已經做不了那種事了。」

松江看了自己挺不直的腰，呵呵笑了。她連走路都走不穩。

「我連三雲在哪裡都不知道，也沒有精神力氣去找他。凶手不是我，這對你對我都很遺憾啊。」

第二個瀨能瑛助也沒有忘記三雲。

「你說那個爛人死了？哦，是嗎？我已經很久沒訂報了都不知道，要是知道了真想喝一杯慶祝慶祝。不過，也沒酒就是了。」

瀨能邊罵邊將旁邊堆積如山的空罐一一壓扁。

「本來這是遊民做的工作，不過還挺好賺的。畢竟我還要等很久才能領年金。在那之前，不繼續做這個也不行。」

才五十四歲，應該還有其他收入好的工作吧——笘篠本想這麼說，卻沒作聲。瀨能看來一條腿不方便，站起來時也搖搖晃晃的，不太穩。

「我年輕的時候出事傷了腳踝。雖然能走，卻不能跑也很難扛東西，做不了需要力氣的粗活。」

「這樣的話，可以請領身心障礙補助吧？」

「國民年金啊，身心障礙如果不是一級或二級是不能領的。粗活不能做，身心障礙補助也不能領。被公司裁員，日子就過不下去了。所以才忍辱去申請生活保護。那個啊，我可要先聲明，原本一直在工作的人要去給政府養是很需要勇氣的。我去窗口的時候也是誠惶誠恐的。結果三雲那個混蛋……」

「他對您做了什麼失禮的事嗎？」

「沒有，說話和態度都文質彬彬的哦。所以才更叫人生氣。那個王八蛋，動不動就給我說這種話，什麼『既然您生活有困難，只要能夠證明，就能通過申請』。」

笘篠納悶了。明顯窮困便給予生活保護。這句話哪裡不對呢？

「我告訴你，有錢只要拿出現金就能證明對不對？出示存摺也是個辦法。可是沒有錢要怎麼證明？沒有收入來源要怎麼證明？可能暗藏秘密帳戶。可能去打不能公開的黑工。像這種的，要證明沒有比有還難。」

證明不存在的事物。這便是所謂惡魔的證明。的確，笘篠也明白這很難證明。

「可是我那時候覺得如果沒有生活保護實在活不下去，就硬著頭皮，去問已經在領生活保護的朋友，填了文件。我想，要是我缺了什麼還是寫錯了，窗口會告訴我。正常都會這樣想吧？我的身心障礙不足以領年金，能找的工作有限，又沒有可以投靠的親人。生活保護不就是為了保障這樣的人而設的制度嗎？」

瀨能的話讓笘篠無言以對。

再周全的制度都還是會照顧不到一定數量的人。但以瀨能的狀況而言，問題卻還不到那裡，他的怨懟是針對態度而非制度。

「好不容易弄好了申請書帶去窗口。三雲那傢伙冷冰冰地收了件。根本就不知道我是多辛苦才弄出來的。我那時候就想，啊啊，這就是官僚的面孔。然後過了幾天，寄來了駁回通知。我帶著那個又去找窗口。因為我聽說如果對福祉保健事務所決定的駁回可以申請複審。可是，三雲卻一副事不關己的樣子說，如果是因為說明資料不齊而被駁回，是不能申請複審的。我從沒聽說過這種事，一時氣昏了頭，忍不住就闖進櫃台，被在場的所有職員制住趕回家。從第二天起根本就禁止我出入。天底下哪有這麼不講理的事？」

雖然不能單方面採信瀨能的說詞，但就他的話聽起來，怎麼聽都是事務所方面設法阻止民眾申請。可以說是利用申請者的無知與制度的規定進行合法的反登陸作戰。這麼做本身或許並不違法，但站在申請者的立場來看，確實是很不講理。

「我想你大概是靠以前的紀錄找到我這裡來的，但實在不巧。我的確是記得三雲和他上面的城之內，但我不知道他住哪裡，也不知道他在哪裡工作。就算知道，我每天光是要過日子就忙不過來了，也顧不得報復。」

不用說，笘篠將瀨能從嫌犯名單中剔除。原因是，以瀨能那種極具特色的走路方式，現場一定會留下行跡。

「就連現在回想起來，沒有什麼事比事務所叫人做的調查更讓我火大。吶，不是有人說很討厭身分證字號那些個資統統被政府知道嗎？那你去申請生活保護看看。身分證字號什麼的根本不夠看。」

第三個人郡司典正倒是以輕鬆坦然的語氣談起過去。

「反正就是一到窗口，我就知道：啊啊，這些人根本不想給我錢。我本來就很會看人臉色，不過當然啦，公家的人又不是做生意，想什麼都會直接寫在臉上。」

「但您還是申請了吧？」

「申請了啊。我自己開的製紙工廠倒了，走投無路了。我當時已經五十多了，到處都找不到工作，就這麼耗著存款也花完了，又欠繳稅金，真的束手無策。事務所的人個個感覺都很差，但我也顧不了那麼多了。我想說要是我說明了自己的實際狀況，他們應該會幫忙。我那時候還相信國家政府機構是為了國民而存在的。」

郡司家和前兩個人的住處相比還算好些，沒看到太大的破損。但那棟屋齡很老的木造平房有一絲腐葉土般的味道。過了一陣子，笘篠才想到那就是生物腐爛時的臭味。

「我到現在還記得窗口那個叫三雲的負責人。講起話來客氣過頭，臉色卻一點也不客氣。眼神就是瞧不起人，而且也不想掩飾。怎麼說呢，他的眼神就是很冷。看得我自慚形穢起來，心想，啊啊，我已經落魄到被這種人用這種眼神看待了。可是我沒別的辦法，就默默聽他說明。他的說明很仔細，所以很好懂，但我越聽越覺得他說的實在太強人所難了。說什麼，在完成所有的資產調查之前，連申請都不能申請。」

「我覺得他說的沒錯啊？」

「刑警先生，你要知道，他們說的資產調查是刨根問柢，就差沒問到你祖宗八代。叫你把所有存款都列出來，口袋裡的零錢也拿出來。」

郡司自嘲地說。

「我以前是開公司的，為了區分公司的錢和私人的錢開了好幾個戶頭。孩子的學費和付薪水又是另一個戶頭。多的時候，同時有十幾個銀行帳戶。福祉保健事務所呢，會一個一個去問。可是銀行會有其他優先的業務，不會馬上就回答。幫忙查這個一塊錢都賺不到嘛。不，銀行連有戶頭這件事都不想讓你知道。因為要是一個沒弄好客戶會把戶頭結束掉。雖然裡頭沒多少錢，銀行還是不願意少一個戶頭啊。所以調查起來當然很花時間。像我，都半年了還查不完，事務所那邊竟然以『得不到金融機關的協助，難以繼續調查』就駁回我的申請。你不覺得豈有此理嗎？我可是因為經營困難把公司收掉的。無論我有多少戶頭，裡面怎麼可能有錢。這種道理連小學生都懂。三雲卻一味堅持這是規定。我個性算是溫和的，卻也實在嚥不下這口氣。我這輩子從來沒那麼恨過一個人。」

聽著聽著，笘篠覺得三雲這個人的正反兩面不由分說地呈現在他面前。一個在職場和朋友間被視為大好人的男人，某些立場的人卻對他畏如蛇蠍。假如是生活保護的工作促使他成為一個雙面人，就代表福祉保健事務所的方針便是如此不符人性。

「雖然氣不過，但又不是打了窗口職員就能解決。只好強忍著火氣一再申請，結果三雲親口跟我說申請多少次都沒有用，叫我不要再申請了。我心想在鹽釜福祉保健事務所沒有著落，還跑到仙台去，結果還是一樣。於是我死了心，拿這塊土地去擔保借錢。只不過每坪單價很低，借不了多少錢，也沒什麼業者肯借就是了。」

向他確認不在場證明，郡司一臉淒慘地笑了。

「我那時候在住院，不可能是我。」

「您生病了？」

「營養失調加支氣管炎。我是突然昏倒被送進醫院的，可是付不起住院費，又被攆出來。其實還欠醫院錢。」

笘篠和蓮田最後拜訪的是高松秀子的次子，高松義男家。

他住在福島市內，一家四口，說他本人和妻子都出去賺錢才能勉強維持生計。

「說來慚愧，八年前正好兩個孩子都要升學，我實在沒有能力照顧母親。真的不是開玩笑的，那時候的生活每個月都要動用存款。就連五千圓的孝親費都拿不出來。」

高松懊惱地低下頭。字裡行間聽得出親生母親生活窮困，自己卻伸不出援手的懊悔。

「您也有您的家人啊。」

「實在是沒出息啊。所以我也很想幫忙，至少讓母親能得到生活保護。我們也收到所謂的扶養照會書，我填了我和我老婆的收入、支出和資產明細，申告了以我們的家境無法扶養母親。母親也體弱多病，既無法工作，也沒有存款。再加上三等親以內的親人都沒有能力援助，申請應該一下子就過了。」

「聽您的語氣，看來是沒有一下子就過了。」

「是啊，鹽釜保健事務所極盡刁難之能事。」

「刁難？」

「我有個大我三歲的哥哥。這個哥哥當然有扶養義務，所以他們說拿不到他的照會就無法受理申請。」

「那麼，只要請令兄幫忙就好了。」

「事情沒有那麼簡單，我哥哥十多年前去了東京就音信全無了。我們不知道他在哪裡做些什麼、也不知道他是死了還是活著。」

「那麼就無從照會起了。」

「照道理，哥哥就應該不算在內了不是嗎？可是福祉保健事務所的道理和我們一般民眾的理解差了十萬八千里。照公家的說法，就算音信全無，只要沒有證明那個親人沒有經濟能力，申請就不會通過。你說，是不是很奇怪？竟然故意用相反的道理來解釋不確定要素。他們是鐵了心不想讓人申請。」

高松的話本來應該是令人噴飯的。那等於是叫人硬去找出音信全無的親人。

「我去福祉保健事務所抗議，他們一公釐都不肯讓步。只會一直說這是規定。所以我也試著尋找我哥哥的去向，但十年來沒消沒息的人怎麼可能一下子就找到。就在這來來去去當中，我母親身體越來越差，後來就死了。如果住得近，我們也能去看她，但離得這麼遠……我母親死得很悲慘。醫生說她沒有得吃，體力差，才會那麼快就走了。聽醫生這麼說的時候，我恨不得痛打自己一頓。」

高松說完垂下雙肩。

「說實話，我恨福祉保健事務所的人，尤其是負責窗口的叫三雲的職員。畢竟他是我認得長相、知道名字的職員。我母親死後，我曾去福祉保健事務所抗議。可是那時候，他們所長說福祉保健事務所的做法一點也沒有錯。」

「當時是上崎所長對吧。」

「他還說，告他們等於是把訴訟費用白白扔到水溝裡，叫我死心。雖然我整個人氣炸了，但所長說的對，就算告上法院我也沒有勝算。所以才心不甘情不願收兵。」

「可是，您真的這樣就徹底死心了嗎？」

笘篠這一試探，高松抬眼看他。

「刑警先生會懷疑我也是當然的，但就像我剛才說的，這裡離仙台很遠。我是個上班族，能自由運用的時間有限，沒有本事去仙台殺了人又馬上回來。」

高松說的沒錯，笘篠也不得不同意。

就這樣，雖然查訪了四名嫌犯候選人，得到的線索卻是零。不，確定四人都不可能行凶，所以甚至可以說是小於零了。

這下嫌犯半個都不剩了。可以追捕的獵物又從可見範圍內消失了。笘篠束手無策，拖著沉重的步伐回仙台。

3

「要重新來過。」

回到專案小組，笘篠在已經細讀過的資料前這樣宣告。

「符合條件的四人全都落空了。但是，這並不表示被排除的七百人當中，不存在任何一個可能的嫌犯。」

「可是，我不覺得我們設定的條件有錯啊。」

蓮田之所以會說這種接近辯解的話，應該是不願意承認過濾嫌犯的工作是白忙一場吧。

笘篠的鼻子也嗅出了他們要找的東西就埋在這堆資料裡。找不到，只是因為他們挖得不夠深。少了什麼——正當他這麼想時，想到了一個可能性。

「紙箱裡的資料和隨身碟裡的對過了吧？」

「對過了。隨身碟裡記錄在案的個案和紙本對照過，應該是一致的。隨身碟本來就是提供對照的。」

「能不能幫我把那個隨身碟送去鑑識？」

「鑑識……笘篠先生，你該不會懷疑這些資料本身有問題？」

蓮田皺起眉頭，但並沒有退卻之意。

「不是懷疑資料，只是很難相信提交這些的支倉而已。」
「……是啦，那個歐吉桑假惺惺的，的確讓人無法百分之百相信他。」
「資料本身並沒有竄改的痕跡。有問題的話，應該是隨身碟那邊。」
「了解。」
就這樣，鹽釜的福祉保健事務所提出的隨身碟便送往鑑識課進行分析，而且很快地，當天之內便有了結果。
正如笘篠所懷疑的，隨身碟中的紀錄有部分遭到刪除的痕跡。
「他膽子真大。」
雖然被笘篠猜中了，但也只是增加他對支倉的不信任而已。
「縣警本部長親自去說還這樣。實在是太油條了。」
「會刪除資料，可見得他們有多不想公開。」
「既然連上面大頭下令都沒用，只好再出馬去找他了。被刪除的有幾筆？」
「只有三筆。可是只有日期和流水號，沒有具體的姓名和住址。」
笘篠一把抓起掛在椅子上的西裝外套，和蓮田直奔鹽釜福祉保健事務所。
他對支倉的印象確實比上次來訪時更差了。想包庇自己人的心情、不願單位出醜的心情，同為公務員他不是不能了解，但這種做法未免太令人不齒。
「他到底把辦案當什麼？別拿公家的文書處理相提並論！」

笘篠在便衣警車中自言自語般罵，握著方向盤的蓮田卻是一臉有些掃興的樣子。

「對那些人來說，辦案一定也跟文書處理一樣。不，搞不好破了一件殺人案，在他們心裡還不如處理好一份懸而未決的文件重要。」

「怎麼了，講起這種厭世的話。」

「沒有厭世，我是很積極正面的。那七百份駁回的文件一件件看下來，就會覺得那些人的工作不是不受理，而是見死不救。」

蓮田的聲音聽來一反常態地不悅。

「本來，福祉保健事務所是救助社會弱勢的機構不是嗎？可是實際上做的卻是對弱者見死不救。我對生活保護完全外行，可是看了那麼多申請書，也能隱約看得出申請者是在什麼樣的狀況下寫那些的。可是他們卻因為預算一一把申請者砍掉了。至少我們警察並不會因為預算就把被害者置之不理。同樣被歸類為公務員，對我們並不公平。」

笘篠不知如何回答。蓮田也許忘了，大阪府警曾被爆料弄丟了約五千起案件的資料而擱置辦案。其中三千起已過了公訴時效。只要有這樣的例子在，警方縱然對福祉保健事務所的處置看不過去，也不過是五十步笑百步。

如果福祉保健事務所故意擱置申請案是厚生勞動省的方針，那麼所長及職員也只是依照方針辦理而已。但是，這個問題並不是推說整個組織是上意下達就能解決。那也只是組織犯罪與個人犯罪之分而已。

「話是這麼說，要讓福祉保健事務所的處置成為案件是很困難的。就算退一百步，能適用違反生活保護法好了，一個搞不好，對象就變成整個國家。」

「你別搞錯了。我們的工作不是追捕那種巨惡。要抓的是殺害三雲忠勝和城之內猛留的凶手。如此而已。」

對笘篠的話，蓮田一副不情不願的樣子點了點頭。從他的側面也能輕易看出他不是由衷同意。

「……被視為好人的三雲，被奉為正人君子的城之內。兩人外在都很好，但實際上做的工作卻是順著厚生勞動省的意，拒絕生活保護申請者。說真的，我對殺害他們的凶手的痛恨是變淡了些。」

「你可別對我以外的其他人說這種話。」

這無疑純屬個人牢騷，但笘篠仍不忘叮嚀。

「要是傳進刑事部長或管理官上頭那些人耳裡，馬上就會被攆出小組哦。」

「一個該殺的人被殺了，實在勾不起我的同情心。偽善的人更不用說了。」

「偽善的人、不屑一顧的人被殺也是理所當然──這種說法是很危險的。這正是幹出無差別殺人的那些人渣高喊的理由。你想跟那種人變成同類嗎？」

這就連蓮田也不敢接話了。

「我不是站在鹽釜福祉保健事務所的人那邊。我氣的是，他們不僅不協助調查，還竄改了資料。我對厚生勞動省的企圖，還是公僕的自保都不感興趣。我只想早點抓到殺害兩個人的凶手。」

「那是因為笘篠先生是從骨子裡就是刑警。」

「沒有人期待我做得更多，我也不認為我做得到。把分派給自己的工作在自己的能力範圍內做好。

你不覺得這才是最應當的嗎？無論什麼人，無論什麼組織，能力都是有極限的。」

這次突襲鹽釜福祉保健事務所是對的，他們馬上就攔下了支倉。他顯然自知提供給警方的資料不全，一看到笘篠和蓮田便趕緊想離開自己的位子。

「喔，支倉先生，別急著走。」

蓮田伸手抓住了他的手。在旁人看來舉止輕柔，但實際上卻是有如鉗子，一抓就絕對不放手。

「何必逃呢？」

「我才沒有逃，是因為你們突然跑來。」

「我們突然來，您難道有什麼不方便嗎？」

笘篠從蓮田身後發話擠對。受到蓮田的握力與笘篠的話語箝制，支倉動彈不得。四周的人不可能沒注意到這番異狀，這個辦公區充滿了緊張的氣氛。

「我們換個地方吧？在這裡沒辦法好好說話。」

支倉對這個提議表示順從，以先導的姿態領著笘篠他們離開了辦公區。好歹在這裡也要虛張一下聲勢是嗎？

「你們這樣沒有先預約就來，很讓人困擾。」

一進另一個房間，支倉便出聲抗議，但語氣軟弱。

「因為上次我們先約了還是見不到您。」

「那是因為我突然有急事……」

「那麼，今天也可能會有急事。在急事發生之前先逮到您，您得承認這是個聰明的判斷。」

「逮到，把人說得像嫌犯似的。這就是宮城縣警的做法嗎？我要請我們所長表達嚴正的抗議……」

「縣警本部長都親自要求協助，還提供不齊全的資料就想矇混過關，這就是貴所的作風嗎？」

笘篠一頂回去，支倉便像朵枯萎的花般低下頭。看樣子，他並沒有持續與警察針鋒相對的膽量。

「雖然這不是我們正在追查的案件的主旨，但要是把這當作案情資料的一部分公開給媒體，反應應該不小吧？」

「你們警察還不是一樣。」

顯然走投無路的支倉豁出去般說道。

「就算負責的人想向右，上面指示要向左就非向左不可。在公家做事，無論哪個單位都一樣。你們還不是，要是抓到違反交通的人是議員，單子就開不下去了吧。這跟那是一樣的。」

笘篠對於他竟然當自己是一丘之貉大為憤慨，但一想到這個人不扯這些歪理就無法將自己正當化，就懶得跟他生氣了。

「的確，大家都是在公家單位嘛。我不會說第一線人員的意見從來不會受到其他方面的妨礙。只不過，我們的工作和福祉保健事務所的工作相比單純明快多了。因為我們是逮捕違法的人。當然，其中也包括偽造文書。」

「偽造文書？」

「偽造文書，也適用於竄改記載內容和意圖刪除、隱藏。縣警本部提出了〈搜查關係事項照會書〉，貴處回應照會書而送來的資料當中若有人為蛀蝕或缺漏，便足以視為偽造文書。」

這說法多少有恫嚇的意味在內，但這種程度應該還在容許範圍之內。果不其然，支倉顯得一臉苦惱。

「等等。為什麼要我一個人負起這種罪責？把駁回的個案資料送過去是所長的命令。請不要亂開玩笑。」

「中間管理職只要是遵從命令就什麼罪都沒有？開玩笑的是你。要是你認為這種說法行得通，不妨站在法庭的證言台上試試。」

看著支倉臉色由紅轉青，笘篠判斷該收手了。再威脅下去可能會造成反效果。

「支倉先生，無論什麼事都難免有失誤或錯漏。」

「什麼意思？」

「如果有應該補足的資料，請您現在立刻提交。這樣就不算是人為刪除、隱藏了。」

該交的東西趕快給我交出來——笘篠以言外之意相逼。

「真是一點都不留情。」

支倉以含恨的眼神看笘篠和蓮田。

「你們都是以這種態度逼迫你們逮捕的嫌犯的嗎？」

「您何不親身一試？」

「……不了。只是，我也希望你們能稍微聽聽我的苦衷。」

「請說？」

「福祉保健事務所要駁回幾成申請，不僅是厚生勞動省的意思，更是國家政策。我們只是末端。」

為了轉嫁責任搬出來的名頭還真大。

「笘篠先生，你知道現在我們國家有多少生活保護受給者嗎？」

「我記得好像超過二百一十六萬人。」

「一點也沒錯。而且這個數字以後只增不減，這你也知道吧？」

「如果不是有破天荒的好景氣，而且變成破天荒的多子社會，應該就是吧。」

「可是，社會保障預算卻年年被刪。就算想提高消費稅來確保財源，景氣不好轉也辦不到。無論有多少歲收，都會優先用於災後重建和舉辦奧運。最後執政黨竟然將刪減一成預算當成稀鬆平常。在最前線的我們要是不調整受領人數，這個國家的社會保障制度就會垮掉。」

「你的意思是，反登陸作戰是必要之惡嗎？」

「要是申請案全都受理，縣內的社會保障預算半年就會爆了。」

他說的笘篠不是不明白，但因為這樣就依照上面的命令駁回每一件申請，不禁令人懷疑職員的操守何在。

「你一定認為我一派官僚作風，只會推卸責任對吧。」

支倉彷彿看穿他的心情般瞪過來。

「你們的工作是逮捕犯法的人，單純明快。但我們雖待在高唱福祉的單位，卻必須剔除需要福祉的人。抱著這樣的矛盾工作是什麼心情，你們懂嗎？」

還以為他會發起中階主管的牢騷，不料支倉卻話鋒一轉：

「二〇〇六年五月，厚生勞動省召集全國福祉保健事務所所長舉行會議。會中比較了各地方政府生活保護利用率。將人口與產業結構同級的地方政府拿來相比，點名保護率高的，當眾修理。簡單說就是批鬥大會。」

既然厚生勞動省要嚴防社會保障費增加，會這麼做也不足為奇。這一點笘篠可以理解。

「在那場會議裡，北九州得到優秀的評價。你也許不知道，隔年二〇〇七年就在北九州市，有一名男子餓死，死前留下了『好想吃飯糰』的遺言。」

笘篠從未聽說過，因此大為震驚。換句話說，厚生勞動省評為優秀的地方政府底下有人餓死。

「可是厚生勞動省的態度並沒有因此而改變，還是堅決主張控制受領者人數。我們當然不是故意害人餓死，可是北九州市在二〇〇六年那場會議中得到表揚的事實一直留在我們圈內人腦海裡。」

「……您認為那是正常的行政機關應有的樣子嗎？」

「那我反過來請問，你認為正常的行政機關的定義是什麼？是為了國民，無論多麼不合理的要求都要攬下來的組織嗎？還是依照中央政府的指示營運，維持行政機能的組織？」

看支倉那厭倦的眼神，笘篠不禁感到一絲同情。

也許他當初也像圓山一樣，是個把申請者放在第一位的職員。縱使是這樣的人，在組織裡待久了，身心都會被組織同化。因為那樣待起來才不會痛苦。誰也不敢保證像圓山那樣的年輕人五年、十年之後不會變成像支倉這樣。

「很遺憾，我沒有足夠的才智回答支倉先生的問題。只是我想，得不到關懷的人多半是不會忘記這件事的。三雲先生和城之內先生之所以遭到殺害，也不可能全然無關。」

支倉已經舉白旗投降了。再來只要提出要求即可，但同情心卻破壞了笘篠的心情。

「您提供的隨身碟解析之後找出刪除了幾件駁回案件的紀錄。在此我們姑且稱之為不慎遺漏，請問到底有幾件？」

「三件。」

很好，件數與鑑識發現的一致。

「那三件個案的申請書，能請您提供正本嗎？」

「沒有正本。」

語氣平板。

「已經拿去銷毀了。」

「什麼？」

「那三件因為駁回理由微妙，我們很快就拿掉了。從隨身碟刪除卻還留著正本說不通，所以就拿去銷毀了。現在應該被業者溶了吧。」

竟然幹這種混帳事。笘篠不禁握緊了拳頭。

結果蓮田從後面插嘴道：

「這樣被當作是湮滅證據也怪不了別人了。」

「說什麼湮滅證據，太誇張了。那些個案也不會再申請。銷毀了也不會造成任何人的困擾。」

我們就很困擾——笘篠把這句話嚥了回去。

「為什麼您能確定不會再申請？過了幾年，生活環境也會發生變動啊？」

面對笘篠一連串的質問，支倉卻老神在在。

「那三件的申請者本人都已不在世了。生活環境不會再有任何改變。」

「您說駁回理由很微妙，所以在銷毀申請書之前您曾經細看過吧。詳細內容您也還記得吧。」

「就，姓名住址吧。」

太好了。這樣還有追查的可能。

「不過，那三人是因何而死的？該不會都是餓死的吧？」

「怎麼可能。其中兩人是地震的災民。」

支倉說得輕描淡寫。

「那兩人被海嘯吞噬了，和有沒有生活保護無關。他們沒有親人，又一個人在家，救也無從救起。因為沒有親人，也沒有人領取遺體，至今仍不知遺體在哪裡。」

「那麼，只有一位不同了？」

「那個申請者是八年前去世的。只是她也沒有親人。就這一點看來，狀況和在地震中喪生的兩人一樣。」

笘篠怒火中燒，但在這裡大聲嚷嚷也不是辦法。

「那三人名叫？」

「小塚良助，久保田幹子，這兩人是地震災民。最後一個是叫作遠島惠的老人家。」

「您說駁回理由微妙，具體上不符資格的事由是什麼？」

於是支倉又閉口不言了。

都到了這個地步了，他還想要保護什麼嗎？

「支倉先生，這三件都是三雲先生和城之內先生在擔任窗口和決策者時申請的吧。事到如今您即使說出來也就像時效過了，沒什麼大礙吧。」

「就我個人或許是如此，可是一旦牽涉到單位的名聲問題，我還是不願意由我來說。」

這是逃避責任，還是支倉自己的邏輯？無論如何，都只是辦案的阻礙。

「要是因為您的隱匿發生第三起命案您也不在乎？」

「咦！」

「事情未必會因三雲先生和城之內先生遇害就告終。凶手也沒有做出這樣的宣言。萬一出現了第三個犧牲者，支倉先生要負責嗎？

絕大多數公務員最討厭的詞就是「責任」。一如笘篠所料，支倉臉色立刻變了，開口說：

「駁回的理由，三件都是資產調查不充分。換句話說，無法證明申請者本人處於生活窮困的狀態。而且，這三件在被駁回後都與負責窗口發生了衝突。」

要證明窮困的狀況，也就是沒有資產，比證明有困難得多。這一點，笘篠在親身查訪申請者時聽過不止一次。

「事隔多年，他們當時的生活狀況究竟如何，也無法得知詳情了。」

但還是可以猜想得到。福祉保健事務所都把申請書正本給銷毀了，想必是窮困得不宜駁回。

「所謂的衝突是指？」

「在通知駁回後，本人到窗口與負責人發生口角或是演變成暴力事件。這方面的詳情也不清楚。」

好猜得很——笘篠心想。這些駁回的個案是他們判斷給警方看了會出問題的。衝突的內容肯定也不值得驕傲。但還是有確認的必要。

「當時的暴力事件嚴重到會向我們通報的程度嗎？」

「小塚良助和久保田幹子都被福祉保健事務所的職員制住了，好像沒有造成太大的騷動。但遠島惠則是在發出駁回通知後不久，有個她的男性友人闖進來罵人。」

「男性友人？不是親人嗎？」

「詳情我也不知道。只是，他不但傷了當時負責窗口業務的三雲先生和城之內先生，後來還縱火，這已經是黑道作為，而不叫抗議了。」

支倉的語氣中有明顯的厭惡之情。

「生活保護變成黑道的生財工具已經很久了。不當給付給黑道分子本身的，再加上不當給付給他們底下人的金額不是少數，全都成了黑道幫派的資金來源。遠島惠的狀況也是屬於這一類。」

「可是縱火……」

「要燒的就是這棟建築。幸虧半夜沒人上班，又發現得早，才沒有釀成大禍。」

傷害兩名職員再加上縱火，罪狀不小。就算福祉保健事務所銷毀了申請書，那個男性友人的紀錄還是會留在轄區警署。看了案件紀錄，應該可以搜集到比申請書上記載的更加詳細的資料。

「您記得那位男性友人的姓名嗎？」

「我記得他姓利根。」

4

從支倉那裡得到的資訊當中，遠島惠的那起衝突給笘篠留下了強烈印象。生活保護受領的相關衝突看來幾乎都是在福祉保健事務所內解決，但遠島惠的事卻鬧上了警局。這個特出之處令笘篠非常在意。

「可是，笘篠先生在意的不光是這一點吧？」

蓮田說得一副很懂的樣子，但他沒說錯，笘篠便沒有反駁。

「是啊，去福祉保健事務所罵人的不是近親而是男性友人，實在奇怪。一般朋友去窗口打人還不夠，甚至放火燒公家機關來洩憤，未免太誇張了。」

「會不會就像支倉先生說的，那個叫利根的是黑道分子？這年頭黑道也是窮得哀哀叫。沒了收入來源也會拚命的吧？」

話是很有道理，笘篠卻覺得不太對勁。就算是不勞而獲，但為了區區一個月十多萬犯下傷害、縱火罪被關，豈非得不償失。

「我猜得出笘篠先生在想什麼。」

笘篠一愣，不禁往蓮田的嘴巴看。

「你在想，為了這麼一點小錢就縱火不划算對不對。可是啊，腦筋正常的人才會有這種邏輯。不過，是很有笘篠先生的風格啦。」

蓮田像是隨口說說，卻讓笘篠感到有些煩躁。雖說是同事，但一想到自己被一個年紀小上許多的人看透，感覺並不好。

「沒了收入的黑道根本一文不值。不管是十萬還是五萬，對本人都是非死守不可的生活費。如果是以前就一直在收保護費，那感覺就像固定收入。當然會張牙舞爪對付想搶走這筆錢的人。他們腦袋裡才不會有事後會吃虧這種事。俗話不是說人窮志短嗎？沒錢的黑道分子能做的，就只有行使暴力了。」

據支倉說，鬧事的利根是遭鹽釜署逮捕。若此事屬實，那麼回去查警察資料庫也可以，但既然人都已經在鹽釜了，直接拜訪鹽釜署反而省事。

雖然沒有事先預約，鹽釜署的仁藤倒是毫無厭煩之色。

「八年前的偵查資料嗎？」

聽了笘篠的話，仁藤喃喃說著搔頭。

「資料庫裡應該有概要，可是案件紀錄和正本就很難說了。」

「有什麼不方便的地方嗎？」

「不是的，我們署的文件倉庫是在地下室……。你也知道，海嘯的時候淹水淹到一樓。」

哦——笘篠和蓮田都無力地點頭。那場地震雖然不至於天崩地裂，仍對近海的鹽釜市內造成人員與物質上的重大損害。保存在地下樓的資料自然也無法倖免。

不止鹽釜署，災區的公家機關或多或少都有受損。公家機關資料數位化的速度較進步的民間來得慢，紙本資料死堆在倉庫裡的例子並不少。二〇一一年的地震便直接攻擊了這些資料。

民間的數位化幾乎都是委外進行。處理個人資料的民間單位固然不少，但警察和司法機構管理的資料幾乎都是極敏感的個資，不能相提並論。無法委外的部分，自然只能派給擅長資料處理的職員，所以電子化的腳步之所以緩慢，有其不得已的原因。

「總之，我去撈撈看。其實我們真的是把泥堆裡的資料撈出來清洗烘乾呢。」

仁藤對著自己這個不怎麼高明的笑話笑著到後面去了。被留在辦公室的笘篠和蓮田在他回來之前只能乾等。

大約二十分鐘後，仁藤再度出現在兩人面前。一看到他的臉色，笘篠就知道期待落空了。

「兩位，很抱歉。雖然部分資料還能判讀，但其餘的因為無法修復已經銷毀了。」

笘篠很失望，但至少資料沒有全數銷毀。

「殘存的有報案紀錄，被害人的筆錄。還有縱火現場的照片，就這些了。」

「那麼利根的筆錄……」

「很遺憾……不過，這案子有送檢，所以法院應該留有檢察官的文件。內容應該和我們這裡問出來的差不多。」

笘篠對仁藤的藉口聽而不聞，和蓮田一起打開了辦案資料。因為沒有筆錄，就其他資料與現場勘查報告看來，當時的狀況如下：

二〇〇七年十二月八日上午九點，利根勝久（二十二歲）便闖入才剛開始辦公的鹽釜福祉保健事務所，突然打了正在進行窗口業務的三雲忠勝。三雲臉頰受傷，痊癒需時兩週。利根也對試圖制止他的城之內猛留施加暴力，使城之內受輕傷，痊癒亦需時兩週。在場其他職員也試圖制住利根，但利根直接離開區公所。這時，三雲和城之內曾考慮是否要向轄區警署鹽釜署報案。

然而，兩人尚未報案便發生了以下事件。同一天深夜，鹽釜福祉保健事務所所在的區公所後方起火，附近居民通報了警察和消防署。火勢立刻便被趕來的消防員撲滅，只起了小火，沒有人員傷亡。消防署調查之後，認為是有人在區公所後方的垃圾場放火。

鹽釜署迅速進行初始調查。從福祉保健事務所境內架設的監視攝影機影片，以及三雲、城之內兩人的證詞，認定利根為嫌犯，鹽釜署於是請人在自宅的利根到案說明。

「訊問的結果，利根承認縱火的事實，將之逮捕。可是沒有最關鍵的筆錄，好惱人啊。」

「但實際上利根這個人被送檢、定罪了。冤罪，或負責偵訊的刑警任意更改筆錄內容的可能性是不存在的。」

仁藤的語氣聽來有所警戒。

「不，我不是說貴署的偵訊有問題。」

「我也不認為縣警本部的人會故意陷害一般轄區。別的不說，我是在利根的案子之後才來鹽釜署就任的，也不是當事人。可是，還是會介意。」

雖非當事人，還是不能不捍衛所屬的組織——。同在公門，笘篠能夠理解仁藤的心情，也就無意反對。

「我也不認為當時鹽釜署所做的偵訊是單方面的。只是現在的案子若以利根為最重要的關係人，就有必要回溯八年前發生的事來查明動機。而且他本人的主張也好、說法也好，我們也必須知道。」

「我並沒有故意隱藏資料。想必當時的負責人也一樣。還請兩位相信紀錄散失是海嘯造成的不可抗力。」

仁藤的話中處處聽得出一絲怒意。不用說，現存的紀錄也處處起皺，文字都暈開了。如果只為了破壞某些不特定資料而這麼做，所花的心力也太驚人。應該就像仁藤說的，相信當時的鹽釜署的辦案沒有瑕疵。

「沒有證據，我們不會懷疑自己人。」

笘篠和蓮田道了謝，離開鹽釜署。接著要去的，當然是仙台地方法院。

「案件紀錄地院應該全都留著吧。那裡又沒有遇到海嘯，頂多是保管資料的櫃子倒了。」

「就算都在，也不知能不能用。」

「咦！笘篠先生，你剛才不是說不會懷疑自己人嗎？」

「是不會懷疑自己人啊。但是檢察官和法院不見得總是自己人，也不見得會仔細聽取、記下嫌犯的說詞。百分之九十九點九有罪這種數字，如果不是有人為操作的成分，我看是弄不出來的。」

笘篠無意批評檢察官和法院的工作，但對於他們深信自己的工作是絕對正義卻有所遲疑。

「你連這也懷疑？」

「我們的工作就是這樣。」

仙台地院所在的辦公大樓距縣警本部車程約十分鐘，算是鄰居。但並不能因為是鄰居便無條件信任。

「筆錄也一樣，是負責偵訊的人為了將嫌犯送檢寫的。檢察官會仔細斟酌內容，好讓案子可以百分之百定罪。我不會說內容造假，但是否將所有真相一網打盡就是另一回事了。」

蓮田對於笘篠說不完的忠告顯得有點不耐，但只要沒找出利根的說法，質疑便無法盡除。

在書記官室辦好調閱過去案件紀錄的手續，等了一會兒才終於拿到檔案。

「仔細想想，原來所有的資料都在離我們不遠的地方啊。」

「你是想說白折騰了嗎？」

「沒有啊……」

「就算是繞了一圈才找到這裡，之前的路也不會白走的。」這不是說好聽話，而是真心話。走訪鹽釜福祉保健事務所、鹽釜署的過程中，笘篠對於只有被害者的一方說法被看見感到無比突兀。光是這一點，就不枉他們跑這麼多機構了。

「起訴利根的理由是放火現住建築物罪。」

放火現住建築物罪的法定刑責是死刑、無期徒刑、五年以上有期徒刑。若是現行犯，與殺人罪同等量刑，在眾多犯罪中是量刑特別重的。二〇〇四年刑法修正前，殺人罪量刑的下限是三年以上有期徒刑，可見放火罪甚至比殺人罪還嚴重。因為這不但會殺害居住在建築物中的人，也包含了火勢延燒造成不特定多數人死亡的可能性。

「檢方求刑十年。雖然有傷害前科卻只求刑十年，是因為他縱火的地方是無人的辦公大樓，而且火勢還小就撲滅了。」

「實際上沒有造成什麼財物或人員的損失，所以這樣的求刑算是妥當吧。從縱火的對象物和犯行的時間來看，大多數的律師都會主張利根並沒有殺人的意圖。只不過就算理論上沒有殺人的事實也有可能判處極刑就是了。」

笘篠看了利根的供述筆錄。

供述筆錄

戶籍住址：宮城縣鹽釜市新富町大字○○○－○

現居住址：宮城縣鹽釜市香津町八丁目○－○

職業：無職

姓名：利根勝久

出生年月日：昭和六十年（一九八五年）一月二十八日生（二十二歲）

平成十九年（二○○七年）十二月十一日，茲於警署對上述嫌犯告知不必做非任意之供述後進行偵訊，其任意供述如下。

一、我因今年十二月八日晚間十一點左右，在位於鹽釜市北濱四丁目的鹽釜福祉保健事務所縱火而受到偵訊。今天我將陳述事件發生當時的狀況。

二、當天上午，我因為朋友遠島惠請領生活保護之事心情亂糟糟。因為她申請生活保護卻被駁回了。我去了鹽釜福祉保健事務所，向負責受理的三雲忠勝先生抗議，三雲先生說他們只是依照規定行事，根本不理我。我很生氣，當場便打了三雲先生的臉幾下。坐在後方座位的城之內先生來勸阻，我也打了他幾下。這時候其他職員都跑來，把我從他們兩人身邊拉開。我想要是繼續待在這裡不是被圍毆就是被扭送警局，就甩開他們的手，逃出了福祉保健事務所所在的大樓。

三、我回家了，但一想到三雲先生的應對和城之內先生及其他職員的對待就一肚子火。我為了讓他們知道厲害，便策劃要放火燒他們上班的福祉保健事務所。但是我並不想燒死在裡面工作的人，只是想嚇嚇他們。我想得很簡單，福祉保健事務所離消防署不遠，就算發生火災也一定很快就會撲滅。對於縱火，我並沒有特別準備什麼東西。我知道福祉保健事務所後門是垃圾場，就很單純地想只要在那裡放火就行了。

四、等時間過了晚間十一點，我跑進福祉保健事務所繞到後方。我沒有去查他們星期幾收垃圾，但那裡放了好幾袋碎紙機碎掉的垃圾。我解開其中一袋的結，用我帶去的小鋼珠送的打火機點著了裡面的碎紙。火一下就燒起來，我看塑膠袋開始被火融化，就跑走了。

五、第二天，我到福祉保健事務所附近一看，建築物都完好，就知道並沒有燒得很嚴重。自己放的火卻這麼說也很奇怪，不過沒有釀成大火災我真的鬆了一口氣。我看到有警車和警察，所以職員應該也知道發生了人為縱火。我覺得很痛快，離開了現場，心裡想著你們怕死最好。

六、可是，監視攝影機拍到了我，第二天鹽釜署的刑警就來我家了。說我離開福祉保健事務所幾分鐘後，後面就起了火。現場殘留的腳印與我的鞋子一致，所以我明白我無法脫罪，便向刑警先生承認火是我放的。

七、結果雖然沒有釀成大禍，但聽說有可能因為風向和空氣乾燥的程度變成大火災，我才明白自己做的事是多麼不應該。現在我只覺得很對不起福祉保健事務所的職員和附近的居民。

利根勝久（簽名）指印

以上摘錄經朗讀並經本人閱讀後確認無誤，簽名蓋印。

鹽釜警察署
司法警察
警部補　神崎茂雄　蓋章

讀完一遍，笘篠哼了一聲。表面看來是再正常不過的供述內容，但反過來看卻正常得太過分，活像作文。

「你好像有所不滿啊，笘篠先生。」

從旁邊探頭看筆錄的蓮田一副看透他似地對他說。

「沒什麼好不滿的，跟我料想的一樣。這份供述筆錄最要緊的部分一個字都沒提到。」

「動機，是嗎？」

「對。像這裡，真是糟透了。『因朋友遠島惠請領生活保護一事心情亂糟糟』。讓他不惜施暴傷害以至於縱火的動機，就以這麼一點抽象的形容帶過。縱火那段換成了他對福祉保健事務所發生的衝突懷恨在心，但對於最根本的動機卻只有單薄的記述。」

「可是，黑道分子的行動原理本來就很單薄啊。」

蓮田一再持反對意見並非真的反對，而是想透過推翻反對意見來補強笘篠的推論。兩人搭檔已有一段時間，笘篠深知這部分的默契。

「關於這一點，報告中完全沒有提到利根是幫派成員。資料上明記的只有他二十歲時發生過傷害事件的事實。不是因為行動原理單薄。怎麼想都是因為警方和檢察官為了自己方便，將供述內容中關於本人心證的部分刪除了。」

資料描繪出的是這個名叫利根勝久的男子的粗暴莽撞。但是，這只是因為筆錄中沒有詳述他的動機而顯得他單純無腦。

「第一，遠島惠是朋友，但究竟是什麼樣的關係、交情有多深都沒有記載。雖然沒有明記他是幫派分子，但因為這段關係沒有交代清楚，就算利根雖不是黑道，也給人留下這個人吃定老人、與黑道相差無幾的印象。」

「聽你這麼說的確是有這種感覺，但鹽釜署和仙台地檢為什麼要動這種手腳？你該不會說他們和鹽釜福祉保健事務所勾結吧？」

「沒有這麼誇張。只是，讓利根這個人的心證變差，在法院裡兜起來比較有利是事實。眼睛利一點的檢察官自然會這麼想。」

「就算是好了，辯方也會在庭上說明本人的動機才對啊？」

蓮田的反駁合情合理，但答案只要看了法院判決便水落石出。

「律師只訴請酌情量刑，並沒有積極辯護。被告人利根才二十出頭，沒有工作。根據紀錄，也沒有親人。這樣的人不可能自費請得起律師。十之八九是公設吧。」

法院是個書面主義橫行的地方。就算被告和辯護律師表演得再怎麼精彩，訴訟案件大部分都還是透過書面交手決勝負。如果這份裁判紀錄留下的資料是法院審理的全部，那麼可說利根毫無減刑的希望。

「事實上，檢方求刑十年，法院便依照求刑判了十年徒刑。從判例通常都是求刑的八成看來，檢方大獲全勝。律師只不過虛應故事一番而已。」

「可是好歹也上了法院，應該也會考慮本人的意見吧？」

「只有在最終陳述的時候會徵求被告主動發言。而且判決文很聰明地沒寫最終陳述的內容。辯方、檢方沒有提出任何深入追究被告動機的問題。檢方自信滿滿，辯護律師毫無幹勁，法官就是虛設好看的觀眾。」

「可是利根好像乖乖接受了判決，也沒有控訴的樣子。如果他有更深的動機，難道不會控訴嗎？」

「如果是不會影響量刑的動機，控訴也沒用吧。」

無論如何，僅就判決紀錄完全看不出利根本人真正的想法。

「笘篠先生，要是直接去問負責偵訊的神崎刑警呢？」

「這我早就在考慮了。姑且不論神崎會不會說真話，既然紀錄上沒有，我們就一個個去問當時的關係人。只是，在那之前，還有一件最重要的事。」

「什麼事？」

「最要緊的利根勝久現在如何。確定判刑之後，被收監於宮城監獄，但應該後年就會出獄了。我想知道他的動向。」

回到縣警本部，笘篠便利用資料庫搜尋利根服刑的資料。

結果驚人的是，利根已經假釋出獄。趕緊再查出獄者情報，是九月二十四日出獄的。

徒刑十年能八年就假釋，指出利根是模範受刑人的事實。然而，在牆內的模範受刑人來到外面，不見得會繼續維持模範。

「笘篠先生，九月二十四日的話，是三雲下班後失去聯絡那天的一週前。」

「是啊，我知道。」

也難怪蓮田會語氣大變。與鹽釜福祉保健事務所鬧翻過了八年。不難想像當時是福祉保健事務所的職員三雲仍在福祉保健事務所服務。接著就要看利根的調查能力，但宮城縣內的福祉保健事務所就那幾個地方。不出幾天就能查出三雲在青葉區的福祉保健事務所服務吧。

利根執著於三雲和城之內的理由尚且不明，但至少他脫離了枷鎖使他從最重要的關係人升格為嫌犯是確然無疑的。

「既然是假釋出獄，那利根應該有觀護志工。馬上查出觀護志工的所在。」

「了解。」

蓮田的聲音有些緊張。

「這會是利根的報仇嗎？因為三雲和城之內害他在牢裡蹲了八年。」

「不合理的怨恨是嗎？」

「他看起來是個火爆的人啊，這種人一定也會記仇的。」

連見都沒見過就認定別人火爆，笘篠對此無法苟同，但累犯的行為模式固定得驚人，所以也不能怪蓮田的判斷太武斷。

笘篠很快便著手安排與神崎的面談，但弄到一半蓮田便跑過來。

「不行啊，笘篠先生。」

「怎麼了，看你一臉不高興。」

「接下利根觀護志工的是一位姓櫛谷的先生，一問之下，利根好像已經跑了，聯絡不上。」

家人之死

1

「去你媽的王八蛋！」

四月，某一天的黃昏時分。利根勝久走在馬路上大聲咒罵。剛剛才錯身而過的那個中年女子以看狗屎的眼神看著利根。

「看什麼看，臭老太婆！」

罵都罵了，情緒卻一點也沒有得到抒發，反而更暴躁了。反正一定是以為自己是小混混什麼的，而無力反駁實在氣人。

利根在這個冬天迎接了成人式。會場裡有些同學染了金髮穿著羽織袴打扮花俏，但他們到頭來都會在本地隨便找個工作，在本地隨便成家，與自己不同類。這一點他有自知之明。

自己與當地格格不入，即使試著融入也會被拒絕。既然不受祝福就只能離開這裡，但現在沒有向外飛的翅膀，除了窩在這裡也沒有別的辦法。

去你媽的王八蛋——又喃喃罵了一次。雖不知罵的是誰，卻無法不罵。擦身而過的行人、窮酸的街道、腳底下的馬路，甚至自己，全都是混蛋王八蛋。

要是有錢，要是有肯接納自己的地方，我早就一腳踹開這個爛地方遠走高飛了——

利根在鹽釜這個地方土生土長，卻對當地沒有談得上感情的感情。也許家人在的時候多少還有，但高中快畢業時與母親分開後，就連是否曾有過這種感情都不記得了。

但利根還是留在這裡，因為沒有能夠接納利根的地方。這也是當然的。沒錢，沒學歷，無親無故，有的只有前科，這樣的人誰會願意接納？

是說，有前科根本錯不在己。明明是對方找碴才會打起來的——正想著，一張熟面孔從馬路另一邊走過來。

「好久不見——」

站在面前不懷好意地笑著的，就是害利根留下前科的男人。記得名字好像叫須藤。

腦中警鈴大作時已經太遲了。利根回頭時，另一個男子擋在他身後斷了他的退路。

「這麼簡單就找到了，Lucky！」

須藤以迫不及待的神情靠過來。

「說得好像在找我似的，有事嗎？」

「這還用說嗎？那時的事得做個了結。」

一點也不願回想起來的記憶復甦了。

幾個月前，利根在常去的簡餐店坐在喝醉的須藤旁邊。不知道是誰去碰到誰的手肘，還是誰的口水噴進了誰的盤子，總之就是這種芝麻小事，卻也足以讓喝醉的流氓和血氣方剛的笨蛋大打出手了。

「了結？我都被捕，也上過法院了。早就已經了結了吧。」

「了結的只有你。我可是臉都丟光，沒辦法給組裡的人做榜樣。都是你趁我喝醉了，佔我便宜。」

並不是因為對方醉了才對利根有利。黑道兄弟也不見得人人都有好身手。這些人幾乎都只是很會唬人。而利根只是比須藤習慣打架而已。須藤一定是因為在挨打中失去意識，才不這麼認為吧。

「被捕上了法院？那你為什麼還在這裡？緩刑可不算了結。」

須藤步步逼近，縮小了距離。從他的臉色和動作感覺得出他真的要動手了。

利根心想，不妙。

他知道須藤有多少斤兩，加上後面那傢伙二對一，他也有把握不會輸。

但他猶豫了。之所以把對方打到失去意識還只是緩刑，是因為利根是初犯，而對方是混混。這次要再鬧出傷害被舉報就難逃坐牢。事到如今法院和坐牢也沒什麼好怕的，但他可不想因為須藤這種混混就落到吃牢飯的下場。

「我現在沒時間奉陪。」

走為上策——利根這樣判斷。

但是，對方的動作比他的判斷早了一步。正當他往後退了一步避開時，膝蓋後方一陣劇痛。

膝蓋不禁為之一軟，緊接著右肩被什麼東西砸了。在他跌倒之前，眼角掃到身後那個人手中握著警棍之類的東西。

「是嗎？你沒時間，我幫你找時間啊。你就陪陪我吧。」

利根的手被須藤和另一個人抓住，不由分說將他拖往小巷。他試圖甩開，卻因為右肩使不出力氣而束手無策。

「要你作陪，當然要送點禮物給你。你喜不喜歡就再說了。」

須藤邊說邊往利根的側腹撞擊。語氣駭人，可見得他的禮物不小。

「耍帥是很要命的。我看你好像還滿會打架的，但是呢，我會讓你每次照鏡子，都會想起敢讓兄弟丟臉會有什麼後果。哎喲喲。」

須藤的指尖直搗心窩，胃裡的東西差點逆流。利根就這樣跪下來，於是換下巴被結結實實地踢了一記。

「接下來換我。」

正要往後倒，另一個男人踢了他的背。利根撐不住，趴倒在柏油路面上。

「要是你以為這樣就結束可就大錯特錯了。」

須藤的腳往利根的背壓上來。

恐懼與憤怒同時一湧而上。他完全沒有任須藤他們為所欲為的意思。然而一直單方面挨打，抵抗能力便會從身上溜走。敗就敗在讓對方制了機先。打架取決於最初一擊。利根雖知道這條經驗法則，卻因害怕前科一味規避，是他的失策。

「再打下去，就會換你進警局。」

雖想以這句話來牽制對方，卻聽須藤哼了一聲，踢了利根的屁股一腳作為回答。

「我們跟你不一樣，一點也不怕條子和坐牢。有前科就是鍍了金。我不會要你的命，但至少要給你一輩子都忘不了的紀念。」

脊椎被用力壓住。肋骨高聲尖叫。

「喂，有好工具。」

另一個人興匆匆地對須藤說。一看，那傢伙手中拎著磚塊。

「這東西正好。」

他打算用磚塊砸爛手腳嗎！

利根急著想起身，但須藤的腳在他背上，立刻就被制住。此刻他活像隻被壓扁的青蛙。

「就讓你選好了。雙手雙腳這四肢當中，你要選哪一個？」

「哪一個都不要。」

「太貪心了哦。」

話還沒說完，第一下就直擊右肩。

還沒感覺到痛，就無法呼吸了。

右耳確實聽到骨與肉碎掉的聲音。

想叫，卻因為胸口被壓住叫不出聲。

「須藤，你的腳放開。我來砸這傢伙的背。脊椎斷了，讓他當一輩子殘廢。」

「喔，你來你來。」

背上的壓力驟減，但雙肩卻被踩住了，這下不但無法動彈，整個背還賣給敵人。

「一——二！」

利根不禁閉上眼睛。

然而下一秒鐘砸下來的不是磚塊，而是水。

咦！

須藤他們也同樣吃驚，兩人都驚聲大叫。

「什麼東西！」

「誰幹的！」

而一個足以蓋住他們聲音的大嗓門響徹了四周。

「失火了！失火了——！」

或許是聽到叫聲，鄰近的窗戶紛紛打開。

「失火了？」

「哪裡？」

「哪裡在燒？」

從窗戶探出的頭看著利根與須藤他們。

總不能在眾目睽睽之下作惡。濕漉漉的須藤他們咒罵著揚長而去。

利根就在這時失去意識。

睜開眼時，利根躺在一個陌生的房間裡。可以確定不是醫院的病房。天花板處處都有漏雨的水漬，閃爍的日光燈似乎隨時都會熄滅，還有硬邦邦的被子。這種地方不可能是病房。

「你醒啦。」

忽然有個老婆婆從頭上探頭過來看。

年紀大概超過八十了吧。整張臉爬滿深深的皺紋，眼窩凹陷。素著一張臉，口臭也很重。

「這裡是哪裡？」

「我家。你就倒在我家門前。」

頭頂涼涼的。只怕是流血了，利根戰戰兢兢地伸手去摸，確實是濕的，但不是血，只是一般的水。

「抱歉啊，也潑到你了。不過你可別見怪，那種場面要是不潑水，根本架不開。」

說得像拿水潑正在發情的狗似的，利根不禁笑了。但一笑，全身便痛得要命。

「你還是別動的好。你右肩好像脫臼了，別的地方也被打得好慘。」

是啊。自己是被須藤他們狠狠折磨而失去意識的。

「該不會大喊失火的也是婆婆？」

「因為就算喊有流氓在鬧事，或是快喊叫警察，也不會有人理。要把附近的人嚇出來，喊失火最有效。」

無論外表如何，這個婆婆似乎頗有智計。

「把我搬進來的也是婆婆嗎？」

「我這樣的老人家一個人可搬不進來。」

「我也有幫忙哦！」

房間一角有人出聲，利根便轉頭朝那個方向看。那邊房間裡一個看似小學生的少年探出頭來。

「是婆婆的孫子嗎？」

「不是。是鄰居的小孩，叫官官。」

「大哥哥好重，是我和惠婆婆兩個人一起搬的。」

「惠是我的名字，那你呢？」

「利根，利根勝久。」

叫官官的少年一副興致勃勃的樣子來到利根枕邊。

「我也看到了，大哥哥都沒有抵抗那兩個人呢。」

一想到被這樣的小鬼看到那難堪的模樣，利根就覺得丟臉極了。

「好酷哦。」

「蛤？」

「因為大哥哥看起來很強啊！其實一下就能解決那兩個人對不對。可是你都沒出手，好酷。」

原來事情也能這樣看啊。

輕輕摸了據說脫臼的右肩，上面綑了繃帶。綑得非常漂亮，沒有凹凸不平。

「是婆婆幫我治療的嗎？」

「只有緊急處理一下。我想應該不會太嚴重，不過還是給醫生看看比較保險。」

「好熟練啊。」

「別看我這樣，我以前可是護士。還算寶刀未老吧。」

「原來妳有護理師執照啊。那就不怕找不到工作了，真好。」

「到了我這把年紀，什麼執照都跟廢紙一樣啦。」

惠呵呵笑了。她的笑很快活，令人心生好感。

「不過呢，你的身體很結實。右肩也只有脫臼跟擦傷而已。你是做什麼的？」

「在工廠做工。」

「很棒啊。你要是肯待著，就再躺一躺吧。反正這個家裡就只有我和官官兩個人。」

利根就是這樣遇見遠島惠的。

「不能讓家人擔心，先跟家裡聯絡一下。」

她說得直接了當，利根也答得直接了當：

「我沒有家人。」

利根打從懂事以來就沒有父親了。據母親說是到外地去賺錢就這樣斷了音訊。而這個母親也在利根高中畢業時有了男人離家了。利根的學業成績不起眼，便在當地一家小工廠上班，現在住在三坪大的老員工宿舍。

「嘿嘿，沒家人倒是跟我一樣。真巧。」

「惠婆婆也是嗎？」

「本來是有兒子媳婦的，出了車禍連孩子也一起上西天了。」

「……抱歉，都是我亂問。」

「怎麼會呢。」

「不過，鄰居小孩怎麼會一直待在這裡啊？又不是親戚。」

「旁邊隔兩戶就是他家，他媽媽工作很晚才回來，就暫時待在我這。」

是做晚上的工作的嗎——偷瞄了官官一眼，但他本人似乎毫不在意，聽著兩人談話。

「就算我回家，媽媽也都比我更晚才回來。」

一開始就沒有母親，和雖然在但日常生活幾乎見不到面，究竟哪一個比較寂寞？利根開始這麼想，但很快便發現想了也是枉然。拿別的孩子的處境和自己相比，有什麼好安心的？

「不過，你沒家人那正好。今晚就睡這裡吧。」

「可是……」

「你放心。我已經沒有拿傷患來慰藉自己的性致了。」

「我不是那個意思……」

利根想坐起身來，但丟臉的是上半身不聽使喚。

「吃的你不用擔心！」

官官從旁插嘴。

「多大哥哥一個人也應付得過來的。」

官官說，晚餐的食材是由他的母親提供的兩人份。想來是對長時間幫忙看顧孩子的惠一點最起碼的謝禮。

「正好是晚餐時間。大哥哥也吃了再走嘛。」

明明才剛認識，官官對利根說起話來卻一點也不怕生。但一點也不讓人覺得輕浮隨便，倒顯得一臉聰明。

剛認識的惠和官官。年紀雖截然不同，但不可思議地竟不會令人感到煩悶。既然他們熱情邀約，利根也就決定接受他們的好意。

利根一說那就打擾了，官官便興匆匆地走進廚房，拿出食材。

「喂喂，行不行啊？」

利根問的是你會作菜嗎，但官官絲毫不以為意。

「放心，還沒過期。」

官官拿刀切菜的聲音聽起來有些生澀，但聽了一陣子卻也滿安心舒適的。

「來，讓您久等了——！」

利根由他們兩人合力扶起來，就坐在被窩裡吃飯。托盤上有可樂餅、高麗菜絲，以及味噌湯。

「這個可樂餅啊，是限時特價，一個才五十圓超便宜的，不過這可是車站前的肉鋪賣的，滿厲害的哦。」

利根聽著官官超齡的精打細算，咬了一口，大為驚豔。這的確不像五十圓的東西。麵衣酥脆，內餡鬆軟。旁邊解膩的高麗菜粗細不一，反而稚拙可愛。

「我是那種不太會打掃做菜的人。」

「看得出來。」

「被別人救了還這麼失禮呀你。官官來我這裡之後，看不下去，煮飯就由他負責了。自然而然就分擔了家事。」

利根的右手還沒辦法用，只好以不熟練的左手來吃飯。再沒有比這更不方便的事了，但奇怪的是他竟然沒發脾氣。

然後他忽然想起。

上一次像這樣有人同桌吃飯，已經是四年前的事了。

須藤他們造成的傷，到了第二天腫脹和疼痛都消退了一些。

「謝謝照顧。」

利根道了謝，惠臉上卻沒有半點笑容。

「這不重要。你可要好好去找醫生看。」

說實話，醫藥費對利根而言，也不是說出就出得起的。但他實在不敢明說。因為他知道，要是說了惠一定會插手管。

「我會的。倒是昨晚住了一晚又讓你們請吃晚飯……」

惠沒讓他把話說完。

「哦，原來最近的年輕人連別人的好意都是用錢來還的啊。」

「不是的，我沒這個意思。」

「受人恩惠就要還給別的人。否則世界會越來越小。」

「怎麼說？」

「好意或者體貼這種事，不是一對一的。不然不就跟中元、過年送禮一樣嗎？如果我和官官為你做的讓你很開心，你就要同樣對不認識的陌生人行善。這樣一件傳一件，整個社會就會越來越好。不過呢，倒也不是發願去做或是硬要別人接受好意。只要記得有機會就去做，這樣就夠了。」

利根望著惠的臉好一會兒。

「……幹嘛，一臉痴呆地看著別人。」

「頭一次有人跟我說這種話。」

「那一定是因為你身邊沒有囉嗦的大人。你媽媽要不是比我更不愛說話，就是太寵兒子。」

不是。既不是不愛說話也沒寵兒子。只是對兒子不感興趣。比起繼承了血脈的孩子，她對能夠滿足自己身為女人的男人更加感興趣。

「怎麼了，發什麼呆。」

「待在惠婆婆家裡的時候，官官都做些什麼？」

「自己唸書自己玩呀。」

「那我偶爾來陪陪他。」

陪官官，連利根自己也覺得是絕佳理由。那天也是傍晚來到遠島家，兩個人果然也都在家。

「啊，勝久哥哥。」

利根心想，不知不覺就被喊起名字來了，但奇怪的是，感覺並不差。

「怎麼？又在哪裡挨打了嗎？」

惠的刀子口聽起來也舒服。

「沒受傷就不讓客人進門啊？這個家。」

利根將手上提的袋子直接拿出來代替打招呼。

「這是做什麼？」

「昨天的謝禮。」

「我說的話你都沒聽見嗎？想還就還在別人身上。」

「這樣好像背了債似的，不趕快還一還我心裡不舒服。」

「咦！那不是車站前肉鋪的袋子嗎？」

官官從旁將袋子一把搶過，立刻翻起裡面的東西。

「炸肉餅！勝久哥哥好捨得喔。」

「一個二百圓。」

「有三個，是要我連勝久哥哥的晚飯也一起準備的意思？」

利根一時答不上來，正支吾的時候，官官拉住他的手。

「站在門口多擋路，快進來吧。」

「這裡又不是你家。」

「沒關係、沒關係。」

結果，惠專心看她的電視，利根則是和官官玩電動對打。雖然不是第一次打，但已經有好幾年沒碰了。在找回手感之前輸得體無完膚。

「至少也要贏一次好不好，勝久哥哥年紀比我大呢。」

「囉嗦，出社會的人怎麼能只顧著玩。」

「我也是被規定一天只能打兩小時啊。」

在拌嘴中晚飯時間到了。連利根自己都很意外，他竟極其自然地融入了餐桌，毫不突兀。在這兩人面前，便會陷入好像以前就是這樣圍桌吃飯的錯覺。

2

惠的房子本來住的是一家四口，所以舊歸舊，一個人住還是太大了。話雖如此，非親非故的利根也沒有住下來的理由，傍晚起和官官在惠家待上六個鐘頭便成了常態。在這裡也沒特別做什麼，就三個人吃過晚飯，看看快十二點了，利根便送官官回家。說送回家，官官家不過就隔著兩戶，所以其實形同解散的代號。

利根頭一次看到官官時以為他是小學生，後來仔細聽他說話才知道他已經上國中了。因為有一張娃娃臉，看起來比實際年齡還小。

「說實在的，有點氣人。」

走出惠家的官官撇起嘴。

「我在班上也是最矮的，大家都小不點小不點的取笑我。要是我也像勝久哥哥長得一臉不良少年樣就好了。」

「一點都沒有被稱讚到的感覺。」

「很稱讚好不好！勝久哥哥被兩個人圍攻都沒認輸。要是我，一定馬上就投降了。」

「你希望自己很會打架？」

「當然啊！」

「勸你不要。很會打架只會惹上莫名其妙的麻煩，沒有任何價值。」

「這種話只有很會打架的人敢講。」

由於是連棟的平房，官官家的構造和惠家大同小異。

「到這裡就好了。」

來到門口，官官沒來由以慌張的語氣這麼說。

就連遲鈍的利根也發覺了。因為平常黑漆漆的屋裡亮著燈，看來他母親先到家了。

正當官官說「那我進去了」要開門的同時，一個四十來歲的中年女子從屋裡出來，眼睛和官官長得一模一樣。

「哎呀，你回來了。你就是勝久哥哥嗎？我兒子平日裡好像受了你不少照顧呀。」

利根聽官官說過，知道他母親名叫久仁子。年齡也聽說過，所以隱約將她想像成長得與官官很像的慈母。

但久仁子本人與利根的想像大異其趣，不像個母親，更像個慵懶性感的半老徐娘。

「謝謝你平常從傍晚照顧官官到這麼晚。對了，不如進來喝個茶再走吧？」

久仁子開著門，朝著他嬌笑道。

聲音活像帶著黏性的絲。

笑容宛如妖異的捕蛾燈。

利根不禁要點頭時，不經意瞥見了官官的神情。

官官的臉上閃現著不安與厭惡。

「不了，都這麼晚了，告辭了。」

「這正是大人的時間呀！」

「二十歲還是小鬼啦。」

偷瞄一眼，官官看來鬆了一口氣。可見利根的判斷是對的。

「我走啦。」

轉身背對他們母子揮揮手。利根故作從容，其實巴不得趕快離開。

利根早就知道久仁子因為夜晚的工作而晚歸，但親眼看到她的那一瞬間彷彿同時看清了她的工作內容。於是也明白了官官羞赧的原因。

家家有本難唸的經。利根形同天涯孤獨，對於至少還擁有兩個至親之一的官官不免心生羨慕，但看來是他錯了。任憑別人再羨慕，當事人本人想隱瞞的關係也只是重擔——。

不，等等。

真的是這樣嗎？自己會不會只是不願意承認那個小弟比自己幸福？

利根試著回想自己母親的長相，想了好一會兒才總算拼湊出來。

他驚訝的不是他忘了。

而是需要相當多的時間才想得起來。

雖然沒有問過惠和官官怎麼想，但利根本身並不討厭這奇妙的共同生活。像家人一般，卻又不會顯露出彼此討厭的一面，相處愉快，不會覺得不舒服。感覺簡直就像租了一家人，但即使如此，和他們在一起的時間總好過一個人在簡餐店吃飯、在公寓裡形單影隻。

假如他們三個是一家人，那麼惠不僅是母親，也身兼父職。她會問官官和利根今天一天遇到什麼、做了什麼，有好事就一起開心，不好的事就說吃過飯早點忘了。這個部分是母親。

「明天你們也得要奮鬥，肚子餓怎麼打仗呢。」

說著用力往兩人肩上一拍，豪邁大笑，這部分是父親。

從最初被抬進來那時利根就知道，惠的生活十分拮据。年邁又沒有工作，早就失去丈夫。雖曾任護士，但礙於就業年資不符規定而無法領取年金。因此日常生活費只能靠存款支應。

年老又貧窮，普通人會在日常生活中漸漸失去光彩。然而遠島惠這名女性或許是生性堅毅，或許是天生樂觀，總是生氣勃勃。既然活著，不開心豈不吃虧——看得出這是她的信條。

心細如髮的豪傑。這是利根和官官對她一致的看法。這是利根至今從未見過的類型，光是這樣便令他深感好奇。

有一天，惠一反往常一臉擔心地對官官說：

「官官，你今天一臉快死掉的樣子。」

「我哪有——」

官官搞笑著否認，但惠沒有這麼容易被糊弄。

「要是出了什麼事就說出來。告訴我和你勝久哥哥，不用擔心會傳出去。」

「真的沒有啊！是惠婆婆想太多了。」

官官賣力解釋，但演技差，臉上就寫著他說謊。

「我怎麼會想太多。活到我這把年紀，眼前的人說的是不是真話，我一眼就看得出來。來，說吧。到底發生了什麼事？」

惠一再逼問，官官只是嘴巴動來動去，不肯出聲。

「惠婆婆，就到此為止吧。」

利根委婉勸退。自己在官官這個年紀的時候，就算撕了他的嘴也不肯說出丟臉的事。十五歲既是孩子又不是孩子。是脆弱與自尊同在的小大人。

「既然勝久哥哥這麼說，那就算了。要是有什麼事，要馬上跟我說哦。」

「不是跟媽媽說？」

「母親確實是很強沒錯，卻不是萬能的神。有時候反而會跟母親鬧脾氣不是嗎？其中有些問題就是越親近的人越無法解決。」

不顧還繼續支支吾吾的官官，惠悄聲對利根耳語：

「你等等去那孩子家門口看看。」

所以官官煩惱的根源就在家門口嗎？說到這，從兩天前，官官就不讓利根送他回家。中間只隔著兩戶人家，送他回家並沒有多大的意義，但官官向來沒有絲毫厭惡之色，這時候的拒絕令人在意。

於是利根等官官照平常的時間離開惠家，過了幾分鐘再繞到他家門前。

官官拒絕利根送他回家的理由一目瞭然。

他家門口大大寫著「泡泡浴」和「狗雜種」等文字。

從字體就看得出是小孩子的塗鴉。但寫的內容卻不是小孩子的惡作劇能說得過去的。

利根自己就在看到那個的當下，感到火氣往上衝。

這和久仁子是不是泡泡浴女郎無關。拿官官本人無可奈何的事實來針對他、侮辱他的行為，令人感到不像孩子的陰險。不，也許該說是孩子氣十足的純粹惡意。

湊近一看，塗鴉上有試圖擦掉的痕跡。但字是用油性噴漆寫的，擦不掉。

這時候，門突然開了。

「你在幹嘛！」

官官怒氣沖沖地跑出來。表情就是被人看到醜態的樣子。

「別大聲嚷嚷。」

「你不說沒人知道！」

利根豎起食指放在嘴唇前，官官卻還是控制不了怒氣。

「你想讓你媽媽知道你在意這些嗎？」

於是官官的語氣頓時弱下來。

「……我也不想讓勝久哥哥知道啊。所以才……」

所以試圖擦掉塗鴉的是官官嗎？

「你現在也一副快死的樣子，原因就是這個嗎？」

「說什麼快死了，太誇張了啦。」

「死又不是只說身體。這裡也會死的。」

利根拍拍胸口，官官垂下眼。

「勝久哥哥不適合講這種話啦。」

「是誰搞的鬼，你心裡有數嗎？」

「是有幾個人，可是我沒有看到他們塗鴉。」

「有哪個笨蛋會在屋裡的人看著的時候寫啊。當然是趁你們睡著的時候幹的。」

「要找出犯人嗎？」

「不找出來，同樣的事就會一直發生。而且就算把門上的字擦掉，也會一直留在你心裡哦。」

官官沉默了一會兒，終於抬起頭來。那雙走投無路的眼睛，讓利根心疼不已。

簡直就像被拋棄的小狗。

「……別露出這種表情。」

「咦！」

「別露出自己是世界上最不幸的那種表情，看了就有氣。」

「對不起。」

「別輕易道歉。你平時的霸氣都到哪裡去了？」

利根拿官官的頭用力亂搓一通。

「幸或不幸都看你自己。受了傷不處理，就會從那裡潰爛下去。要是你想填平傷口，就需要適當的治療。你懷疑的是一個人嗎？」

「有三、四個。」

「既然這樣，我們聯手也不算佔便宜。」

「要報復？」

「是啊。做法多的是。不過共通點是，無論選什麼方法都會弄髒自己的手。不弄髒自己的手卻要整對方，那就是卑鄙小人。你寧願被討厭，也不願被瞧不起吧？」

官官怯怯點頭。

「可是我自己無所謂。」

「蛤？」

「我受不了的是我媽媽看到塗鴉的表情。我從來沒看過她那麼難過的樣子。」

利根想起久仁子的態度。有點難想像那個久仁子會在官官面前哭。肯定是表現出比哭更讓兒子難過的樣子。

這時候，兩人背後有人的動靜。

「真是的。叫別人不要大聲嚷嚷的人自己大聲算什麼。」

只見惠又好氣又好笑地站在那裡。

「我家房子蓋得再差，總比在外頭大喊大叫來得好些。趕快進屋去吧。」

「真要這樣嗎？我們是要使壞耶？」

「也算是管教壞孩子啊。」

利根與官官對望一眼。看樣子官官並沒有異議。

三人再次回到惠家。

接下來的三天是準備期間。用酒精擦掉門上的塗鴉，當天看似國中生的三人一伙便在官官家門前佇足。

「可是啊，個個看起來都不像壞孩子，才更加令人討厭。」

惠看到了那三人，一臉苦澀地這樣報告。再怎麼有小聰明也還是孩子。壓根兒也沒想到有人正在監視他們吧。而因為是孩子，要不是玩膩了，或是慘遭教訓，否則同樣的把戲會一玩再玩。

「反正在學校一定也一樣壞吧？那些人。」

利根一問，官官猛搖頭。

「不會，在學校級任老師盯得很緊，他們才不會不打自招呢。至少有人盯的地方他們都不會對我怎樣。」

「哦，表面上很乖是嗎？」

「可是，他們看我的眼神就是瞧不起我。」

換句話說，在有人的地方絕不會髒了自己的手是嗎？

儘管也自覺孩子氣，但利根就是對那些素不相識的國中生生氣。他並不想充什麼正義之士，但別人以不講理的動機欺負弟弟，他也不會忍氣吞聲。

弟弟？

不，不對。那不是你弟弟，只是朋友——腦海中的另一個自己發出警告，但利根充耳不聞。

「可是啊，」

官官有些靦腆地說：

「就算是一對三，成年人介入國中生吵架會不會不太好？」

「如果是光明正大的吵架的話是不太好沒錯，可是誰叫他們要耍陰的。既然這樣，要是有人敢說什麼，就像惠婆婆說的，只能回答說是管教了。」

利根也很清楚這是把自己的行為正當化，也不否認這麼做很孩子氣。但總不能默默吞忍。如果不親手幫忙，就出不了這口惡氣。

利根他們構思好計畫後的第三天晚上，那三人組採取了行動。那天利根在附近看守，十二點剛過他們就現身了。

他們知道門口的塗鴉被擦掉，當然不會就這麼算了。應該會再做同樣的事——惠的判斷沒錯。人分成兩種，一種是怕黑，一種是會因為黑暗而亢奮。這三人是後者。趁著深夜，這三人賊笑著接近官官家。從他們偷偷摸摸的樣子，可見他們對自己做過的事、接下來要做的事是壞事是有自覺的。

三個各自搖著噴漆罐彼此互看。似乎是在討論接下來要寫的文字。明明做著幼稚的事，髒話的詞庫卻豐富得得先討論篩選是嗎？

不久，三人便開始在門上寫字。

但利根對他們寫些什麼不感興趣。一直在屋頂上守候的他，拿起旁邊事先準備好的罐子往下倒。

「嗚哇啊！」

「這什麼？」
「好噁心！」
他倒的是未經稀釋的油漆。顏色也選了鮮豔醒目的粉紅、黃色、綠色。油漆黏糊糊地裹上頭髮和衣服，只怕要洗上好幾次澡才能洗掉。而味道應該到明天都不會散吧。
「和你們用的噴漆是一樣的。」
利根從屋頂上對他們說，三人才總算發現他的存在。
「你、你是誰！」
「幹嘛做這種事！」
「幹嘛做這種事？我還想問你們呢。我只是做你們之前做的事而已。只不過我們油漆噴在不一樣的地方罷了。」
利根在屋頂上嘲笑三人。他可不打算和那些人站在同一個高度說話。
「記清楚了，做壞事一定會報應在自己身上。」
三人頭也不回地跑走了。
第二天，那三人的父母就跑到官官家理論。
「你到底給我做了什麼好事！」
「我兒子是擔心同學才來探望的，竟然被人家從頭潑了一身漆。」

「我兒子被友情背叛，失望得都哭了。」

「你們家是怎麼教小孩的？」

「洗澡洗了半天，身上的油漆還是洗不掉。衣服也都不能再穿了。你們會賠償吧？」

「賠償是一定要的，除此之外也要精神賠償。這幾個孩子受到的精神上的痛苦，不是安慰一下就能平復的。」

這群父母口沫橫飛衝著久仁子罵。而久仁子則是讓官官坐在一旁，不知所措。久仁子根本不知道利根他們的計謀，整件事對她來說是晴天霹靂，她也只能縮著身子挨罵。

「還有你，你跟這次的事有什麼關係？你是第三者吧！」

這群父母的矛頭終於指向實際動手的利根。當這些人闖進門來的時候，利根就和官官母子一同坐在進門的門擋處。

「哦，我是官官說他被霸凌來找我商量而已。就是守望相助嘛。」

「什麼守望相助。你有什麼證據說我兒子霸凌？」

「在別人家門口用噴漆寫『狗雜種』什麼的，再怎麼善意解讀也是霸凌吧？」

「那你就拿出證據來啊！」

「是是是。」

說著，利根不慌不忙地拿出一台小小的數位相機。那是他向工廠的老闆借的。在這群父母的注目之下，將拍攝的照片顯現在螢幕中。

「三名犯人的犯案現場，這是你們家的孩子沒錯吧？我看我們憑這個就可以跟你們要賠償了吧？」

這群父母的臉色由紅轉青。

「不過，怎麼偏偏都是些沒擔當的笨父母啊。這是為自己的孩子撐腰呢，好歹該多堅持一下。」

那三人的父母逃也似地離開的第二天，惠在利根和官官面前哈哈大笑。

「不是啦，惠婆婆，就算是兒子，證據明明白白擺在眼前就哼也不敢哼一聲了。現在學校對霸凌又管得很嚴。」

「其實不是管得很嚴，是很怕霸凌的事實暴露出來。」

當事人官官此時也一臉神清氣爽地參與對話。

「小學的時候也是這樣。級任老師每個月都要問一下『我們班上沒有霸凌吧？』然後全班同學就回答『沒有──』，然後就沒了。明明就不可能沒有，可是像舉行儀式似的問了，老師才會放心。」

聽官官這麼說，惠受不了地伸出舌頭。

「老師這個職業也墮落了。官官上的國中都這樣了，要是我們沒管還得了。」

「就算他們惱羞成怒，我們手上也有照片當證據。他們不敢再對我出手的。」

官官得意地秀出數位相機。

那時候，拍下三人塗鴉現場的就是官官。他從捕捉到犯案瞬間的三天前就一直和利根一起監視，想必加倍歡喜。

但這次提案的是惠。既然被噴了漆不甘心，就以其人之道還治其人之身──惠這樣教他們兩人。

「潑他們一頭油漆算是處罰得恰到好處。再嚴厲一點，就從被害人變成加害人了。所以呀，官官，你要趁現在和那三人和解。這種事越早越好。」

官官顯得很意外，問道：

「都鬧成這樣了，還要跟他們和好？」

「製造敵人不如結交盟友。人就是要盟友多才強大。而沒有多少人敢與強大的人為敵。你覺得哪一邊比較輕鬆？」

3

對利根和官官而言，惠扮演了父親的角色，同時也是母親，但正如同有些事不敢對親生母親說，有些事他們也不敢找惠商量。這在利根就是工作方面的事。

利根當時在「登坂鐵工所」工作。社長登坂是個富有愛心的人，利根與小混混發生暴力衝突，他不僅沒辭退利根，在法院開庭時還趕來旁聽。

「我有前科，為什麼您還肯讓我留下來？」

利根這麼問的時候，登坂以有些為難的神情這樣回答：

「因為利根你在鐵工所裡又認真又紳士，又沒麻煩到任何人。打架也是在下班時間發生的啊。那我沒有理由要你走啊。」

而且住的是搭建在鐵工所旁的宿舍，房租也非常低廉。薪水雖然不多，但利根對老闆的為人和福利印象極佳，所以很喜歡這裡。

只是，有愛心的人不見得都善於經營。不，也許會熱心助人的人都不適合當老闆。登坂便是一個很好的例子。從氣氛就能感覺出「登坂鐵工所」的周轉一天比一天吃緊。車床機老舊也遲遲不引進新機具。稼動率降低，登坂也不以為意，這便意味著訂單本身減少了。

儘管從氣氛隱約感覺到經營越來越困難，但進公司日子還淺的利根也幫不上忙。才抱著毫無根據的希望相信登坂一定會度過難關，頭一個災難便降臨了鐵工所。第一次跳票。

連社會經驗不深的利根好歹也知道跳票意味著什麼。就是付款資金不足，無法支付應付的面額給債權人。就算第一次設法籌出來了，要是六個月之內又發生第二次跳票，銀行就會停止交易，無法獲得銀行融資。換句話說，便是事實上的破產。

登坂不顧大多數員工的擔心，第一次跳票雖延遲仍付清了。但，他的付款方式正是踏入無間地獄的第一步。

「有人看到我們的窘境於心不忍，伸出了援手。」

登坂笑容滿面地向員工報告。他為籌錢不斷奔走，但銀行和客戶都見死不救，直到最後一刻讓他遇見了救世主。

「他把銀行也不願意借的大筆資金低利融資給我們。實在太感謝了。」

登坂恨不得跪拜似地介紹了一個姓神樂的男子。神樂年約六十，溫和的笑容令人印象深刻，以菩薩般的眼神環視在場的工作人員。

然而，神樂不僅不是菩薩，根本是夜叉。融資的第二天，神樂便出任「登坂鐵工所」的常務董事。他是提供資金的金主，這件事本身並無不自然之處，問題在於登坂沒有看人的眼光。

不到一週，神樂便過度干預經營。經營太隨便、行銷能力不足、先行投資方向錯誤——神樂舉出種種理由從外部找來「足以信賴的人材」。這些男人個個神貌可疑，叫他們在辦公桌前敲計算機，不如在賭場打赤膊殺紅眼還更合適。於是鐵工所的經營權便眼睜睜地落入神樂那一派的人手中。不久登坂與員工便得知神樂是地方暴力團子組織的事實。

這是典型的掠奪。

登坂成為名副其實的傀儡老闆，只會對神樂唯命是從。登坂的命令其實是神樂的命令，員工也只能暗照神樂的意思行動。

掠奪與侵吞是同義詞。要不了多久，他們便強制原本的員工加入暴力團。

「只是登錄個名字而已，不會要你們去做危險的工作的。就像幽靈社員一樣。」

有員工聽信了神樂的花言巧語，當然也有人因害怕而離職。員工的人數減少了，神樂立刻從組織裡拉人過來補充，於是鐵工所裡神樂的色彩越來越濃。

但這兩條路利根都不能走。

利根本來就討厭幫派分子。不成群結黨就連馬路都不敢走，這種人怎麼看怎麼可悲可笑。自己之所以會留下前科，也是小混混挑起了爭端，這個事實也是讓利根討厭黑道的原因之一。

因此，利根完全無意成為神樂的手下。只是他無處可去，所以也沒有離開鐵工所的念頭。不加入黑道，繼續現在的工作——緊緊抓著這一絲利己的可能性，一直顧左右而言他，不願表態。

就在這時候，利根被神樂叫去。

「利根啊，能不能表明態度呢？」

神樂以初見時同樣的菩薩面孔問。

「不如就登錄為我們的同伴吧？我們不會虧待年輕人的。」

「不了，怎麼說啊，我不太適合粗暴的工作……而且個性適合與機器為伍，請您饒了我。」

「說什麼不適合粗暴的工作。喂喂，說謊是不行的哦。或者你是謙虛呢？我倒聽說你身手十分矯健。」

「那是空穴來風。」

「怎麼會。我們的準構成員[註三]找你打架，反而吃了大虧。可別說你已經忘了哦。」

利根心下微驚。原來在簡餐店找他麻煩的須藤，是神樂組裡的準構成員嗎？

註三：準構成員：與黑社會有關係的周遭份子。

「我們子組織挺多的，你沒發現嗎？」

「……您打算拿我怎麼辦呢？在工廠裡蓋我布袋嗎？」

聽他這麼說，神樂一臉遺憾地搖頭。

「怎麼會呢。這麼做有什麼好處？我們想要的是人材，不是洩憤的對象。這麼做，只是讓你更痛恨罷了。無論什麼組織，都是越大越有分量。我們現在的首要任務便是找人。」

據神樂的說明，來自西邊的宏龍會這個廣域指定暴力團正不斷擴大勢力。神樂要在東北堅守地盤，就必須趁現在擴大組織。

「你跟那個叫須藤的如何大打出手我都聽說了。如果對方是幹部，確實會成問題，小角色就沒什麼好追究的。更何況，你一個一般人，竟然有那個膽量和身手把我們兄弟打得鼻青臉腫，值得嘉許。」

因為打贏流氓而獲得稱讚，讓人一點都高興不起來。

「我不適合。」

「那可不是自己能決定的。任何事都要講素質，而且大多都是由他人決定的。利根你很適合的。我至今看過無數兄弟，可以跟你保證。」

「不好意思，我想當一般員工就好。」

利根二度表示拒絕，當下神樂的眼神就變了。那一瞬間菩薩面具被摘下來了。

「你沒有選擇的餘地。」

「咦！」

「要是你認為辭掉工廠的工作就逃得過，那你就大錯特錯了。不對，本來你就不能擅自辭掉工廠的工作。」

「我也有選擇職業的自由。」

「不，你沒有。」

神樂的嘴角上揚得不能再上揚，簡直像要咧到耳朵了。

「我好歹也是常董，對員工的工作情形和薪水支付都了然於心。利根每個月的薪水是預支的吧。不過，也不只你就是了。然後，就算到了發薪日，又只是抵了上個月預支的份，所以又預支一個月份。」

「那是……我剛進來的時候有很多非準備不可的東西，登坂社長好意讓我預支的。」

「現在是由我負責，以前怎麼樣我不管。預支就是融資。所以以後要算利息。我們這個世界的利息一般是十一，依慣例是十天一成。」

「十天一成……」

「十五萬的薪水一個月的利息是四萬五。一共要請你付十九萬五。」

計算很簡單，連數學不好的利根都明白。發薪日到了也只付得起本金，十一利息便直接加進本金，然後負債便以滾雪球的方式增加。

「還有，之前一直特別優惠的宿舍房租也要提高。考慮到與工廠在一起的地利之便，提高五成應該不算過分。」

「什麼！提高五成！」

光是預支薪水的利息就還不起了，再加上房租遽增，那遲早不得不搬出去。

「你要說我太蠻橫是不是？我可是把話挑明了，公司福利的條件和規定，是工廠決定的。我們可沒有那個閒工夫一一斟酌考慮員工的希望。」

冷酷地說完之後，神樂卻以別有意涵的神色將臉湊近利根。

「不過呢。無論什麼組織、什麼公司都有所謂的階級存在。換句話說，就是能得到特別待遇的人和得不到的人。」

「特別待遇？」

「視貢獻多寡而給予特別待遇。本薪、獎金、福利。這是當然的。」

「您的意思是說，只要成為組員，就有特權？」

「當然。我們不能虧待發誓效忠組織的人啊。預支的部分一筆勾消，十一的利息和房租調漲也會讓你暫緩。」

說得好像有多少好處，結果就是維持現狀。但總比背債和生活窮苦得動彈不得好多了。

「員工當中想必也有人把我們參與經營當作是大難臨頭，但並不是所有人都是災民。聰明人會躲在暗處避難，有眼光的人會轉禍為福，趁機發財。應對方式的不同會大大改變一個人後來的境遇。這在社會上就叫作處世之道。」

利根不知道神樂這個人在他們組裡高居什麼樣的地位，但只要是站在一般人之上的人，就算黑道也是這樣的嗎？說的話儘管內容亂七八糟，卻莫名有說服力。

「再說，光是聽到黑道就以有色眼鏡來看待是不好的。我想很少人知道，在災難時率先提供物資的就是我們。畢竟我們有儲蓄、有資金，也有機動力。」

神樂的話不僅僅是將他們的行為正當化，也聽得出堅定的自負。也許強盜也有三分理，但利根越聽越覺得自己的價值觀有被動搖的危險。

「不是我愛說，但發生意外災害時，一般人只會個別採取行動，反而會妨礙救援和重建。真正能發揮功用的是自衛隊、警察和消防，還有黑道。都是平日便建立起指揮系統的集團。」

「災害時供應物資也是所謂的任俠嗎？」

「喔，利根，你年紀輕輕倒是懂得不少嘛。那事情就簡單了，善行和沽名釣譽之間界限很模糊，世人的眼睛首先會被招牌和頭銜矇蔽。同樣救災救難，穿著制服就是勇敢的義舉，披著黑道紋章的人就被說成偽善、別有用心。」

這個利根倒是可以理解。

「總之呢，民眾啊，社會這些，是最無知又最自以為是的。無論有沒有黑道的頭銜，只要問心無愧就是男子漢。所以不過就是登錄個名字，用不著猶豫不決煩惱半天。」

只要冷靜分析便知道是套上了一篇歪理，但從神樂口中說出來的「道理」就像海綿吸水般順理成章又直入人心。回過神來，利根甚至點了好幾次頭。

「……可以給我時間考慮嗎？」

「哦，可以啊。畢竟人人都有選擇職業的自由。不過沒辦法太久。明天之內要給我回答。」

事情一談完，神樂便揮手意示他可以走了。但最後不忘補上一句：

「你別忘了。被頭銜綁住的人，終究是眼界窄小。」

那黑道的世界是有多大？——這句話都已經到喉嚨了，利根在最後險些說出來的時候吞了下去。

只要稍微想想，就知道哪一邊對生活有利。名不如實，體面比不上生活的安定。別的不說，對單身的利根而言，體面根本一文不值。

然而，那一瞬間，惠和官官的臉忽然在腦海中閃現。

利根也知道轉行當黑道並不正派。但一旦事關生活就另當別論了。正如神樂指出的，如果只是換個招牌，目前不也沒有任何問題嗎？而既然沒有問題，就不必找惠和官官商量。

然而，大概是生性不會說謊藏心事吧。那天三人也圍著餐桌時，惠忽然問他：

「勝久哥哥，你工作上出了什麼事嗎？」

冷不防被問到，利根慌了。

「怎麼突然沒頭沒腦問這個。」

「不是啦，我看你這兩、三天浮浮躁躁的，像今天跟官官說話的時候也心不在焉。」

「就是啊就是啊。」

官官也一臉世故地點頭。

「一起打電動也一點都不專心，超明顯的。你真的以為那樣還不會被發現？」

「你啊，沒有你自己以為的聰明，也沒有你自己以為的深藏不露。說吧，到底發生了什麼事？」

「說嘛！說了心情會比較輕鬆。」

在兩人聯手逼問下，利根才一點一滴說起「登坂鐵工所」被神樂他們強搶的事、自己被脅迫成為組員的前因後果。

說了會比較輕鬆果然是真的，事情根本沒有解決，鬱結的心頭倒是輕快許多。

「那你打算怎麼辦？」

全聽完之後，惠以責問的眼神看利根。利根都還沒回答，就好像已經看透了他的心。

見利根不作聲，惠便拿筷子往桌上用力一摔。

「你！要屈服於那個人的威脅進黑道是不是？你這笨蛋！」

「我哪裡笨了！我已經走投無路了。再說進黑道也只是名義上，又不會真的到街上去打人。」

「所以說你笨！進去是很簡單要脫身卻是比死還難。一旦進去了，就不能再過正派的日子了。」

「照妳這麼說，反抗他們一樣也不能過正派的日子啊！」

「生活不是只有吃喝拉撒睡。你相信什麼？要守護什麼？有些無形的東西比有形的東西更重要。」

「聽妳在那裡扯。」

惠有些激動，利根的話也就尖銳起來。

「無形的東西是能填飽肚子嗎？」

「你現在要做的事，就跟什麼都沒想、只為了好玩就去玩火犯險一樣輕率無腦。」

被罵輕率無腦，利根更加惱羞成怒。

「妳說的這些才無腦。我也是煩惱了很久才決定的。」

「既然會煩惱，就應該不會做出那種結論。你要知道，無論有什麼理由，黑道絕對沒有好下場。他們會養成習慣，永遠都選輕鬆的路來逃避，然後變成一個無論走到哪裡都只會威脅恐嚇、其他什麼都不會的半吊子。因為只有威脅恐嚇別人的本事，遲早都會被關進牢裡。在牢裡又全都是些半吊子，於是就更墮落。你現在要選的就是這種路。」

自己暗自擔憂的事被別人戳穿，感覺並不好。利根氣急了，一時嘴快：

「給我閉嘴，妳又不是我媽。有什麼資格管我！」

心想糟了，卻已經管不住自己了。

「擺起母親的面孔說什麼大道理。惠婆婆，妳別鬧了。妳這輩子過得多清高我是不知道也沒興趣，可是如果到最後要過這種窮困潦倒的生活也太悲慘。管他是不是流氓，總比過這種日子好多了。」

利根說完，就知道當場的空氣凍結了。

官官尷尬地垂著眼，惠則是以憐憫的眼神看著利根。

利根待不下去，把還沒吃完的飯碗一放，離開了惠家。

還好他們兩人都沒有追出來。

第二天利根一進工廠，就被叫進神樂的辦公室。

「期限到了，回答我吧。」

守時雖是美德，卻也令人厭煩。利根心中閃過一絲不安，不知往後能不能跟這個人好好相處。

「很煩惱嗎？」

「還好，因為我好像沒有選擇的餘地。」

「沒有選擇的餘地，可見這就是你的命運。別擔心，憑你的資質，不要說構成員[註四]，幹部也不是夢。」

幹部是嗎？

就算黑道不是好東西，但只要有了一定的地位，也許會好一點——然而，利根心中馬上便又出現那兩人的臉。將來不論他是當上「若頭」二頭目，還是「若中」少頭目，那兩人絕不會替他高興的。

進了神樂的組，就不能再出入惠家了。自然也會和他們兩人分開。往後組就是自己的家了。

就在利根強忍著心痛要說請多關照的時候。

突然，辦公室的門打開了。

「給我等一下。」

惠就站在那裡。

「老太婆要幹嘛？妳是什麼人？」

註四：構成員：黑社會組織正式成員。

「那邊那個笨兒子的母親。」

惠從愕然無語的利根面前走過，來到神樂面前。

「母親？我倒是頭一次聽說利根有家人。」

「不管你是不是頭一次聽說，我就是他母親。事情我聽說了。你要這孩子當你小弟是吧？」

「說什麼小弟，多嚇人。請說是夥伴。」

接下來兩人要雞同鴨講了嗎？利根這麼想，但惠卻採取了意想不到的行動。她突然伏拜在神樂面前。

「求求你。放過我兒子，別叫他去當流氓。」

「喂、喂，老太婆。」

「我不懂艱深的大道理，也不知道你們的世界是什麼樣子，我只知道這孩子要選的是一條歹路。」

被一個年過八十的老婆婆下跪，就連神樂也顯得萬分不自在。

「我說啊，老……伯母，妳的擔心我也不是不明白，但利根也已經滿二十了。都成人了，得尊重他本人的意願。」

「二十歲跟孩子沒兩樣。你二十歲的時候是有多聰明？」

惠天不怕地不怕，繼續說下去。

「……要是真聰明，現在也不會做這一行了。」

「可是，這孩子還來得及。」

「妳說得太誇張了。世上就是有不當黑道就活不下去的人。能不能請妳不要剝奪這些人的求生之道？」

「那你的意思是說這孩子只能混黑道了？你有證據證明他在別的圈子活不下去？」

「我沒這麼說，但人總要看適不適合。利根他是很有前途的。無論什麼企業都一樣，一旦遇到看好的新人就不願意放手。要是被別的公司錄取了，也要叫他全部拒絕，來自己公司。這是確保人才的常道。」

結果，惠再次採取意想不到的行動。只見她從懷中取出一把美工刀，將刀鋒一格格推出來，抵住自己的脖子。神樂看似不為所動，臉色卻明顯變了。

「伯母啊，妳以為這麼做流氓就會怕了嗎？」

「我看你才是，你以為我只是嚇唬你嗎？我已經活夠了。我這條命隨時隨地沒了都不足為惜。要是能在這裡盛大結束我可是求之不得。只是呢，你們收拾起來可就辛苦了。警察也會跑來吧。」

神樂與惠互相瞪視，片刻後先移開視線的是神樂。

「害我興致都沒了。夠了，帶妳的笨兒子回家吧。」

「多謝了。」

「哼。最後竟然連命都不要了，我就不奉陪了。」

4

逃過了當小弟的命運，卻不是所有問題都獲得圓滿解決。

懾於惠以死相逼的氣勢，神樂不追究利根預支薪水的利息，但也沒忘記要利根做個了結。

「既然你不願入組，就要請你和其他員工一樣離開。我不能放一個拒絕我們的人在身邊。退職金我會扣掉你預支的薪水付給你，趕快把東西收一收給我走。」

就這樣，利根被趕出了「登坂鐵工所」，開始求職。扣掉預支薪水的退職金實在不多，在找到工作之前便借住惠家。

「不能因為待得輕鬆愉快，大白天就在家裡發懶，不然我當頭就一盆水潑下去。」

惠凶巴巴地警告，眼神卻滿是笑意。但，這也只到利根說出下一句話為止。

「我會付生活費的。」

從惠直接去找神樂那天起，利根想了很多。那時候，要不是惠低頭懇求，自己現在會怎麼樣？要是當時就成了神樂的小弟，還能笑著迎接每一天嗎？

這個時間正好官官不在。有些令人害羞的話也講得出來。

「誰要那種東西。等你找到工作，又得買好些東西，得先存點錢。」

「……同居人付生活費是應該的。」

「你也真是笨得可以。那種錢是有工作的人從薪水裡面拿出來的，不是給一個失業的人拿來說嘴的。我告訴你，我可是還有不少存款，還養得起像你這樣沒腦不會想的人。但我可不許你在家發懶。至少要幫忙打掃家裡。」

「惠婆婆。」

「嗯？不服氣嗎？」

「謝謝。」

只見惠瞬間皺起眉頭，但立刻就別過臉。然後背著利根，罵也似地說：

「無聊的話少說，快去打掃。」

利根天天跑就業輔導中心，回到家就打掃。傍晚官官來了就跟他打電動，偶爾聽聽他的煩惱。官官不敢對同學和母親久仁子說的，在利根面前卻能輕易開口。

「勝久哥哥啊。」

「幹嘛？」

「你現在在找工作嗎？有設條件嗎？」

「跟一個國中生抱怨也沒什麼用，不過我告訴你，工作可是很不容易的。」

沒證照卻有前科。沒笑臉卻有凶相。這種人在求職的時候，怎麼敢提條件。利根現在便沒有設定地區、職業別、福利等任何條件。

「你好好記住，學校的成績越好，找工作的難度就越低。」
「勝久哥哥，我跟你說，你這個法則現在根本不管用了。」
「你說什麼？」
「現在這麼不景氣，連四大國立大學畢業的都一堆人找不到工作了。現在學校成績已經越來越不重要了。也不是因為這樣我才這麼說，不過我覺得勝久哥哥可以提一個條件啊。」
「什麼條件？」
「像是……找這附近的工作。」
「啊——，不行不行。要求這種條件連家庭代工都找不到。」
明明年過八十卻不知長了什麼千里耳，惠聽到他們的話插嘴說道：
「官官應該也知道，這附近難道有人打出徵人廣告嗎？」
惠的話所言不虛。
幾天後，以前在登坂鐵工所的前輩找利根到他現在服務的公司。工作和以前一樣都是鐵工廠。由於是員工介紹，面試很順利，這位前輩不知道利根有前科，對利根更加有利。只是工廠位於距此相當遠的香津町。若被錄取了，無論如何都會遠離惠家，在工廠附近租屋才是實際的選擇。
二〇〇七年四月，利根搬到香津町的公寓。
新職場對利根而言可說是新天地。雖然是員工才十六人的小鐵工廠，卻也相當忙碌，幾乎人人都很勤快，有種舒適的緊張感。或許是個性適合這種氣氛，利根也覺得待在這裡如魚得水。

只是，待得舒服與實際收入不見得能兼得。工作雖忙卻是零碎企業，利根是新人所以薪水也低。再加上租的雖是四坪一間的廉價公寓，房租加上水電費仍是一筆不小的開銷。因此不吃早餐成了利根的生活常態。

剛開始上班的時候，利根仍天天到惠家報到，但交通費累積起來便成了負擔。搭公車來回，也不能像過去那樣待到深夜十二點多。自然而然就變成只有週六晚上才去惠家，工作累了一整週的時候，甚至連這一趟都懶得跑。

原來出了社會的孩子越來越少回老家就是這樣嗎——利根沒有一天忘記惠對他的恩惠。一個人在房裡吃著便利商店的便當時，總是會想起三人圍桌的感覺。

每週一次的訪問，漸漸變成二週一次，最後變成一個月一次。利根沒有停止回去，無非是因為他把那裡當自己的老家。

「感覺好像沒斷奶的長男喔。」

一個月不見，利根被官官這樣說。

「一出社會就急著離家，結果卻因為待起來舒服就每個月回家一次的長男。」

「……是不是想吃吃那個長男的鐵拳啊？老么？」

「打這麼可愛的弟弟，手痛心更痛哦？」

不久，連官官也沒辦法天天去了。由於之前那件事，久仁子領悟到自己的工作會對兒子的環境造成不良影響，便換成白天的工作，官官便無法再像以前那樣頻繁出入惠家了。

雖然見面的頻率降低了，三人的關係卻沒有太大的變化。

變化的反而是屋裡的狀況。當初利根認真打掃、三人共同生活時並不顯眼的荒廢，現在緩緩抬頭了。

當兩人開始較少前往惠家時，利根和官官幾乎同時買了手機。官官與母親、利根與老闆和同事聯絡都必須用到手機。

最先發現異狀的是官官，他立刻打電話給利根。

『前天，我去了惠婆婆家。有點怪怪的。』

「怎麼個怪法？」

『垃圾的量少了很多。』

「這有什麼好奇怪的？我們都不像以前那麼常去了，垃圾當然會減少啊。而且也許是惠婆婆現在會認真打掃也不一定。」

『不是的，是廚餘少得異常。像是菜渣、魚骨、內臟之類的，全都沒有。』

「所以啊，那很可能是因為惠婆婆認真打掃……」

『不止廚餘。裝熟食的盒子也很少。我有一陣子常常一個人吃晚飯，所以我知道。就算是一個人住，也會產生一些廚餘的。』

「你去的時候是不是垃圾車才剛收過廚餘？」

『勝久哥哥，那邊是星期二收廚餘。我是星期一去惠婆婆家的，應該是垃圾積得最多的時候。可是，我繞到後門卻只有一點點廚餘的味道。勝久哥哥你記得嗎？惠婆婆家的後面是朝南的，垃圾會受到陽光直曬。這麼熱的天，垃圾直接被太陽曬著，只要有一點廚餘就會臭得不得了。」

「看你這麼堅持，一定是還有別的理由吧？」

『……調味料減少的程度也很奇怪。』

利根暗自佩服官官，竟然連那種小地方都注意到了。

「食量減少的話，也不太會用到調味料吧。」

『就是相反才奇怪呀。調味料少了很多。鹽、糖、醬油、油都是。』

「會不會是吃重鹹？」

『惠婆婆口味很清淡的。』

一股無形的不安掐住了利根的脖子。

利根在相隔一月後來到惠家，惠一如以往顯得十分快活。

「看你氣色不錯，工作也很忙吧？」

利根隨口附和，若無其事地掃視屋內一圈。

後來官官又說『我覺得惠婆婆家好像慢慢在腐爛』。利根今天來訪的目的，有一半是親眼確認官官的話，現在一看，的確有那種感覺。

到底是哪裡不同，利根也說不上來。只是和三人在一起的那些日子比起來，感覺得出有一絲很像腐爛的味道。只不過不是東西腐爛的味道。是人，以及其生活本身爛掉的味道。

仔細觀察，官官所說的怪怪的地方便隱約可見。

首先是打掃不徹底。餐桌上四個角落積了一層灰，屋裡也很雜亂。以前都收在固定地方的小東西、傳單、面紙盒等，都四處散落。

「惠婆婆，我就知道我一不在妳就會亂丟。」

利根故意開玩笑，惠也配合他。

「什麼話啊。一個人住，無論男女多少都會有點邋遢啊。又不用在意別人。」

「如果惠婆婆不介意，那我還是回來住這裡……」

「你是說你要每天從這裡到香津的鐵工所去上班嗎？你現在的工作就已經早去晚回了吧。算了吧。」

「那我不搬回來，可是妳要告訴我。」

「告訴你什麼？」

「妳都有吃飽嗎？」

只見惠的臉一垮，立刻轉身背向利根。

「惠婆婆就是這樣，只要遇到對自己不利的問題就別過頭去。」

「別說得像你什麼都知道似的。」

「那我要怎麼說妳才肯老實回答我？我和官官都很擔心。」

「擔心是我的事，輪不到你們來擔心我。」

見她說起話來還是一樣盛氣凌人，利根稍微放心了些。

「那我不擔心，可是妳要老實告訴我。」

「跩什……」

「我和官官遇到困難的時候，都一五一十地說出來。只有惠婆婆不肯說，也太不公平了吧？」

「……你們要尊重老人家的威嚴。」

惠一旦拿定主意就不會讓步。繼續追問反而只會讓她把嘴巴閉得更緊，利根便不再追究了。然後趁惠離開起居室的時候，伸手去翻五斗櫃。同住那時，利根就知道惠把銀行存摺收在那裡。惠婆婆，原諒我。

利根在內心暗自合十著打開了存摺。

果不其然，存摺的餘額不到五位數了。六千七百二十五圓。這就是惠的全部財產。這個月還沒有扣款。要是再扣掉水電費，餘額會再減半。

存款終於見底了。廚餘的量之所以減少，是刪減了伙食費。調味料之所以少得很快，是以重口味來彌補少量食物。

以前，利根曾聽惠本人親口說，她雖擁有護理師執照，繳納保險費的年數卻不滿規定的二十五年，因此無法請領老年基礎年金。所以無職的惠除了靠存款過活外，別無他法。

而當存款用盡，便束手無策。

開什麼玩笑。

利根匆匆出門。目的地是最近的超低價超市。自己雖然也只是勉強度日，但總比現在的惠好一些。錢包裡有多少錢全部拿來買食材放在惠家。自己回公寓以後，隨便煮個家裡有的袋裝泡麵就行了。

「突然跑出去，去哪兒啦？」

門口傳來惠的聲音。

「買東西啊、買東西！」

利根扯著嗓門說。不這樣，只怕話說到一半就會哽咽。

一看到利根採買來的大量食材，惠的臉上不快與安心交織。

「這麼多，兩個人怎麼吃得完。你是要分給官官家嗎？」

「抱歉。太久沒買了，沒抓好分量。」

趁著做簡單的晚飯時，利根查看了調味料剩餘的分量。這些果然也和官官說的一樣。一字排開的調味料每一項都很少。冰箱裡沒有食材，米卻不斷變少，可見利根所害怕的想像並沒有想錯。

只靠少許配菜根本不夠，就在白飯上撒各種調味料配飯。電費也必須節省，所以只開餐桌上那盞燈，一個人吃著單調的晚飯——光是想像這副情景，心中便覺寒風陣陣。

「我吃飽了。不好意思，我明天也要早起，先回去了。」

利根意思意思只吃一碗，便匆匆離開了。及早離開，一來是為了讓今天做好的飯菜可以讓惠吃久一點，再者也是為了和小弟交換情報。

敲敲門，低聲一叫，官官立刻就開了門。官官往惠家看了一眼，便趕緊把利根拉進家中。

「我去看過了。」

「我沒說錯吧？」

「比我預料的還糟。我儘量多買了一些食材，可是……抱歉，我現在手頭也很緊。」

這句話才說完，後面便傳來久仁子的聲音。

「怎麼啦？有客人嗎？」

官官一臉過意不去地搖頭。

「我也是。我媽媽黏得好緊，明明住得這麼近，要去看看卻不容易。那個……也不能多做飯菜分給惠婆婆。」

「其他鄰居不會幫忙嗎？」

「這裡的人門都關得緊緊的，根本沒有那種風氣。我以前一天到晚泡在惠婆婆家裡是特例。」

那麼，要是有個萬一，誰會幫忙注意到惠的異狀？

不用分吃的也沒關係，拜託你定期去看看惠婆婆的狀況——這樣拜託官官之後，利根返回了自己的工作。當然心中是打算只要時間允許，就要往惠家跑。

然而鐵工所的稼動狀況卻由不得他。近來中國正興起空前的建設潮，該國傳出鋼鐵製品等原物料不足。銅線、鋼鐵竊盜頻傳只怕也與此有關。也因此擁有十六名員工的小工廠也幾乎每天都要全力運作。

利根必須在一天之內消除累積了六天的疲勞，遲遲無法去探訪惠。為了保險起見打電話到惠家，果然因為欠繳費用被停話了。

既然聯絡不上惠本人，只好聯絡小弟。

「惠婆婆怎麼樣？」

『……好像滿嚴重的。』

不知是不是利根太敏感，覺得官官的聲音很消沉。

『勝久哥哥買的食材好像早就見底了。證據是，米和調味料又狂減。光線暗就看不太出來，可是在亮的地方看，臉色有點紫紫的。』

「只是不吃臉色就會變紫嗎？」

『我媽媽說的，人如果一直都很窮苦，臉色就會變成葡萄的顏色。』

營養不良再加上心痛，臉色變成那樣也不奇怪。

『然後啊，我家最近可能會搬家。』

原來聲音消沉是這個緣故啊。

『我媽媽找到新工作了，說公司有單親家庭也可以住的宿舍……對不起。』

你不必道歉的啊。

「要搬去哪裡？」

『但馬町，離這裡很遠。所以我也沒辦法再繼續守著惠婆婆了。』

利根彷彿能看到電話那頭的少年垂頭喪氣的模樣。

下次到惠家，距離上一次竟有五週之久。明明傍晚已過，屋裡卻沒有燈光。但利根還是敲了門，屋裡也有人應。

「哦，好久不見啊。」

一見到出現在門口的惠，利根心都碎了。

蓬亂的頭髮，更加深陷的眼窩，乾燥得隨時會起屑脫皮的皮膚。而且正如官官所說的，臉色暗沉帶紫。

利根再也無法忍耐了。惠會怎麼想，他也顧不了了。這時候該說的不說、該做的不做，自己會後悔一輩子。

「去申請生活保護吧。」

奇的是惠竟然沒有反唇相稽。

「就算妳生氣罵人我也要說。沒工作、沒存款、沒有可以投靠的親戚、沒有年金，只能等著餓死。妳現在馬上到福祉保健事務所去申請生活保護。」

「生活保護啊……我很不喜歡福祉保健事務所和市政府區公所那種地方。」

「這時候還講什麼喜不喜歡的！這可是事關自己的死活！再說，接受生活保護是國民的權利。」

「那像我這種的大概不算國民吧。」

惠自嘲地說。

「去年吧，我健保費遲繳了。被公所叫去講得很難聽。說什麼收入才十萬的人一樣在繳健保費，叫我不要因為年紀大又沒有親人就耍賴。從那以後我就覺得他們那裡高門檻，我踏不進去……」

「付不起健保費跟接受生活保護是兩回事吧。」

「可是啊，生活保護是從別人繳的稅來的啊。之前我都沒繳什麼保險費，現在因為自己日子過不下去就要國家照顧，實在太自私了。」

「別跟儲蓄存款搞錯！」

利根不知不覺嗓門變大了。

「國家是你不跟他要，他一塊錢都不會給你的。不申請會死的！」

就算利根力勸，惠的話卻感覺不到一絲熱度。

「可是啊，義務這邊都沒盡到卻只要享權利，我總覺得不太對啊。」

那個豪邁爽朗的惠，遇到國家的補助卻消極得像是換了一個人。如果這就是所謂大正出生的典雅和矜持，拜託趕快丟掉。為了這種無謂的尊嚴而沒命算什麼？

「妳是想和循規蹈矩一起殉情嗎！生活保護就是為了惠婆婆這樣的人設立的。惠婆婆不用誰來用？」

「可是……」

焦急漸漸轉化為帶著熱度的怒氣。

「沒有什麼好可是的。聽好了，惠婆婆，明天一大早就到鹽釜的福祉保健事務所去申請生活保護。既然妳說門檻高，我就陪妳一起去。要是妳說妳不寫申請書，我就算硬拉著妳的手也要妳寫。」

「你可別這麼做。我又不是小孩子。」

「就算要拿繩子套在妳脖子上我也要帶妳去。」
「你會不會太粗魯了？要是官官看到，不知他會怎麼說。」
「我和官官都不要妳死！我們都當妳是親媽！為什麼妳就是不懂！」
利根吼了之後才驚覺，但已經太遲了。
惠似乎為難著不知如何反應才好。
哎，算了。
惠要怎麼看待自己和官官都沒關係，只要她能得到最起碼的生活保障，別的什麼都不重要。
終於，惠以挨了罵的孩子般的眼神瞪著利根。
「什麼帶我去，你明天也要上班吧。要是為了這種理由請假，叫我良心怎麼過得去。我可不要欠這種人情，你不要跟來。」
聽她恢復了一如以往的毒舌，利根才稍微安心了。
「一定要去哦。」
「你還真囉嗦。」

5

下一週，來找惠的利根一進屋頓時說不出話來。

門沒上鎖是常有的事。勸她說這樣實在太不小心了，她本人則說「反正小偷進去也沒東西可偷，再說也沒有人會看上這種房子」，當成馬耳東風。

房間一角堆積如山的垃圾袋擋住了光線，外頭日上三竿房裡卻很昏暗。這是利根熟悉的家，他摸索著按了柱子附近的電燈開關。

燈沒亮。

以為是接觸不良，試了兩、三次結果還是一樣，利根才總算想到真相。是沒付電費被停電了。無奈之下，利根只好原地站定等到眼睛習慣昏暗。

眼睛終於可以辨視房間的每一個角落了。

屋裡的荒廢更加嚴重，蟑螂和一些有翅小蟲堂而皇之地在地板上堆積的塵埃中逛大街。沒有一處有打掃過的行跡。

異臭也變濃了。有股不像食物而更像生物腐敗的臭酸味，甚至帶著一種甜味。而且再加上腐葉土的味道，形成一種刺鼻的臭味。

不見惠的人影。

「惠婆婆。」

利根叫了一陣子，才聽到後面房間傳來微弱的聲音。聲音來自惠的臥鋪。利根從聲音聽出不尋常，趕緊去找她。

惠在被窩中縮成一團。

「惠婆婆，妳生病了嗎？」

結果被窩裡傳出一個悶悶的聲音。

「我在吃飯，你走開啦。」

裹在棉被裡吃飯？

利根更加懷疑，毫不客氣地掀開棉被。

那真是個奇妙又駭人的光景。

只見惠伏著，一心一意地動著嘴巴。但是，她手中便只有一包面紙，看不到任何像是食物的東西。

「惠婆婆，妳到底在吃什麼啊？」

看了轉過身來的惠，利根明白了。

惠的嘴角露出了面紙。

一掀起棉被，更強烈的腐臭味便撲鼻而至。是濕抹布放上一個星期的那種味道。這下，利根便知道惠已經有好一陣子沒洗澡了。

「妳在吃什麼？」

明明要多體恤惠一點的，語氣卻忍不住衝起來。

「妳看不出來嗎？」

「面紙不是給人吃的。」

「怎麼會。你看，超市賣的那種雪白的是不行，不過路上發的那種香香的面紙咬了就會甜甜的。」

惠邊說仍不忘把面紙送進嘴裡。利根一把抓起她的手，硬搶走她的面紙。

「你要對別人的食物做什麼！」

「我特地帶吃的來給妳，吃我的！」

利根從拎在手上的塑膠袋裡取出袋裝泡麵。八份裝五百八十圓。說伴手禮未免寒酸，但利根已經盡力了。

一看到袋裝泡麵，惠的眼睛便發出異光。

「惠婆婆，妳一直窩在被窩裡，是哪裡不舒服嗎？」

「一動肚子就會餓啊。什麼都不做一直躺著，既輕鬆又省錢。」

「照妳這麼說，屍體豈不是最輕鬆。」

「那還用說嗎，死是最輕鬆的。」

利根自責自己把話題拉到灰暗的方向，一邊趕往廚房。飢餓會使人暴躁。只要一杯湯、一口拉麵下肚，身心應該稍微會平靜從容些。

廚房也是慘狀橫生。雖然沒有廚餘之類，卻與上次利根來訪時相差無幾。也就表示惠沒有吃到足以弄髒餐具的食物。而且因為沒有打掃，無論是餐具還是水槽都產生了大量黴菌和蟑螂。地板上一塊一塊小黑點是老鼠屎無誤。

臭味也很嚴重。不知是不是剩飯腐敗，排水口發出一股臭得讓人掩鼻的味道。

利根設法找出了鍋子，但鍋子表面很髒。扭開水龍頭想先洗乾淨再說。

他一度擔心沒水，但幸好水龍頭流出了水。

沒看到洗碗精和菜瓜布，只好徒手洗了鍋底，才總算盛了水。

把鍋子放上瓦斯爐，扭瓦斯爐的開關時又是一陣錯愕。

點不著。和打開電燈的開關一樣，無論扭多少次都只打出空虛的卡嘁卡嘁聲。

「電和瓦斯都被停了啦。」

不知何時，惠站在身後。

「不過實在很了不起呢。同樣都寄催繳單來，但水還沒停。人家說水和安全不用錢的，還真的呢。」

惠撕開袋裝泡麵，萬分感激地取出裡面的東西。

「那，我就不客氣了。」

惠便在利根錯愕中啃了乾的泡麵。

「惠婆婆。」

「反正吃下肚就會消化，一樣啦。」

只見她當場坐下，喀哩喀哩將麵咬碎，但似乎硬得出乎意料而不容易吃。

利根心想至少要喝點東西，翻了冰箱，但裡面只有番茄醬和美奶滋等調味料，而且也幾乎都空了。

早知如此，更該多買一點東西來的。

不，現在還不遲。錢包裡應該還有二千圓左右。雖然還有一週才會發薪水，但就算一天一餐自己年輕應該還撐得住。但對年邁的惠而言，這可是攸關生死。

我去買東西——利根說完便要離開廚房，卻被一隻骨瘦如柴的手抓住。

「不用了啦。你自己日子也不好過吧。」

「可是……」

「我不想再麻煩你了。」

「不想麻煩我，就麻煩國家！妳看看妳！一定是沒有去申請生活保護對不對？」

利根一責怪，惠便尷尬地轉過身。

「什麼不想讓國家照顧、沒交保費又要申請太自私，我不想再聽妳那些廢話。事關妳自己的性命，拜託妳認真一點，對活著執著一點。」

結果背對著利根的惠小聲說了什麼。利根聽不清，便繞到正面抓住惠的肩。雖覺得這麼做有點粗魯，但不這麼做彆扭的惠就不肯說實話。

「……了。」

「妳說什麼？」

「我去公所申請過了。」

「妳申請了，然後呢？結果還沒下來嗎？」

「在窗口被拒絕了，說別這麼輕易就依靠社會保障。」

「怎麼可能！」

「他跟我說來窗口之前，應該還有別的地方可去……」

從這裡開始，惠說的話就顛三倒四，不得要領。也許是處於這種生活狀況，判斷力和記憶力都靠不住了。

於是利根下定決心。

「好，那明天妳跟我一起去。」

惠的反應很遲鈍。

「跟我一起去福祉保健事務所的窗口。惠婆婆要是講不清楚，我就從旁幫忙。」

「我不想去了。」

惠像個幼兒般扭著身抗拒。

「窗口的人真的就只會講些難聽的話。我都這把年紀了還被講得那麼難聽……」

平常氣勢比人強的惠會如此抱怨，肯定不會沒有理由。可是，利根不相信一個國家公務員會對這樣一個老太太口出惡言或加以愚弄。

惠在福祉保健事務所到底被說了些什麼？利根認為無論如何都得陪她去一趟，也好確認。至少現在的自己能做的，就只有這麼多了。

我想請一天假。

利根打電話這麼說，一開始上司不肯，但利根苦求了十分鐘之後總算勉強答應了。

早上九點半，利根哄著不願去的惠走進了福祉保健事務所。看了需填寫的表格，自己首先吃了一驚。從親屬關係、資產，乃至目前的收入，確認項目一大串。不知是幸還是不幸，惠幾乎沒有稱得上資產的資產，表格並不難填。利根不是親屬，要是代筆填了不知事後會被說什麼，所以當然要惠親筆寫。然後他忽然想。像惠這樣的老人家要是還有零星的工作，勉強算是有資產的話，申請書上要填的地方就更多。要求老人家親筆填寫這種文件，真的能算國家福利的一環嗎？

總算寫好了申請書，坐在等候用的長椅上等。除了惠和利根還有很多等候申請的人，數一數有十五人之多。利根手上的號碼牌是十八號。必須等十幾個人才會輪到惠。

不是每個申請的人都申請得到——涉世不深的利根也有這種程度的知識。但，他認為看了惠現在的模樣，申請一定會通過。一聞就聞得出已經兩週以上沒洗澡，也沒好好吃飯。由於要外出，好歹穿上了比較好的衣服，但從皮膚的光澤和走路的樣子應該就能十二分看得出她過著窮苦的生活。要是惠的申請不通過，那麼無論什麼處境的窮人來申請都不可能會通過。

等了二個鐘頭，終於輪到惠了。惠由利根半扶半抱著走向窗口。

窗口的職員別著「三雲忠勝」的名牌。

「遠島惠女士，是嗎？……咦？您上週也來過吧。那時候，我應該請您撤回申請了才對。」

「現在又來了。」

惠還沒開口，利根便插嘴說道。

「電和瓦斯都被停了，已經撐不下去了。請核准她的申請。」

利根搶在當事人之前出聲，三雲以懷疑的眼神瞪他。這人給人的第一印象雖是客氣溫和，但一旦說起話來卻露出陰險與猜疑的面孔。

「請問您哪位？遠島女士的親人嗎？」

「鄰居……不，是以前的鄰居。」

「那個啊，陪同僅限於親人或監護人，所以可不可以請您旁邊稍坐？」

「這位先生，我雖然不是很清楚，但所謂的生活保護是要保障國民最起碼的文明生活吧？那就請你們核准惠婆婆的申請。她的生活實在說不上文明。」

三雲不理利根的申訴，別過視線直視惠。

「遠島女士。上次我也說過了。生活保護這個制度，是讓真的沒有辦法的人利用的。還能工作或是還有其他收入的人來申請，我們也很為難。」

「所以惠婆婆她……」

「遠島女士，您有個弟弟在大阪吧。那麼，您先去找找您弟弟如何？」

利根說不出話來。

他曾聽惠說過她有個弟弟。小她六歲，去大阪討生活之後就斷了音信。

「這太強人所難了。那個弟弟已經快二十年都沒有聯絡了。連一通電話、一張賀年明信片都沒有。你叫她怎麼找？」

「局外人麻煩不要插嘴。我說，遠島女士，令弟是去大阪討生活的吧。大阪的景氣比我們這裡好。沒有回來，就是因為大阪容易生活。令弟的生活一定也有餘裕。這樣的話，當然是先去請您弟弟照顧您才對呀。與其指望不知會不會核准的生活保護，我想去找令弟才更有建設性。」

「我和我弟弟沒聯絡……」

「哪裡的話，親姊弟血濃於水。只要遠島女士有心，馬上就能聯絡上的。」

聽到一半利根就傻眼，而後憤慨。三雲的話句句都建立在臆測和過度樂觀的預期上。不僅不具建設性，根本就站不住腳。

「我們這雖然叫作社會保障制度，可是大原則還是家人彼此互助。國家只是補助不足的部分。要是動不動就給生活補助金，結果反而可能造成家人之間的裂痕呢。」

自顧自說完，三雲顯得志得意滿。一副深信擔任窗口的自己這麼做，惠就會接受的態度。

「你說夠了沒！」

利根已忍無可忍。

「聽你在那裡放屁！去外地討生活沒回來，就是因為外地也很苦沒錢回來。要是有，至少會寄張賀年明信片吧！別的不說，都音信不通二十年了，怎麼可能二十年後還願意照顧年邁窮苦的姊姊！」

「我已經說過好幾次了，無關的第三者請不要插嘴。」

「反正你就是不想受理惠婆婆的申請吧！你只是提出那種強人所難的要求把事情搓掉。這根本是政府的蠻橫！不是蠻橫就是怠職！」

「你太沒禮貌了。」

三雲丟出這句話，便將拿在手中的惠的申請書撕成兩半。

「你做什麼！」

「在櫃台做出破壞、騷擾行為或恐嚇、中傷職員者，請立刻離開。」

「慢、慢著！你剛才不是說我是第三者嗎？那為什麼要撕惠婆婆的申請書！什麼都是你在說！」

利根的老毛病就是說話的同時也一起動手。他站起來，隔著櫃台抓住三雲的胸口。

「你認真點審查行不行？」

「來人啊！來人啊！」

警衛和櫃台內的其他職員聽到三雲的聲音湊過來，轉眼間利根就被人從背後架住。一旦對職員動手，無論有什麼理由都不管用，利根和惠被趕出了廳舍。

「都怪我不好，惠婆婆對不起。」

被強制趕出區公所後，利根低頭道歉。自己放話說要幫忙，結果幫的卻是倒忙。

惠虛弱地笑著搖頭。

「沒關係啦。勝久哥哥別放在心上。你是為了我才凶他們的啊。」

利根在更加感到抱歉的同時，對窗口的處理態度火冒三丈。

「他們那些人，一定都是那樣就在窗口把申請擋回去的。」

「會嗎……」

「國家要收稅金說收就收，要付錢的時候不申請就拿不到。要申請，還把申請書弄得那麼麻煩，讓人很難申請。」

和惠走了一陣子，利根雖憤恨未消，卻也大大後悔。自己氣社會保障行政、氣窗口的態度，都幫不了惠。現在應該想的，不是向福祉保健事務所或窗口負責人討回公道，而是如何才能讓惠通過申請。

「現在我們知道福祉保健事務所拒絕申請的理由了。只要讓他們同意遠在他鄉的弟弟沒辦法資助妳就好了。」

「是嗎……」

「是的。他們的心也不是鐵打的。今天是因為我在礙了事，只能由惠婆婆自己去跟他們講明白了。」

利根邊說邊把一份新的申請書交給惠。臨被趕出區公所時拿的。

「現在是兩次沒過，但俗話說無三不成禮嘛。我們這就回家一起寫申請書吧。」

「已經第三次了，一下就能寫好的。」

其實，無論惠如何陳情，福祉保健事務所會不會核准利根也沒有把握。但人心總是肉做的，他相信他們不會讓如此形容枯槁的老人連吃三次閉門羹。要是這樣還是不行，那麼也許最好考慮把惠接過來。

利根把申請書給了惠，和她道別。

這是他最後一次看到活著的惠。遠島惠在三週後的二〇〇七年十二月六日，被發現死於家中。死因是餓死。

是官官通知他七日的報紙中報導了惠的死訊。當時，利根奉命到札幌出差，無法與沒有電話的惠聯絡。

他實在無法相信，但腦海一隅中也有點感到他一直害怕的預感應驗了。後悔與自責、悲憤與衝擊在利根心中翻騰，思考根本跟不上。

一到連棟屋，只見惠家四周被黃色膠帶封鎖了。官官泫然欲泣地站在門前。

一看到利根，官官便撲進他懷裡。臉埋在他胸口，悶聲哭了。

利根這才終於體認到惠的死是事實。

「是……是隔壁的淵田先生發現的……說裡面傳出來的味道臭得不得了，進去抱怨……」

所以門一樣沒鎖嗎？

「發現惠婆婆……看起來實在不像活人就叫了警察……」

「聽說是餓死的？」

「是警察說的。說已經被停水好幾天了。」

可惡！

利根握緊拳頭。要不是官官緊緊攀著他，他就要不顧一切亂打一氣了。

「惠婆婆現在在哪裡？」

「應該是在鹽釜的警署。」

利根轉身要去警署，官官說他也要去。雖然不常在一起了，在利根心裡官官仍是家人，所以沒有拒絕。

在鹽釜署解釋了一下，沒想到輕而易舉便讓他們去看死者。想必是因為惠沒有任何稱得上親人的人吧。

利根和官官被領到太平間看惠的遺體。

惠的身體宛如枯木。皮膚變成茶色，肌肉和脂肪全都沒了。頭髮好像一碰就會脫落。面孔簡直像不認識的人。臉頰和眼窩深陷，發黑的嘴唇龜裂得很厲害。

「據檢視官說，不吃不喝的狀態持續了約十天。如果只是不吃還好，但連續十天沒水喝，一定會死。」

同行的警察難過地這樣解釋給他們聽。

官官再也忍不住了，緊抓著惠的屍身開始嗚咽。

利根看著他，一步也動不了。

懊惱和無力感貫穿全身。

「解剖之後，從她的胃裡取出了一大堆面紙。一定是沒有別的東西可以吃了。」

聽著警察的說明，只覺得胸口好緊，呼吸困難。臨死之前只有面紙可吃，吃著吃著口渴了，卻連潤喉的水都沒有。嘴唇龜裂就是這個緣故。

「……沒有得到生活保護嗎？」

「好像是申請了。保護駁回通知就掉在她本人臥倒的地方附近。」

申請是受理了，結果卻駁回。

看到決定通知書時，惠有多失落多絕望，光是想像就令人心驚膽寒。

「要是因為得不到生活保護而餓死，能對福祉保健事務所問什麼罪？」

「對福祉保健事務所嗎？不可能不可能。有通知書，就表示審核過她的申請。民眾不能介入審查，而且也不可能以任一申請者未獲社會保障制度這個理由就起訴相關人員。核准申請是他們的工作，駁回也同樣是他們的工作。」

警察說，無親無故的死者在焚化後，將埋葬於無名氏墓地，費用由稅金支出。這一點讓利根感到無比諷刺。申請不到的生活保護費和焚化、埋葬屍體的費用一樣都是稅金。既然如此，為什麼不肯把預算用在活下去這邊？

官官還在哭。

利根有點羨慕。他目前的狀態還無法那樣哭泣。因為憤怒自內心深處一湧而上，他必須用盡全副心力才壓抑得住。

福祉保健事務所所做的事竟然無法問罪。

既然如此，就由我來懲治他們。

第二天，十二月八日。利根在區公所服務時間開始的上午九時許，闖入了鹽釜福祉保健事務所。排隊根本不在考慮之內。推開在場的申請者，直奔櫃台。坐在窗口的同樣是上次的三雲。

「你要做什麼？請依照順序排隊。」

「我是遠島惠的親人。你忘了嗎？」

「你不是親人吧。」

「惠婆婆死了。事情上了報。」

看來三雲並不知道，顯得很吃驚。

「病逝的？」

完全置身事外的口吻更加刺激了利根的神經。

「是餓死的！因為得不到生活保護，連水也被停了餓死的！」

至今壓抑的怒火和暴戾之氣爆發了。利根跳上櫃台，一把抓住三雲的胸口。

「是你們害死惠婆婆的！」

「這是你存心找碴。我們是依據規定辦公的！」

「你們的規定是規定如何對窮人見死不救嗎？是規定如何不用把稅金用在人民身上嗎？」

「稅、稅金是國家的資產，要公平、公正地用在人民身上。」

意思是，惠得不到生活保護是公正的判斷嗎？

咕。

這次，手動得比腦子還快。利根的拳頭直接打在三雲臉頰上。

哪裡公平、哪裡公正了！

他朝著幾乎毫無抵抗之力的三雲的臉猛打。每次揮拳，都覺得自己的罪少了一分。

「還不住手！」

手突然被拉住了。一個從裡面趕出來的上司模樣的人來勸架。他胸前別著「城之內猛留」的名牌。

利根另一隻手反射性地動了，左拳找上城之內的鼻尖。

在骨肉碎裂的觸感中，城之內的鼻子誇張地噴了血。

其他職員也全都撲上來，但利根敏捷地從他們的手中鑽出來，在千鈞一髮之際脫離了區公所。

雖然教訓了三雲和城之內，但利根的怒火當然不可能就此平息。畢竟惠是被他們害死的。而那些厭惡地甩開她拚命求救的手的人，卻在暖氣充足的辦公室裡悠哉辦公。

彷彿惠根本不曾存在。

彷彿自己一點錯都沒有的樣子。

利根並不想再去打人。但如果不採取其他報復，惠就太可憐了。他想代替再也不能出氣、再也不能投訴的惠，把傷口刻在他們心頭。

想讓他們嘗嘗在這麼冷的天氣，沒有暖氣、在寒風中發抖的滋味。

晚間十一點剛過，利根來到福祉保健事務所所在的區公所附近。路上沒有人，不會有人來盤查自己。但利根還是張望著四周進去了。

繞到後方，立刻便看到垃圾場。暗夜之下垃圾袋依舊是白的。應該是碎紙機的垃圾吧。

利根朝其中一袋伸出手，解開了結。裡面果然是滿滿的碎紙。

往口袋裡掏摸，摸到了百圓打火機。近一年前，隨意進去的小鋼珠店機台的釘子看起來很容易中獎。利根便買了五百圓的珠子試玩，結果玩了很久。這個打火機就是當時的獎品之一。

幾乎沒有風，正好。利根點著了一部分的碎紙。加上本來空氣就很乾燥，火瞬間就燒了起來。轉眼便融化了塑膠袋。

垃圾從塑膠袋融化的地方掉出來，替火苗開了道。短短數分鐘內，垃圾便燃起了火焰。

利根確定火勢已成，便轉身跑出區公所。無論火勢再大，四周都沒有可燃物，所以沒有爆炸的可能。隔著大馬路就有很多住家，火勢一大居民一定很快就會發現通報吧。反正他也知道大樓不會被整個燒光。他也不打算整個燒光。

紅豔豔的火舌朝著漆黑的天空往上爬。

恩怨到頭

1

擔任利根的觀護志工的櫛谷貞三據說是退休警界前輩，笘篠和蓮田拜訪其位於仙台市內的住家時，也感覺得出是自己人。

「縣警搜查一課的笘篠先生和蓮田先生，是嗎？」

儘管已是遲暮之年，也曾是對付凶惡犯的刑警。一聽到兩人所屬的單位，似乎便瞬間察覺了來意。

「利根做了什麼嗎？由搜查一課的刑警出動，那就不是詐騙或竊盜了。」

蓮田送來別有意味的眼神。雖是警界前輩，但身為觀護志工就是站在假釋犯那邊的人了。這眼神是在問可以透露多少。

這種時候，笘篠會將負面因素也用來作為談判的籌碼。

「不，現在還沒有確定他做了什麼。」

「所以是嫌犯之一嗎？」

「這個嘛，是的。但幸好櫛谷先生是我們的前輩。」

「怎麼說？」

「既然您曾經別過警徽，應該比一般民眾更能理解我們的工作。想必您不會因為身為觀護志工便藏匿利根的消息。」

「好個狗眼看人低的說法啊。」

櫛谷毫不隱藏他的不悅。這份率直，對笘篠而言也是絕佳材料。如此直接表露感情的人，是最好的詢問對象。

然而櫛谷也不是個任憑別人看低的人。

「我的確幹了多年的警察，也有一定的情義。但我已經退休了。就算是老東家，也不至於到現在還拿情義套交情吧。」

「觀護的任務是透過保護觀察更生人，防止其再犯不是嗎？其中應該也包含與警方密切合作才對。」

「不能忘記儘早協助其重回社會的目的。我不是吝於向你們提供情報，只是你們也得說明需要情報的原委。」

所以要give and take嗎？

對一個已經回歸一般民眾身分的人洩露辦案機密，事後一定會出問題。在這個狀況下，櫛谷的警界前輩背景也不是什麼有效的免罪符。因此櫛谷的要求無法照單全收。換句話說，只能以話術和談判技巧來釣出情報。

「那麼彼此交換情報如何？條件是，絕對不說假話。」

「可以。」

「那麼我先開始。現在，利根勝久被列為兩起謀殺案的參考人。有必要請他本人提出不在場證明。」

「兩起謀殺案，這麼說死者之間是有關聯的了？」

「一次回答一個問題。那麼，現在換我來問。您現在和利根聯絡不上了，那麼他目前在哪裡工作？」

「我聽他說他被建設公司錄取，目前是在荻濱港那邊做搬運的工作。」

「第二個問題。我們找利根，是因為他與死者之間有接點，並不是有證據指向他。那麼，在他找到工作之前，是在府上暫居吧。他有手機嗎？」

「沒有……我本來想等他找到工作應該會需要，要買一支給他。不過他被建設公司錄取以後，曾跟我聯絡說朋友借了他一支手機。」

「第三個問題。利根與死者的接點要追溯到過去。那麼，請您告訴我與他中斷聯絡的經過。」

「交給我們照顧的人，我們必須定期關心狀況。我打了他給我的手機號碼卻沒人接。去問公司，對方反而抱怨他兩天前就無故曠職。」

笘篠再次望進櫛谷的雙眼。要看穿一個老人，而且是警界前輩的謊言並不容易。但笘篠選擇姑且相信櫛谷的話。

「櫛谷先生。這個問題不是情報交換，所以不用管交換條件。我要請問的不是觀護志工，而是退休警官櫛谷貞三先生。您認為利根勝久有再犯的可能嗎？或者您認為他已經重新做人了？」

被問到的櫛谷仍舊露出不悅的神情。

「不是我要說，這實在不該是一個現任刑警該問的問題。本來再犯的可能和是否已重新做人就是兩個問題。」

笘篠一時之間難以明白他的意思。

「不去碰輕狂莽撞的事和接近犯罪的事，認真工作，每天勤勤懇懇地過。說這叫重新做人應該沒錯。照這個說法，利根確實是重新做人了。不，我想他的個性本來就是這樣。這件事和再犯什麼的是兩回事。我不是只針對有前科的人。就算過著普通日子的普通人，也會陰錯陽差著了魔，然後犯下罪。有前科和沒有前科的差別只在於門檻的高低而已。」

這不是能讓人劈頭否認性善說。不愧是多年來擔任觀護志工看過許多更生人的人才有的真知灼見。

「為保險起見，我們要向您要幾根利根的毛髮。」

笘篠命蓮田去利根用過的寢具上找。只消將一個枕頭套翻過來，要採集一、兩根頭髮應該不成問題。若是與三雲和城之內的監禁地點採集到的任何不明毛髮一致，便是利根曾經在場的有力物證。

「話說回來，櫛谷先生。既然他曾在這裡暫住，那麼想必要利用公共交通、在外飲食，當然也需要一些現金吧。但利根卻沒有固定的職業。」

「他會去打單日的零工。」

「您沒有借他一些錢嗎？」

「我要借利根多少錢是我的事。」

「我們沒有責怪您的意思。只是，金錢上的借貸關係是建立在彼此的信賴關係上的。而且是借了他就當成是送他的關係。您對利根的偏愛顯然超過了觀護志工的立場。」

在笘篠注視下，櫛谷微微垂下眼。

「利根是個認真老實，懂得別人傷痛的人。」

「既然如此，請您幫助我們，不要讓他再繼續加重罪行。您還知道些什麼？」

聽笘篠這一疊連聲地說，櫛谷的眉頭露出苦澀之色。

「笘篠先生，我當刑警的時候，也常用這種手法。這種低級的、膚淺的手法。」

「我也這麼認為。低級又膚淺。所以運用範圍才廣，也更容易打動對方的心。您也應該知道的。可能會去冒險的人由警方看著才是最安全的。」

櫛谷瞪了笘篠好一會兒，最後洩了氣般嘆氣。

「假設利根真是凶手好了。一個假釋犯殺了人，殺兩個和殺三個還不是一樣？這樣你怎麼能說他安全？」

「不是人數的問題。無論狀況如何，我們都能將他從最糟的狀態中救出來。」

櫛谷再度陷入沉默，但這次的沉默並不長。

「……聽他說朋友借他手機的時候，我當然問了對方的名字。因為手機不是可以隨便借人的東西。他說，借他的人姓五代。」

才剛出獄的人不太可能很快就交到新朋友。能夠輕易將空頭手機給人，那麼十之八九是在牆裡認識的人。這樣警方也就查得到了。

笘篠他們臨走之際，櫛谷有點囉嗦地再三強調。

「我至今收過很多更生人，利根是真的很認真老實。我想你應該能明白的，笘篠先生，很多人往往因為個性認真才會犯罪。」

「但是，他被起訴的罪名是暴力和縱火啊。」

「那一定是有緣故的。」

櫛谷的懇切，是父親才有的神情。

回到專案小組，搜尋與利根同一時期收監於宮城刑務所的出獄者中有無姓五代的人。這是相對輕鬆的工作。五代良則三十六歲。現任「調查帝國」這家公司的代表。公司的名字就很可疑。反正做的也不是什麼正派生意——笘篠這麼想，與蓮田一同前往利根目前任職之處。

櫛谷所說的利根目前任職之處在荻濱港附近，一家叫作「大牧建設」，辦公室和員工宿舍就在港邊。只不過所謂的員工宿舍是極其簡陋的建築，空間也隔得很小。

來到辦公室，告知來意後，由一個姓碓井的工地主任出面。碓井五十來歲，花白的頭髮，隔著工作服也看得出肌肉強健，但相貌卻極其溫厚。

「利根是三天前開始曠職的。時間到了卻沒到工地，我就去宿舍想把他挖起來，但房裡一個人都沒有。」

碓井一臉有怨無處訴的樣子。

「以前曾經發生過類似的情形嗎？」

「沒有。他沒有工地的經驗好像很不習慣，但工作態度很認真。像這樣無故曠職的事從來沒發生過。」

「他有沒有提過要去哪裡，或是要去找誰？」

「這我就沒聽說了。利根很少跟同事一起去吃飯喝酒，我也沒聽說他跟哪個同事特別熟。」

碓井慚愧地垂下頭。

「工地這裡知道他有前科的，就只有我一個。他當初到底做了什麼啊？」

從他的樣子，可以想像利根在職場上受的是什麼樣的待遇。且不管前科，他與生俱來的認真老實受到賞識，主管對他是相當器重的。

笘篠不提利根的嫌疑，請他帶兩人去看利根的房間。每走一步地板都吱吱作響的兩層樓建築。雖有空調，但兩坪一間的房間，人躺下去大概就滿了。

「好空啊。」

用不著蓮田特地說出來，那裡只放著最起碼的生活必需品。兩人聯手找，卻找不到利根曾收集三雲和城之內相關資料的痕跡。頂多只能採集黏在利根被窩上的毛髮。

離開宿舍之後，笘篠和蓮田開車前往五代的公司所在的多賀城市。

兩人所抵達的五代的公司是複合式大樓的其中一個房間。一樓所掛的樓層標示上，唯有「調查帝國」閃著傭俗的金光，彷彿訴說著代表人五代的為人。

五代良則給人的第一印象，說好聽是外放，說難聽點就是輕佻浮薄，與笘篠從招牌得到的感覺相去不遠。

「哦，搜查一課的刑警先生找我有什麼事呢？」

「要二課或組對你才會滿意嗎？」

「哪裡，也不是那樣啦。」

五代油條地笑著，帶兩人進會客室。沒有無謂的敵意，可見得他很聰明。

「『調查帝國』嗎？我不學無術，可以請你告訴我嗎？你這家公司做的到底是什麼生意？」

「簡單地說就是賣名單的。」

五代大言不慚地說。姑且不論取得資料的途徑，賣名單本身並不違法。就算經手的是個資，只要依照當事人提出的刪除要求來行事，便可提供或販賣予第三者。

然而，第三者能從正當管道得到的個資根本不值錢。被稱為名單仲介的業者絕大多數都會再加以整理，將資訊分類以商品化。

個資當中有價值的，進價當然高，取得管道也大多是違法的。只不過進貨的業者自然會撇清，推說是提供者的問題。

笘篠仔細觀察了會客用的沙發。是真皮的高檔貨。

「看來你境況挺不錯的嘛。」

「這就證明了世人開始認清個資這個東西的價值了。所以像我們這種微型企業也才有商機。」

這多半是他的真心話吧。五代頗為得意地搔搔鼻尖。

「你還記得在宮城監獄的利根勝久吧。他應該跟你一起待了五年。」

「記得，那是我少數的獄友之一。」

「哦，在那種地方不是應該有更多朋友嗎？」

「怎麼可能，我也是有權利擇友的。」

五代一副「別小看人」的語氣，倒激起了笘篠一些興趣。

「能不能說說你擇友的標準？」

「第一是認真，第二還是認真。和腦子好不好，是帥哥還是魯宅，懂不懂得鑽營都無關。順道一提，我自己想交的朋友，和想成為生意夥伴是同樣的意思。」

「認真是這麼值得讚賞的要素嗎？」

「當然啊！無論是公務員還是黑道，認真的人在質疑命令和指示的內容之前，會先努力執行。要是想擴大組織，追求業績，就要聘請認真的人。成長速度驚人的新興宗教情況也差不多，看就知道了。他們的信徒絕大多數都是認真的人。」

笘篠不禁聽出了興趣。利根是個認真老實的人，這一點櫛谷也說過，但認真的價值觀如此因人而異，倒是出乎笘篠意料。

「換句話說，利根也很認真？」

「也不是，在利根身上意思有點不同。」

五代輕浮的語氣中出現了一絲厚重。

「利根確實是很認真，也確實是好用的人才，但他不止是這樣而已。怎麼說呢，有他在身邊就能放心。」

「放心？」

「不管自己多偏離軌道，看著利根就能修正……說是羅盤會不會太誇張啊？」

「恕我直言……」

「你是要說，黑道還談什麼離軌道的，對吧。刑警先生，流氓和混混裡也是有正派的人和不正派的人。應該是說，無論改做哪一行，那份正派就是不會消失。利根就是有這種正派。所以無論是在裡面還是出來以後，和他說話就是輕鬆愉快。」

「你的意思是，利根不是工具？」

「如果當他是工具，一定也是很好用的工具。總之，他對我來說是這樣一個人。」

話說得雖輕浮，談到利根時卻有一定的熱度。笘篠認為這個部分或許可以相信。

「給了他空頭手機的是你嗎？」

「手機？哦，因為他沒有啊。以後要聯絡什麼事也不能沒有手機，我就給了他一隻。我說，刑警先生，這年頭擁有空頭手機、把空頭手機給送人，也不構成犯罪吧。如果您只是要談這些，就請回了吧？」

「要是你以為手機是空頭的就什麼都查不出來，那就大錯特錯了。你給他手機，是為了通知他某個人的消息吧？」

「這全都是刑警先生的想像。」

「不是想像，是經驗法則。而且通常不會錯。」

「那我真是有眼不識泰山啊。」

「你知道利根是因為什麼罪服刑的嗎？」

「我記得好像是打了兩個福祉保健事務所的職員，然後跑到區公所縱火嗎？」

「那兩個人都遇害了。」

五代的臉色驟變。

「五代先生。你剛才說利根不是工具是吧。既然如此，你告訴我，利根盯上了誰、到哪裡去了？」

「喔喲喲，我也是有緘默權的。」

「剛出獄的利根著了魔似地犯案，若是你，對其中的原由也略知一二吧？」

五代看著笘篠不開口。像是在觀察，好探出笘篠的真意。

「要是不加以阻止，利根必定會犯下第三起命案。你也不希望利根的立場變得更糟吧。會悔罪的人才會重新做人。不然我問你，利根在裡面的時候對自己所做的事後悔嗎？如果不後悔，一定會重蹈覆轍。」

仔細盯著這邊的五代忽然笑了。

「刑警先生，我回答你這個問題。利根即使被送進牢裡也沒後悔。他的態度是，自己的行為雖是犯罪卻是正當的，所以他才甘願坐牢。利根現在也是在做他相信的事而已，我想。」

五代露出冷笑說。原來如此，既然是思想犯的一種，阻止也沒用，是這個意思嗎？笘篠採取突襲戰略。

「上崎岳大。」

一聽到這個名字，五代的表情就僵了。

「你果然有反應。他是遇害那兩人的前上司，所以我們鎖定了他，看來我們沒有料錯。」

「前上司。光是這樣就鎖定他嗎？」

「因為這是兩名死者的共通點。利根鬧事時的筆錄上沒有上崎的名字，搞不好就是故意不說好等出獄後算帳。」

「他不是這個意思。」

五代的語氣變了。

「利根對他打了那兩個人又放火燒區公所的動機是怎麼說的？」

「他為了一個名叫遠島惠的朋友請領生活保護的事去鹽釜福祉保健事務所抗議。在那裡打了出面處理的兩人，這樣還不夠解氣，就放了火……不是這樣嗎？」

「在裡面他也是這麼跟我說的。鬧事的時候，利根才二十出頭。我以為是因為血氣方剛，下手不知輕重。可是呢，他出來以後好像還是放不下以前的事，我就去查了一下。刑警先生，這些你知道嗎？」

談話的風向變了。

「你是說除了筆錄上記載的理由？但是，就是因為有那份筆錄，利根才被正式起訴、判刑的啊。」

「是檢方隱藏了真正的動機。因為公開了顯然對他們不利，我可是花了不少工夫才查到的。我想鹽釜福祉保健事務所拿出全部資料的時候一定一千一萬個不願意吧？」

五代的話句句都說中了。鹽釜福祉保健事務所的態度，說得再委婉都算不上合作。

「我不清楚為什麼動機沒有全部寫在筆錄裡。但只有少數內行人才知道，當時鹽釜署署長和鹽釜福祉保健事務所的上崎所長交情匪淺。」

「所以你是說，利根供述的內容對鹽釜福祉保健事務所不利？」

「反正隱瞞了部分動機，也不影響利根的罪狀。既然如此，沒有必要刻意讓一些對上面不利的事情暴露出來。檢方應該是這樣判斷的吧？這種事常有啊。」

五代說得一副久歷江湖的樣子，笘篠卻得努力才能維持冷靜。蓮田似乎也一樣，毫不掩飾他的困惑。

「利根真正的動機是什麼？」

「問這做什麼呢？問了就會放過利根嗎？」

「放是不能放的。但逮捕後的待遇可能有所不同。」

笘篠正面直視五代。

「你想救利根嗎？」

「救得了的話是很想救，他本來就不是個適合待在牢裡的人。」

「那就告訴我。既然利根的動機有正當性，就沒有必要隱瞞。」

「你要我怎麼相信你的話？你和鹽釜署的刑警又有什麼不同？」

「這次的案子已經死了兩個人了。這麼重大的案子一旦成為懸案，你知道會有多少人會丟飯碗？我也逃不掉。有哪個傻瓜會拿自己的飯碗來保區區轄區，而且是八年前的醜聞？」

五代的眼睛狡獪地閃爍。想來是在腦海中飛快盤算吧。

「那麼，你願意公開鹽釜署隱瞞的事囉？」

「不在筆錄裡陳述就無法證明動機，那就無法提起公訴了。」

「好吧，既然如此，我就告訴你。而且，我也覺得你應該值得信任。」

於是五代說出了八年前的事。

五代的話，給笘篠帶來不小的衝擊。利根有個類似擬似家族的歸屬，由遠島惠扮演母親的角色。雙方沒有血緣關係，難怪沒有記載在正式的官方文件上。以及遠島惠的生活保護申請三度遭拒，最後活活餓死。

餓死。

笘篠不禁與蓮田對望。

這就和三雲和城之內為何以那種方式遭到殺害產生了連繫。

「那是報仇吧。」

「沒錯。為了替遠島惠報仇，讓那兩人以同樣的方式死去。」

五代聽著兩人的對話，露出嘲諷的笑容。

「把福祉保健事務所的課長和縣議員餓死？這報仇倒真是很符合他認真踏實的個性。」

雖然絕不宜感到佩服，但笘篠也有同感。

「當時他們的職位分別是三雲是窗口，城之內是課長，上崎是所長對吧。」

「所長對申請核准與否握有生殺大權。若利根認為遠島惠是因為他的判斷被餓死的，最後的目標當然會是上崎。殺害方式自然也不用問，一樣是餓死。」

蓮田好像發現了什麼，對笘篠耳語道：

「可是笘篠先生，上崎去菲律賓旅遊，不在國內。」

「他要回國了。」

五代都聽到了。

「警方對上崎有多少了解？」

「自鹽釜福祉保健事務所退休後，擔任一些小單位的榮譽職。」

「是啊，典型的退休官空降民間嘛。那，他現在在做什麼？」

「應該沒有特別做什麼。菲律賓旅遊也是同好團體的員工旅遊……」

「是個叫『宮城名人俱樂部』的團體。」

話中帶刺。

「簡單地說，就是功成名就的人道貌岸然的社交場所。不過呢，他們非在那裡道貌岸然可不是沒有原因的。」

「你好像知道什麼內幕啊。」

「俱樂部裡有很多資產家，我們也承辦過那裡的名冊。真是敗絮其中。」

五代的嘴唇嘲諷地揚起。

「他們退休過著逍遙自在的日子。但下半身還生龍活虎，又有大把的錢可以揮霍。這麼一來，只會做一件事。但畢竟大家都是名人仕紳，總不能就近縱情歡樂，所以就組團到國外旅行。俱樂部的名稱就是一股濃濃的情色味。命名真是老人味十足、毫無品味可言。」

「……所以是買春團嗎？可是我們洽詢的結果，他們一團應該是下週才回國。」

這是蓮田向旅行社確認過的，消息確鑿。但五代還是沒有停止不懷好意的笑容。

「火燒屁股了啦。喏，電視新聞不是最近才報導過現任校長和議員什麼的跑到菲律賓買春爽玩嗎？所以當地警察就積極起來。」

原來嘲諷的笑容是針對那些色老頭嗎？

「且不說賺外匯這種事，沒有哪個國家會喜歡買春天堂這種名聲。所以菲律賓開始瞄準為買春而來的觀光客。『宮城名人俱樂部』就是因此緊急縮短行程，提早回國。」

竟然連這些都查出來了——笘篠暗自佩服，五代似乎看出他的心思，露出有些自豪的笑容。

「術業有專攻嘛。我有朋友在當地兼做那方面的仲介，消息來得也快。」

「那麼上崎什麼時候回國？」

從馬尼拉到仙台必須轉機。只要知道是哪一班飛機，就能在仙台機場守株待兔。要是利根會前往，當場逮人也不無可能。

「若是刑警先生有所期待，那就抱歉了，我只知道是預定明天回國，哪一班飛機我就不知道了。畢竟是臨時更改行程的嘛。這方面，我想由警方洽詢機場會比較快。」

五代愉快地忍不住輕聲笑了。

「當場抓住利根是刑警先生的工作，但就地逮捕一群下半身還熱氣騰騰的老先生，也是可能的嘛。我很期待，就麻煩刑警先生了。」

笘篠將得到的情報一五一十向專案小組報告。電話那頭刑事部長的聲音聽來十分振奮。

『預定十一月十二日回國是吧。好，這就向機場洽詢。』

「請稍等。請問兩個現場採集到利根的毛髮了嗎？」

『還沒有收到鑑識的報告。畢竟裡面有獸毛，不明毛髮不少。分析對照很花時間。』

「將利根列為重要參考人，純粹是我個人的感覺。只有狀況證據，還沒有物證。這樣還要逮人嗎？而且，也沒確切的證據證明利根會去機場。」

部署警力當然好，但要是利根沒出現，就會變成白忙一場。笘篠擔心屆時的責任歸咎。

但刑事部長的回答是前所未有的爽快。

『不用擔無謂的心。我可不會傻傻白忙一場。我打算與菲律賓警方合作來檢舉買春團團員。這麼一來，萬一沒逮到利根，綁了有辱國家顏面的色老頭，部署警力就能交代得過去了。』

意思是絕對不肯吃虧嗎——這倒是很有那位部長的風格，手法精明老練。

通完電話，笘篠命蓮田將車停在路肩。

「怎麼了嗎？不是要回縣警本部？」

「和菲律賓警方交涉是縣警本部長和東雲管理官的工作。仙台機場就交給部長安排。」

「話是沒錯啦。」

「那你覺得我們可以做些什麼？」

蓮田傻住，一臉茫然。

「你覺得五代全部知情嗎？」

「不就是因為知情才告訴了笘篠先生嗎？」

「我不是這個意思。首先，利根不可能向五代坦白一切。就連遠島惠的事，五代也說是他自己查出來的不是嗎？這就表示，利根很可能還有別的事沒有告訴五代。」

笘篠邊說邊回想起五代的樣貌。試想如果自己是利根，是否會對他毫不隱瞞地吐露一切——不行。五代雖然可靠，卻不是個值得信任的人。他肯定是很能幹，卻無法讓人安心託付自己的性命。

「沒告訴五代的事……他當然不會說是他殺了三雲和城之內吧。難道笘篠先生對利根是凶手的推論有所懷疑嗎？」

「不是的。觀護志工櫛谷先生和五代都說利根是個認真老實的人。這種人在圖謀殺害一個人的時候，會在綁架之後立刻下手嗎？你想想三雲和城之內的案子。」

蓮田顯然大吃一驚。

「監禁場所嗎？」

「不光是這個。綁縛的工具、如何搬運、事先勘察。光是這些就需要好幾天。」

「他現在正躲起來準備……」

「沒錯。再加上也有可能放煙霧彈。上崎會搭哪一班飛機回國，利根無從調查。雖然也有可能一整天都候在機場，但等他回到自己家門前再綁架更確實。」

「可是他家也已經配備警力了啊。」

「那等警衛鬆懈再動手就行了。你忘了嗎？上崎現在獨居，而且是個老人。這些都是從住家綁架的有利條件。」

老實說，剛才刑事部長的話真是順水推舟。既然無論如何都要有交代，那麼就由笘篠他們來針對利根沒有前往機場的狀況另做準備。

「監禁三雲和城之內的地方有共通點。首先，是很少有人經過。其次，四周沒有監視攝影機。利根最近才剛出獄，所知的地點有限。我們列出幾個他可能會去的地方，先下手為強。要是我們自己無法全部涵蓋，就請求支援。櫛谷家和『調查帝國』四周當然也要投入人力。」

笘篠立刻向專案小組提出這個建議，東雲也同意依照這個方針來辦。一得到首肯，笘篠便命蓮田再次前往櫛谷家。

「你是說利根會再回那裡？」

「不，利根剛出獄，比較熟悉的地方應該就是櫛谷家附近了。我想確定那邊有沒有符合條件的場所。」

「三雲的屍體是在若林區荒井香取被發現，城之內是高森山公園，這兩處就都是利根熟悉的地方了。會不會是他在縱火被捕之前去過啊？」

「看來有必要清查利根過去的生活經歷。這部分就交給部長安排。總之，我們從能排除的地方一一排除。」

開車到櫛谷家附近，笘篠仔細看車上的導航螢幕。這附近沿路上雖有零星民宅，後方卻是一大片雜木林。若是有小屋，就會是絕佳的監禁場所。

利根二十歲時考取了汽車駕照。駕照雖於服刑中失效，但只要開贓車，就能將擄來的人帶至監禁場所。

笘篠向刑事部長報告時，也提及了這個可能性。此刻應該正在查詢縣內失竊車輛。

如此一來，能撒的網全都撒下了。再來就只需等利根上網。

不，真是如此嗎？

難道沒有遺漏什麼嗎？

笘篠緊盯著導航螢幕看，同時一再自問自答。

「要不要去訪查附近人家這一帶有沒有小屋之類的建築？如果連附近的人都不知道，來這裡日子很淺的利根應該也不會知道。」

「就這麼辦。」

笘篠採取蓮田的提議，兩人一戶戶拜訪民宅。或許是近來從事林業和在雜木林中工作的人都變少了，一直沒有遇見能夠明確說出有無小屋的人。笘篠心中越發不安。

笘篠不斷思索著不安所為何來，驀地裡明白了。

原來是自己開始對利根產生某種同理心了。

2

上崎岳大將於十一月十二日回國——利根八日的時候接到五代這則通知。

利根花了好幾天查，連是生是死都查不出，更遑論住處，五代卻連預定回國的日期都查出來了。所以是內行人才懂門道嗎？

然而，接下來的事就連五代也沒辦法了。十二日會抵達仙台機場，但搭的是幾點的哪一班飛機，就連五代的調查能力也查不出來。看來，只好一早就在機場埋伏，在入境大門口等了。

話說回來，氣人的是上崎出國的目的。偏偏是買春團。什麼「宮城名人俱樂部」啊！取個高尚的名字，做出來的行為卻是有違人道。但這些豬狗不如的人在地方上被視為名士，奉為上賓。地方上的愚民要是知道了上崎的真面目，真不知會是什麼表情。

利根回想在監獄裡學到的一些事。

沒有任何學校比監獄更貼近社會。因為不是死刑犯，一群人聚在一起就是大談自己的前科和輝煌史。其中也有不足為信的，但大多數都是前輩的犯罪學座談。講師構思下次的犯罪傾向和對策，而聽講生則是將失敗的例子銘記於心，增進自己的技巧。這種地方號稱是更生設施實在可笑。根本適得其反。要是真的有心讓走上歧路的人改過向善，讓他們與好人為伍才是正道。

總之，利根也以聽講生的身分參加了不少座談。在難能可貴的課堂上學到了人命的輕賤。殺了一個人，只要不是理由太誇張，絕對不會被判處死刑。換句話說，只要做好人生中有幾年要在監獄學校住校的心理準備，殺人這個工作一點也不會不划算。如果對象是上崎那種豬狗不如的畜生，甚至反而是功在社稷，普渡眾生。

利根不會不知道，餓死遠島惠的不是單一個人，而是鹽釜福祉保健事務所的方針。

但實際上論起駁回生活保護申請的人，就是負責窗口的三雲、課長城之內，以及當時的所長上崎。

他們當中只要有一個人肯核准申請，惠應該就不至於那麼淒慘。一這麼想，對那三人的憎恨便在心中沸騰。

被關進宮城監獄之後他常會想。無論是死刑犯還是一般囚犯，只要還活在獄中，就是由稅金供養的。而另一方面，救助像惠這樣的窮人的財源，同樣來自稅收。

入監之後利根深切感受到，受刑人中其實有不少人實在沒有道理以公家資金來養活。他們以凌辱女人反芻她們的尖叫淚水為樂，互相炫耀強搶的金額總數，吹捧殺人、傷人那一瞬間的快感。這些人服刑期滿放出去肯定會再犯。

另一方面，有些人若沒有公家的接濟連日子都過不下去。成為國家負擔的虧欠和內疚，讓他們對申請生活保護躊躇再三。他們受到奉命刪減生活保護費的公務員無情的對待，也只能隱忍。

用來養一群明知會再犯的犯人的，和不願拿出來救濟人微言輕的窮人的，同樣都是稅金。法律和扭曲的信條保護了不值得保護的人，卻對非保護不可的人視而不見。

利根極為憤慨，這是多麼不合理！收入要課稅是國民應盡的義務，不得不繳，但既然繳了，國家同樣也有義務將這些徵收來的稅金以最合理的金額發放到最合理的地方才對。或者，他們相信窮人該受保護的順位還在監獄裡的罪犯之下？

利根越想越無法接受，於是憎惡痛恨的矛頭又指向那三人。就算是省政府的命令，但直接面對申請生活保護者的是他們。只要其中有一個人拿出身為人的人性，惠就不會餓死了——到頭來害死她的仍舊是那三個人。

若要等上崎回國，利根也必須有所準備。準備工作並不是在港口勞動之餘做得來的。

而且他不僅需要時間，也需要資金。然而手頭的資金因這幾天的調查等等已幾乎見底了。距離月底的發薪日還有三週以上的時間。

在工地與碓井擦身而過時，利根鼓起勇氣問道：

「請問，能不能預支薪水？」

「你說什麼？」

碓井的臉立刻垮下來。

「喂，今天才幾號啊？你明明才來沒多久。該不會都拿去賽馬賽艇輸光了吧？」

「不是，我不賭，是臨時有急用。」

「……是女人嗎？」

利根懶得另外找藉口，就隨便附和幾聲。於是碓井似乎答應了，露出勉為其難的神色。

「同樣是拿來騎的，這個還算好一點。」

只聽他喃喃說著女權主義者聽到準會爆跳如雷的話，拇指往後指。

「我會幫你準備，你快去上工。」

碓井這個人說話、態度都很粗魯，卻也通情達理。想必是這個部分，讓他成為一個深受作業員信賴的工地主任的吧。這樣好像在利用碓井的好意，利根有些內疚，但世事不能兩全。

搬完貨回到辦公事，等著他的碓井把一個信封推給他。

「拿去。」

一看，裡面是一點折痕都沒有的新鈔數張。

「按規矩，預支不能給全額。你就先拿這些錢看著辦。」

「謝謝。」

「明天起在工地可要多幫忙。」

碓井只留下這句話，便別過頭走了。

目送這個有幾分老大味道的男子離開，利根在心中暗自合掌致謝。明天起自己的作為非但不能多幫忙，反而會造成麻煩吧。怎麼賠罪也不夠，但現在他別無選擇。

回到自己的房間，利根再次環顧室內。

一張小矮桌，一個坐墊，沒有稱得上家具的家具，能提供娛樂的只有一台薄型電視。連一本雜誌都沒有。從這個房間只怕很難推測住在裡面的人的性格吧。利根事不關己地這麼想。

房間會這麼冷清，是因為利根沒有什麼私人物品。唯一的一台電視也不是為了娛樂或殺時間買的，而是想看新聞或節目會不會播出他要找的人。

和惠、官官一起生活的時候，他的物欲並沒有這麼淡薄。對車、機車等等也感興趣，會買成人雜誌，也會想要新潮的衣服、好聽的音樂。要是手頭有餘錢，一定也會盡情地買吧。他之所以沒有這麼做，唯一的原因就是窮。

但入監之後就變了。對女人、車子、衣服全都喪失興趣。吃的東西只要不像嘔吐物就無妨。音樂也是，已經漠然到只要不是噪音就不以為意的程度。

他自己分析，一定是因為失去了最重要的東西。最重要的沒了，其餘的有了也跟沒有一樣。無論買多少東西，也不過是補償。正因為自己心知肚明，才不會產生物欲吧。

說到這，以前櫛谷曾說：

『一個人擺在房間裡的東西都是煩惱。』

意思是一個人的欲望和執念會投射在東西上化為有形吧。若套用這句話，那麼利根身上就看不到煩惱。

大錯特錯。

自己只有一個煩惱，一個碩大無比的煩惱。只是他藏起來不願讓別人看出來罷了。事實是另一股熱情代替了他所欠缺的物欲佔據了房間。

此刻，他需要的是幾天份的換洗衣物和現金，以及五代給他的手機。就這樣。

帶著在上崎回國前應準備的東西，利根再度環視房間。

他不禁慘然一笑。

即使把需要的東西全部帶走，房間的樣子也沒有絲毫改變。也就是說，自己需要的東西真的少之又少。

背起裝有換洗衣物的小背包，走出房間。原以為對曾經住過的房間多少會有些留戀，卻無感得連自己也驚訝。

走向大門當中，與兩個同事擦身而過，但他們兩人對利根都沒有做出任何反應。簡直當他是空氣。

這也難怪。利根雖然進了公司，卻迴避與同事接觸。並不是因為討厭他們，而是深怕自己往後的行為會造成別人的麻煩。

三雲和城之內已死，最後換上崎——他不知道警方對於三人之間的關係掌握了多少，但當死者增為三人，可以肯定的是，焦點一定會聚集在利根的暴力、縱火案。到時自然無法指望有平穩的生活。所以他早就料到無論如何這個工作都做不久。

他深深感到執念真是個可怕的東西。政府也不願照顧的一個老婦人之死，在八年後的今天仍成為禍殃。這只能以遠島惠的怨念仍在世間徘徊來解釋了。

而背負著這份怨念的不是別人，是他自己。所以利根非離開這裡不可。非捨棄平穩的生活不可。他對這家公司沒有留戀，是因為使命感更強的關係吧。

在牢裡，五代就取笑過他。

五代說，利根就是在一些莫名其妙的地方認真，所以會吃虧。以前聽著沒有什麼感覺，如今就覺得果然有道理。利根早就認為五代這個人看人的眼光有獨到之處，而他看自己也沒有失準。

一走出公司宿舍的大門，強風就逼得他閉上眼睛。一到十一月中旬，風就開始刮人。東北的冬天已在眼前。

利根關上公司宿舍的大門，面向正面輕輕行了一禮。這是最起碼的禮貌。

出了宿舍，利根便搭電車前往JR仙台站。從仙台站換乘仙台機場線，二十五分鐘就會抵達機場。當然現在去了機場，目標也不會出現，所以還是潛伏在仙台站附近比較安全。

抵達仙台站時，已經是晚間八點多。要是深夜在車站四周徘徊遇上警察盤問也麻煩，利根便決定找今晚的住宿。

當然不能在公園露宿，但商務飯店又太貴。在車站前閒晃時，看到了膠囊旅館的招牌。

坐在櫃台的是一個看來才二十多歲的年輕男子。但就一個旅館從業人員而言，卻給人輕浮之感。

「我想過夜。」

一問價錢，說是一晚兩千圓。那麼住三晚就是六千了。

也問了要辦理什麼手續。本來擔心必須出示身分證，結果只要在住宿名簿上登記即可。利根原先打算要是不得已就出示員工證，但對方說只要先付款就不必出示證件。利根當然不反對。先付了一晚的錢，拿了房間的鑰匙。

沿著櫃台指示的走廊走去，不久便來到左右兩排雙層膠囊艙房的地方。已經有好幾名旅客，從走廊看過去，彷彿是巨大的微波爐或寵物店的籠子。

利根很快便依鑰匙上的號碼找到他的膠囊。那個房間是上層。下層已經有人，對爬上樓梯的利根送來不友善的一瞪。利根不願讓人留下印象，便不予理會進了膠囊。

膠囊的天花板當然很低，但以仰臥姿勢抬起上半身也不會撞到頭。床單也很乾淨，和宿舍自己的房間相比舒服很多。

利根雙手枕著頭，躺在床上。雖不是意象訓練，但試著想像見到那人時的行動。

的。

他有把握，無論這八年那傢伙變了多少都不會認錯。本來就是為了見他，在牢裡才那麼勤奮工作

利根閉上眼睛，將男子的面孔刻在眼底。

第二天十一月九日，利根吃了在飯店附近的便利商店買的便當當早餐，來到街上。為的是準備武器。

對方應該也記得利根，所以一照面自然會有所提防。完全可以想見他會激烈抵抗。為了不讓他有機會抵抗，需要綁縛的工具。

最方便的還是繩子吧。封箱膠帶或透明膠帶雖然在便利商店隨手就買得到，卻不牢靠。

儘管這些東西大可拿工地的，但想到這麼做會更加虧欠遲早會被他連累的公司，利根便猶豫了。就是這種時候讓他覺得自己真的有莫名其妙的認真老實，可是違反自己天性的結果是自我厭惡，所以他也就決定乖乖順從了。

在仙台站附近的商店街逛了一陣子，終於找到一家雜貨店。

「歡迎光臨。」

站收銀的是一個與利根年紀相當的女子。環視空間不算大的店內，除了利根只有一個看似主婦的女子和一個老人在挑選商品。

掃視貨架，很快便找到他要的東西。打包用的PP尼龍繩是三股繩，看來很堅固。就算大人用力拉也

扯不斷吧。

未稅價八百一十圓。物美價廉。

利根把PP尼龍繩放進購物籃，準備去結帳時忽然又想到要綁住對方，光靠尼龍繩夠嗎？萬一對方持刀怎麼辦？

利根轉頭去看店內有沒有賣刀，移動到那裡。相較於打包的相關商品，刀類商品品項豐富，從料理用到戶外用都有，琳瑯滿目。利根一一拿在手中端詳時，覺得肩頭有視線。

一回頭，收銀的店員正以狐疑的眼神看著這邊。這種事他遇過不知多少次。那是看更生人或可疑人物的眼神。

利根輕輕把手中的商品放回本來的貨架。

利根只買了尼龍繩就走出雜貨店，又重拾剛才中斷的思緒。在面對目標時，光靠綑綁到底夠不夠？除了繩子還需不需要別的？當對方反擊的時候，該如何應付才好？

雖然應該先備好一把電擊棒，但接到五代聯絡的那一刻，焦躁便率先發作，無法訂定周密的計畫。利根深深感到自己實在不適合犯罪。

回想起來，讓自己身陷囹圄的暴力和縱火也是如此。那時候只顧著對鹽釜福祉保健事務所的態度火冒三丈，不顧後果便行動了。結果利根必須在監獄裡服刑八年，三雲他們卻只受了一點輕傷，建築本身也只是虛驚了一場。實際損傷只有如此，卻判了十年徒刑未免太重。五代聽到這件事時笑壞了。

『俗話說：越老實越吃虧，利根簡直是範本。你要知道，會做壞事的人並不是個個都聰明，也有像我這樣一時失誤的。可是呢，要是你所受的刑罰沒有相應的回饋，那就叫作徒勞。』

利根本來深信法院會對被告的行為處以對等的懲罰，所以這種想法與他的觀點完全顛倒。

『以我的立場或許沒有資格這麼說，但對犯人過度同情，或是反過來主張嚴刑峻法，那麼社會就是扭曲了。在一個健全的社會、健全的法院裡，罪與罰必須是同等的。』

也許有人會斥之為歪理，但在利根心中卻是一句很新鮮的話。他也認為法律之下的平等應該是這樣。

逼死遠島惠的三雲、城之內和上崎所受的傷幾近於零。與他們的罪孽深重相比，受到的處罰實在太輕。若照五代的說法，這三個人應該受的正當處罰唯有一死。

得加快腳步才行。

利根再度被焦躁驅策著思索時，感覺到背後有充滿惡意的視線。朝視線的來向看，雜貨店的女店員仍舊自店內對利根投以懷疑的目光。

物色綑包用的繩索和刀具的人，而且自己的外貌恐怕也令人起疑吧，誰也不能保證起了疑心的店員不會直接去報警。這裡是商店街，附近應該也有派出所。

利根小跑著離開那裡。萬一接到通報的巡邏員警來盤問，形勢對自己不利。他無故曠職，更重要的是現在正在假釋中。這樣一個人去物色繩子和刀具，任何一個警察都會加以警告。

小跑著逃離。明知實際上並沒有人在追捕自己，腳步卻越來越快。明知一跑更加令人起疑，卻不敢停下腳步。簡直就像逃犯。不，等警方循著三雲和城之內的關係查到利根，整件事立刻就會成真。

跑了幾分鐘便跑出了商店街。反射性地回頭看，不見警察的身影。反而是人行道上來往的行人對他投以奇怪的眼光。

利根若無其事地別過臉，努力儘量不讓看到他的人留下印象。

突然好想吐，感覺才剛吃下肚的便利商店便當還沒消化就要逆流了。利根背靠著旁邊的大樓，仰起頭。時刻接近正午，低垂厚重的灰雲透出淡淡的光。望著這片光景，嘔吐之意漸漸消退。

自然而然罵了聲可惡。

走在人行道上的行人有普通的生活，普通的目的。所以可以毫無戒心悠然走在路上。

相較之下自己又如何？痛恨仇人，怨自己為人處世不夠圓滑，然後還在躲警察。在監獄裡過了八年，來到外面還要受到這種遭遇。五代說的對，認真老實的自己真的好吃虧。

算了。

利根短短呼了一口氣，說服自己。這些類似恐怖分子的行為也只要忍耐三天。三天一過，利根就能回去過平穩的日子。

問題是，會是什麼樣的平穩。

在實行計畫前，利根必須準備綑綁工具。也必須策劃好逮到目標後要帶去哪裡。

假設屆時警方已經知道自己的存在，在櫛谷家和公司附近只怕馬上就會被發現。之所以想到潛伏在仙台站周邊，原因之一也是想熟悉一下這一帶。被視為都會的地方「暗處」要多少有多少。正因為地處人口稠密之處，反而不引人注目的悖論也成立。

這並不是利根自己想出來的，是他在監獄學校學到的。講師裡有個製作、販賣盜版光碟的，據他說，要藏危險的東西，市區比郊外來得安全。因為越是大都會，人們對他人就越漠不關心，資訊不易外洩，要撤收也很容易。有道理，越是郊外移動方式就越有限，像利根這樣沒有車的人，市區要方便得多。

但，利根很快就後悔了。

仙台站前的變化實在太快了，讓他難以熟悉掌握。不，不止是仙台站前。市內的每個地方都已換了裝，與八年前截然不同。

原因不用說，自然是地震與其後的重建事業。那不是因建築老朽與新建案緩緩進行所造成的變遷，而是破壞與建設形同在一天之內發生。利根入監之前對仙台市內的記憶完全派不上用場。簡直就像來到一片陌生的土地。他原以為站前的話，很快就能掌握地理概念，結果錯得離譜。

邊走邊想著接下來要怎麼做時，背後忽然有人叫他。

「先生，請問一下。」

一回頭，頓時停止呼吸。

是個騎在腳踏車上的巡警。

「你剛剛是不是去過雜貨店？」

X的，她果然報警了嗎？一定是店員將利根的身形相貌告訴了警方。

「沒有啊，不是我。」

「不好意思，想借用一點時間和您談談。」

明明不可能談談就算了。

利根出其不意將巡警推倒。

巡警在突如其來的襲擊下連人帶車一起倒下。

腳踏車壓在背上，無法立刻起身。

利根一轉身拔腿就跑。

「站住！」

巡警大叫，但誰理他啊！

這時候，可不能逃到大馬路上。利根沿來時路折返，朝半路看到的叉路狂奔。那個巡警在這一帶巡邏肯定熟悉地勢，但照理說小路總比大馬路來得難找。

前提是沒誤闖死巷，要是被逼進死胡同就插翅難飛了。

酒行旁邊是一條勉強容一人通過的小路。利根剛剛經過的時候，瞥見盡頭是另一側的街景，所以起碼路是通的。

一進小路，立刻異味撲鼻。不知是不是醉漢還是遊民在這裡便溺，還是貓或老鼠死了爛在這裡。但總不能因為惡臭就停下腳步，利根往小路裡鑽。

「別跑！」

聽來是剛才那個巡警在叫。但聲音的來處有些距離。看來果然是花了一點時間才爬起來。

又不是通緝犯，只是盤問而已，就算跑走也不至於呼叫支援——利根是看準了這一點才逃走的。

穿過小路，果然來到另一條馬路。是一條窄窄的單行道。利根顧不得看左右來車便切過馬路，又鑽進另一條窄巷。在途中左轉，又在十字路口右轉。連自己都不知道跑在哪裡，但追兵一定也一樣吧。

在感覺長達數分鐘、數十分鐘的逃跑後，利根放慢了腳步。警覺地觀察四周的狀況，感覺不到追兵靠近的動靜。

總算甩掉了嗎？

耳中聽得到自己的心跳聲。利根匀了匀呼吸，往車站的方向走。待在這裡，難保不會再碰見那個巡警。及早離開才是上策。

十一月十日上午七點四十分，利根離開了膠囊旅館直接前往仙台站。通勤人潮已開始湧現，車站內處處都是一團團黑壓壓的上班族和學生。仙台機場線的月台也一樣，乘客排著隊。

利根微低著頭擠身於隊伍之中。在這樣的人潮中，除非發布通緝重犯的戒嚴狀態，應該不會有人來盤問自己吧。選擇尖峰時段的電車，正是因為怕引人注意。

昨天在街上被巡警追時，老實說感覺真是生不如死。若是一般人，不過就是拒絕警方盤問，笑一笑就算了，但對於曾經被警察拘捕、在監獄裡行走坐臥無一不在獄警管理之下的利根而言，卻足以重重敲醒心靈創傷。乾脆去當黑道流氓搞不好這種恐怖就會麻痺，但利根原則上是以重回社會為目標假釋出獄的，就連警察的制服都是他害怕的對象。

再加上他身負使命，在完成計畫之前絕對不能被捕。所以要是一個大意碰上警察就一切泡湯了。

利根喜歡人潮。只要不是奇裝異服，一個人的特色就會埋沒在人潮之中。沒有人會注意到站在爆滿電車裡的男人有前科。

難道就不能這樣融入人群，過誰也不會嫌棄自己的日子嗎？

一下車，有聯絡道連結航廈南方直通仙台機場。但今天利根直接走向出口。因為一眼看過去，視野一角就有警察。

在這裡利根也小心不做任何引人注目的舉動，但說實在他也不知道什麼是不引人注目的舉動。以前沒有前科的時候，自己是怎麼樣子他已經不記得了。被送進監獄之後，從早到晚只要根據獄警的號令行動即可，不必一一在意自己的舉動。

所以假釋出獄之後真是不知所措。自以為很普通，看在櫛谷眼中，卻是「好像一直在怕什麼，看起來很可疑」。

聽櫛谷這麼說，利根十分錯愕。一想到八年的監獄生活竟讓自己連身為一個自由人的生理都沒了，便親身體會到徒刑這種刑罰對人之所以為人的破壞力有多大。

『邊想事情邊走如何？人在無意識的時候，身體的動作都相當自然。』

利根也嘗試了櫛谷的建議，但他想得到的就只有與惠他們的共同生活與監獄裡的所見所聞。越想越痛苦、越想越傷心，直到現在這個方法都無法順利執行。

也不知是不是他太敏感，覺得這裡看到的警察特別多。這才想起自己服刑時，曾聽說世界各地接連發生恐攻，各機場也因而嚴加戒備。據櫛谷說，出入境的安檢也變得很嚴格。當然在監獄中也會聽聞各國恐攻頻傳的消息，但若不是實際來到外頭，那就和外國的事沒有兩樣。也許監獄裡雖是日本，又不是日本。

總之，他並不想被警察看到。利根從機場來到市區，又找了另一家膠囊旅館。

3

十一月十一日上午五點，利根今天也是在膠囊裡醒來。

上崎明天就要回國了。終於要親眼見到八年來的仇敵。

昨晚因為太過緊張沒睡好。這樣只怕會影響明天，今天一定得找個地方好好補眠。利根坐起來輕輕搖頭。

行動務必力求慎重。要是在行動前引人注目被逮捕就前功盡棄了，所以利根本來想在執行計畫前都待在膠囊裡的，卻也無法如願。

最起碼一定要去機場勘察。當目標出現時，該在哪個地點逮住他、走什麼路徑將他從機場帶走？新聞報紙都還沒提到，但警方已從三雲和城之內的關係推測出上崎將是第三名被害者的可能性不低。這麼一來，從他們三人同在鹽釜福祉保健事務所服務時的糾紛當然很快就能查到利根。利根必須在警方知道他的存在、出馬保護上崎之前採取行動。

警方會配合人群的集中而調整投入的人力。因而旅客越多，警衛就會越嚴密，想好好實地勘察還是以早一點的時段比較妥當。

出了膠囊，到公用的洗臉台洗臉。冰涼的水讓腦海中的煩亂稍微淡了些。在明天行動之前，一定要讓身心保持在最佳狀態。

來到櫃台，雜誌架上插著今天的報紙。利根立刻翻到社會版確認辦案的進度。沒有看到三雲、城之內連續餓死案的後續進程，不過提到了專案小組已增派人手加強搜查。

加派人手的原因想當然耳，是身為縣議員的城之內遭到殺害。雖說人命無輕重之分，但公務員因死者的頭銜改變態度，這種事也不是今天才開始的。

警方手中掌握了多少沒有見報的線索？——晚一點應該向五代打聽。總之，比警方更早逮住目標是最高命題。

上午六點多的機場果然人影稀疏。而且一如預期，也不見警衛的身影。

利根再度自仙台機場站的連通道來到機場航廈的南側。正面是國內線的離站大廳，利根搭大廳前方的手扶梯往下到一樓。

照著指示走，便來到國內線的到站大廳。經過一排投幣式寄物櫃和自動提款機，穿過作為活動展場的中央部分，就是國際線的入境大廳。

照理說，目標應該會從入境大廳出現。可以預見一樓會因旅客和接機者而人潮洶湧。即使在這邊閒晃，應該也不至於被注意到吧。八年的空白，對方會不會也忘了自己的長相——。

不，利根在內心搖頭。既然自己沒有忘記對方，對方也應該不會忘記利根。

利根在服務台前的椅子坐下，環視整個一樓。

要逮住目標最方便的，是眼前一樓入境大廳的出口那裡。順利的話，可以挾持對方立刻帶到機場外，但問題是耳目眾多。機場的工作人員、各旅行社的櫃台、觀光服務台的職員、候機室的客人，以及從入境大廳出來的其他旅客。在眾人環視中，要如何抓住目標將他帶走？

想到這裡，利根認為還是需要武器。沒有殺傷能力，只要短時間能控制住對方的行動就可以了，但已經沒有多少時間可以準備工具了。應該再上街買個綑綁的工具嗎？

還是，突然靠近目標自報姓名？八年不見，對方應該會相當吃驚。趁著驚詫狼狽之際，強行帶走——嗯，這個辦法或許不錯。

不經意抬頭，資訊版上顯示著飛機預定抵達時刻。從哪裡起飛的航班何時抵達一目瞭然。只要有飛機抵達，管他是國內線、國際線，把眼睛放亮盯著大廳就對了。

利根東想西想時，坐在旅遊服務中心櫃台的女子離席朝這裡走來。

「請問您要查什麼嗎？需要幫忙嗎？」

她微偏著頭這樣問。雖然出自敬業精神的親切服務令人佩服，但老實說現在就只是善意的麻煩。

利根猶豫著該怎麼應付。

要是直接不理走人，她就會記住利根這個「可疑人物」。利根雖然不知道旅遊服務中心是怎麼排班的，但不能保證她明天不會坐在這裡。要是明天也在，很可能一認出利根就告訴警衛。

那麼要是假裝接受她的親切問了什麼，離譜的問題反而會啟人疑竇。『請問從菲律賓轉機來的是哪一班飛機？』這樣問應該很自然，可是一旦警方問起，她頭一個肯定會想起利根。

「那個，不好意思，真的不用了。」

吞吞吐吐丟下這句話，利根便逃也似地離開當場。快步從眼前的三號出口來到殘障者優先乘車處，路上的行人也逐漸變多了。

可惡，出錯了。

這下她恐怕記住自己的身形相貌了。只能向上天祈禱明天目標出現的時候不是她的班。

話說回來，利根覺得自己實在是個時運不濟的人。每次都是什麼都想好了，到了真的要實行的當口卻立刻露出馬腳，一切都亂了套，最後憑感覺猛幹，結果就是抽到籤王。這一定是天生的吧。

但還是有收穫。觀察了四周好一會兒，一樓整個情形他都牢牢記住了。有助於明天執行之前的意象訓練。

再來只要知道警方的動向和上崎搭乘的班次，就能立定計畫。正想著這不能沒有五代的協助，到了傍晚手機便響了。

這是五代給他的手機，會打來的人自然有限。一按接聽鍵，聽到的正是五代的聲音。

『是我。』

「哦，五代先生。我也正想和你聯絡。」

『千萬不要跟我聯絡。』

「咦！」

『這通電話，我是用絕對不會被竊聽的方式打的。警察盯上我了。要是跟我聯絡，很可能循線就查到你。』

「警察盯上你？」

『他們已經注意到利根老弟你在追查上崎了，剛剛才離開我的辦公室。』

「這麼快，日本的警察果然很優秀。」

雖然是壞消息，但利根並不怎麼吃驚。他早料到遲早會被查到的。

但在行動前就被知道還是很在意。

「警察知道多少？」

『抱歉啊，利根。八年前利根為什麼會闖進鹽釜的福祉保健事務所打人，我都說了。」

這利根就不能不吃驚了。

「五代先生，你怎麼會知道惠婆婆的事？我明明沒說過啊？」

『拜託，你以為我是做什麼的？我可是靠消息靈通吃飯的。上次見過你，我就自己去查了。我先跟你說，警察他們是從三雲和城之內那邊查到你的案子的。查出遠島惠只是時間的問題。』

五代的語氣充滿辯解意味，讓利根覺得好笑。警方多半是因為獄友的關係才會去問話，但現在的五代又不能對警方裝蒜到底。光是給上崎的近況和情報利根就很感恩了。利根對他只有感謝，沒有恨他的道理。

「沒關係啊。」

『那我就敢不客氣地說句話了。我說呢，利根老弟啊，你就收手了吧？』

五代的聲音帶著感情。

『我對壞事不會全盤否認，可是報仇連一毛錢的好處都沒有哦？』

不全盤否認壞事這一點極具五代風格，利根差點苦笑。

『犯罪是一種經濟活動。故意走險路，結果卻一無所獲就沒有意義了。就這一點來看，報仇是下下策。也許能讓你出氣，但為了出這口氣的風險太大，報酬也很少。真真叫作白忙一場。』

連殺人這種犯罪也以得失來衡量，也是十足的五代風格。這是利根想學也學不來的思考，讓他明白犯罪也是需要天分的。

報仇是白費力氣，利根不是不明白。殺了三雲和城之內，再殺死上崎，惠不會死而復生，也不會得到什麼報酬。

但五代不知道。

受了傷的心，不是金錢或安定的生活能填補的，也不是時間能夠緩和的。

惠餓得又乾又扁，死得時候像張紙，但間接殺人的公務員卻步步高升，甚至有像城之內那樣當上縣議員的。如此不公不義之事不應橫行卻橫行，這就叫作世道。得不到回報的人永遠得不到回報。想反擊這樣的不公不義也是報仇的動機之一。一想到害死惠的那些人將悠然養老，就覺得好想向空虛大叫。

「的確是像五代先生說的，得不償失。但有些人不這麼做，心就會一天天垮掉。有人因為恨，才能勉強讓自己神智保持正常。」

『……你是說，要是不報仇，你就會發瘋嗎？』

「雖然我沒有資格這麼說，但犯罪被害者的家人不就是這樣嗎？就算犯人落網了，失去的東西也不會回來。可是卻又不能原諒犯人。原諒了，就好像忘了曾經對自己很重要的東西，很痛苦。」

『我是不太懂，一定是因為我個性不夠認真。這一點，利根老弟就很認真。不，你太認真了。』

利根彷彿可以看到電話那一頭五代焦躁的神情。

『任何事情太過度都不會有好處，利根的認真就屬於這種類型。你是絕對佔不了便宜的。』

「不是每個人都像五代先生那麼聰明，能夠以得失來衡量事情。」

『看來無論如何你都不打算收手了。』

「對不起。」

『那，我再告訴你一件事。上崎在明天十二日會回到仙台機場的事，我也告訴警方了。』

的。

對此，利根一時說不出話來。雖然也想到警方可能會知道，但他沒有料到消息是從五代口中洩露

『你生氣了？』

「不是生氣，是覺得很意外。沒想到五代先生竟然會白白把消息告訴警方。」

『誰說是白白了？』

「難道五代先生有什麼好處嗎？」

『至少能夠阻止你。』

這又是令人意外的回答，利根忍不住又問了一次。

『我不希望你再去做無謂的事了。』

「……真的，不用管我了。」

『是嗎？那我知道了。』

不會過度執著也是五代的優點。

『那你就好好幹，至少不要後悔。』

「真的很謝謝你，五代先生。」

『還有，這件事我也先跟你說一下，上崎的惡形惡狀我也告訴警方了。他以地方名士自居，背地裡卻沉迷於東南亞買春之旅，根本是變態色老頭，這些我都說了。就我的調查，他在外面專門偏愛小孩，所以噁上加噁。警方也不會放過他吧。』

這件事倒是有點痛快。就算上崎逃過利根的突襲，後面還有警方等著追捕他。這種地方名士的醜聞地方媒體也會很感興趣。管不住下半身自然晚節難保，上崎會受到司法與社會的雙重抨擊。這樣的責罰對功成名就的人而言可能比殺了他還痛苦，五代一定是因為這樣才告訴警方的。

再度道謝之後，利根掛了電話。

又是一件令人洩氣的事。

警方已盯上上崎，並掌握了他的行程。既然剛剛才去過五代的辦公室，那麼現在應該已經開始針對預定明天就要歸國的上崎布下天羅地網，但壞就是壞在這裡。現在利根在計畫抓住上崎之前，必須思考要如何才能搶在警方之前。

仙台機場的一樓大廳並不大。無論躲在哪裡，結果都會被候在那裡的大批調查員逮捕。自己畢竟是有前科的，長相警方清楚得很。

既然難以在大廳動手，那麼離開機場之後呢？——不行。利根這樣判斷。

國內線和國際線的入境大廳對面分別是一號出口和四號出口，出去之後便是計程車乘車處。二號出口是岩沼市民公車乘車處，雖然巴不得上崎會從這裡出來，但像他那樣的人不可能會搭公車。十之八九是搭計程車吧。

不，依狀況，警方可能會先扣住上崎好保護他。或者，為了誘利根上勾，故意放他在外面當餌？

不確定因素很多，無論如何都必須慎重行事，否則在達到目的之前自己就會被捕。

有沒有什麼好辦法？

至少絕不能以這個模樣在機場大廳和附近走動。

於是利根想到了。只要變裝，就能順利混進人群之中。而且是不需要整形或特殊化妝，而是更自然而不引人注目的方法。

機場最不引人注目的就是旅客，服裝只要普通就好，只要拉個行李箱就像樣了。臉也只要弄頂帽子戴深一點，就不至於一眼就被認出來吧。既然是旅客，站在入境大廳也沒什麼好奇怪的。只要在那裡等上崎入境就行了。

問題是行李箱。無論什麼便宜貨都可以，必須趕快準備好。但，現在自己手頭的錢買得起嗎？要是逼不得已，只好去摸一個來。

*

笘篠和蓮田後來也在櫛谷家附近搜索，最後還是沒有找到足以窩藏一個人的小屋。

問了住在附近從事農業和林業的居民，但因最近大規模的作業減少，農具都是以小卡車從自家運來，很少在作業場附近蓋保管農機具和工作機的小屋。而且夜幕漸漸低垂，森林附近要是沒有燈光，連幾公尺外都看不見。

「這附近果然好像沒有可以綁架監禁上崎的地方。」

明顯透出疲勞之色的蓮田這麼說，笘篠也只能點頭表示同意。兩人拖著沉重的腳步走回車子。

「剩下來可能性最高的，就是八年前利根鬧事時所住的鹽釜附近了。」

「……是啊。要現在過去嗎？鹽釜。」

「這個時間，天又黑了。考慮到訪查的時間，可能問不了幾家吧。」

「笘篠先生。」

蓮田的語氣比平常沉重許多。

「利根會把上崎也餓死嗎？」

「如果什麼都不想做，一個認真的人不會三天都無故曠職。怎麼了，有什麼疑點嗎？」

「不是的……利根在監獄服刑的那八年，會不會一心只想著替遠島惠報仇？一想到這，就覺得心酸。」

正好在這時候，笘篠的手機響了。來電的是刑事部長。

「喂，我是笘篠。」

『發現利根了。』

「什麼！到底在哪裡？」

『今天早上六點半多，在仙台機場的一樓大廳。旅遊服務中心的服務人員說看到一個疑似利根的人。』

今天早上六點半。那是笘篠他們從五代那裡得到上崎回國的情報之前。

「應該是去探勘場地的吧？」

『八成是。那個服務人員說，他一直看著大廳內部。很可能是在構思襲擊的計畫。』

「利根和服務人員說了什麼？」

『服務人員一去問，他說沒什麼，就逃也似地離開了。』

刑事部長的聲音聽來好像在打趣什麼。

『幹下兩起陰狠的命案，我還以為是個多凶殘的傢伙，但或許其實是個膽小鬼。』

也許就因為是個膽小鬼才會幹出凶殘的命案——笘篠這麼想，但沒有說出口。

『總之，利根明天會出現在仙台機場的機率更高了。小組所有調查員要全體動員前往埋伏。』

員警人數增加太多，可能反而會讓對方提高警覺，但同仁們都是慣於跟監的刑警。自然會依當時的人群多寡來調整人員配置。

另一方面，笘篠對全體動員也感到不安。

「可是部長，若是要全體動員到一個地方，那麼不減少在利根之前的生活圈以及上崎家監視的同仁，就沒有人可調動了吧？」

『那也是不得已的。理論上要依可能性的高低來配置人員。你們也從那裡撤退，和機場組會合。完畢。』

刑事部長的電話就此掛斷。看來是覺得命令已下達，其餘就不必要了。

「利根出現了嗎？」

笘篠說了刑事部長的聯絡內容，蓮田的精神顯得稍稍振奮了些。但才一轉眼，又見他鎖起眉頭。

「怎麼了？想到利根還是覺得難過嗎？」

「笘篠先生覺得呢？」

蓮田難得口氣很衝。

「對利根而言，遠島惠形同母親。正因如此，經過八年的牢獄生涯也沒有忘記報仇。」

「所以你是要說他的報仇有正當性嗎？」

笘篠很清楚蓮田的意思，但無法加以肯定。同情是大忌——他這樣告訴自己。

「要是你覺得利根可憐，就要防範他襲擊上崎於未然，破了這個案子。別讓他再加重他的罪。」

或許是專心開了一會兒車冷靜下來了，蓮田以平日的語氣問道：

「利根會不會以為自己還沒有受到懷疑？」

「不會，我們布下這麼多網，但從今天早上在機場被目擊之後就沒有再看到他的蹤影了。就算他知道自己已經被當成嫌犯也不足為奇。而且，他沒有向公司老闆和五代聯絡，就是知道自己的目的已經被發現了。如果他認為自己仍未受到懷疑，應該會對這三天的自由行動有所解釋。」

「不知道他定了什麼計畫？他也不是笨蛋。要是知道警方都盯上他了，應該會提高警覺吧？」

「一般人是這樣沒錯。要是我，就會回避這種危險，躲起來等風頭過了，警方的警衛鬆懈了，再來找機會。但利根滿心只想要報仇。替遠島惠報仇。他就靠這個念頭，在牢裡熬了八年。」

「說的也是。」

「感情有時候會驅逐理性。如果他對上崎太過痛恨，讓他不顧危險呢？」

從相關人士那裡聽說的利根勝久這個人，似乎有感情用事的傾向。遠島惠死後立刻單槍匹馬獨闖鹽釜福祉保健事務所就是一個例子。

相關人士的話中所描寫的利根，本質是認真。而越是認真的人，被逼急了越容易做出旁人無法理解的舉動。

「所以部長要對仙台機場投入大批調查員的判斷絕對沒錯。只是我們也得想到萬一利根沒去機場的情形。」

「可是，再怎麼感情驅逐理性，總不會明知會被逮捕還自投羅網吧？」

「當然利根也會有些對策吧。其中之一就是變裝。今天早上他和旅遊服務中心的服務人員接觸過了。當然可以預期他明天會以不同的打扮來。不太可能在短短幾個鐘頭之內去整形，可以想見的是會戴帽子和太陽眼鏡。然後為了融入人群，會打扮成旅客。」

現在連專案小組也還不知上崎會搭哪班飛機回來。

目前仙台機場與馬尼拉機場之間並沒有直飛班機。要經過首爾、東京、大阪等國際機場轉機才能到仙台。因此就算知道上崎自馬尼拉出發的時間，也無法確定何時會回到仙台機場。

「不是向菲律賓警方尋求協助了嗎？那在馬尼拉機場逮捕上崎也是個辦法。」

蓮田的意見很有道理，無奈時間不夠。專案小組是今天才知道上崎的所在和惡行，而地方警察單位要直接與菲律賓警方合作又有語言的問題，事情無法迅速運作。最好是對方以買春嫌疑早一步將上崎逮捕，但慚愧的是日本男人的買春團不是現在才開始，換言之，那種程度的犯罪恐怕很難引起當地警方的興趣。

凡是組織，行事都會有優先順序，而且這個順序會因時因地而改變。

「這是我們的案子。別指望別國的警察。」

笘篠只說了這兩句就沒有再多說了。若五代的情報可信，上崎也已經知道自己因買春的嫌疑而提早回國，那麼應該是想甩開當地警方。不可能傻傻在菲律賓國內觀光。

「可能是因為提高了警覺，小組向各航空公司洽詢了明天上崎預訂的班機，但沒有以上崎為名的旅客。恐怕是打算當天再買票上飛機。而且老實說，上崎順利離開菲律賓從仙台機場的入境大門現身，對我們也比較有利。因為看到誘餌，利根就會從洞裡衝出來。」

蓮田一臉愕然地看笘篠。

「拿他當誘餌嗎？」

「上崎做出這種有辱國家的犯罪行為，請他對專案小組貢獻一下也不為過吧。」

隨口這麼說完，笘篠卻對自己投以猜疑的目光。以上崎為誘餌真的只是為了抓利根嗎？難道不是因為對利根產生同理心，想對上崎略施薄懲？

笘篠和蓮田回到專案小組的時候，已經是半夜快十二點的時候。

「辛苦了。」

東雲管理官招呼二人，但臉上沒有絲毫笑容。管理官很少徹夜留守，此時還在，證明東雲本人明天也要親自上陣。

「我想你們已經聽刑事部長說了，明天你們也要到機場去。」

機會難得，笘篠便想從東雲本人身上打聽情報。既然認為明天是緊要關頭，也不需要對第一線的調查員有所隱瞞吧。

「還不知道上崎搭乘的班機嗎？」

「還不知道。」

東雲臉上焦躁之色更濃，一雙眼睛殺氣騰騰地看著笘篠。

「要是至少知道從菲律賓起飛的時間，大阪、東京就不用說，凡是有來自馬尼拉的飛機降落的機場，我們都可以派人過去，可見得上崎這個人相當謹慎。恐怕也不是第一次參加買春團。」

「也可能從馬尼拉機場降落在其他國際機場，待到風頭過了才回仙台。」

「那樣也不要緊，我們的主要目標是利根勝久。只要他出現在仙台機場就萬萬歲了。」

笘篠能理解站在管理官的立場這才是最重要的。默不作聲的蓮田看樣子不太服氣，但這也是優先順序的問題。

「入境大廳所在的一樓就不用說了，中二樓、二樓、三樓加起來一共動員兩百名調查員，讓仙台機場變成我們的大本營。連一隻蒼蠅都飛不出去。」

「利根今天早上和旅客服務中心的服務人員接觸過。有可能會變裝。」

「最普通又簡單的，就是拉個行李箱假扮旅客，但我們會派出與旅客人數相當的同仁待機。只要有人舉止有任何可疑之處，立刻上前盤查。無論有沒有變裝都一樣。」

東雲一副志在必得的語氣。笘篠也無意反駁。只要利根身上沒有危險的武器，要逮住他應該很容易。

就在黑夜已過去大半、笘篠等人正要前往仙台機場時，情況有了進展。

「大家聽著！確定上崎搭上了馬尼拉飛往成田的班機。」

在辦公室坐鎮的東雲向在場所有人大聲宣布。

「馬尼拉起飛的菲律賓航空二三一班次。於日本時間四點三十二分起飛，上午九點三十分抵達成田。同時也知道從成田到仙台的班機了。全日空二一零八班次，十三點十四分到仙台機場。」

一旦確知上崎抵達仙台的時間，那就是預定犯案時間，也是抓到利根的機會。

「可是笘篠先生，我們還沒有找到他在三雲和城之內命案的物證吧？」

兩處命案現場殘留的無數毛髮與指紋，和從利根住過的房間採集的毛髮與指紋。分析這些還需要時間，直至此刻應該還沒有收到一致的聯絡。

「沒有物證就要逮捕嗎？」

自從得知利根與遠島惠的關係，蓮田就對利根相當同情。多半是因此而對沒有物證的逮捕顯得有些消極。

不，沒有人比在地震中失去孩子的笘篠，更加理解無力保護的人的愧疚與自責之念，以及想怪罪別人的心情。就這一點，笘篠可以說與利根站在同樣的立場。

然而，心情與職業道德是兩回事。

沒有人不需要保護，同樣的道理，也沒有人應該被殺。

「沒有物證，也可以拉他到案說明。」

笘篠對東雲的想法瞭若指掌。

「可以就兩名死者的共同關係人要求他到案說明。在那之前，已經可以想見要是在機場想加以盤問，利根絕對會抵抗或逃走。這麼一來，就能以妨礙公務拘留他。」

「以別的名義逮捕嗎？」

「任何名目都可以。總之，管理官認為只要扣住人，一切就在我們的掌握之中。沒有物證卻要在機場部署二百名調查員就說明了一切。無論如何，今天肯定是關鍵時刻。」

「不知道會派誰當偵訊主任喔。」

最好不要是我——蓮田的語氣道出了他這番言外之意。

然而以三雲命案發生至今笘篠找回的線索，以及對專案小組的實際貢獻而言，笘篠被指派負責偵訊的可能性很高。身為搭檔的蓮田也一樣。

「要是你有餘力同情利根，就好好聽他的說詞。萬一事情派到我們頭上，只要這樣應對就好。」

「……我們能做的只有這麼多嗎？」

「有相對的動機，就有酌情量刑的餘地。這麼做絕對不會白費。而且，只要取得利根的供述，八年前鹽釜福祉保健事務所發生了什麼事，三雲、城之內、上崎對遠島惠這個生活保護申請人做了些什麼，都會以法院資料存留下來。」

當然這些供述無法抵銷殺人的罪刑，但至少能夠指出遭到殺害的人並非無辜之人的事實。儘管不是日本傳統的出了事兩造雙方同罪論處的概念，但對於蓮田心中的不平應該有一定程度的安慰效果吧。

麻煩的是，就算事實上是這三名職員對遠島惠見死不救，但其中到底存在了多少個人的惡意。刪減社會保障費是厚生勞動省乃至於政府的方針。一個小小公務員當然無法反抗地方政府的方針，也可以視三雲他們只是依照政府的意思做事而已。在這種情況下，利根本來應該報仇的對象難道不是國家本身嗎——。

不，另一個笘篠提出異議。

在福祉保健事務所工作的，並不是只有三雲他們這樣的人。不是也有像圓山這樣誠心誠意關心應該接受生活保護的人的公務員嗎？笘篠不願相信只有圓山是特別的。不僅僅仙台，全國各地應該有很多像圓山這樣正派的職員。笘篠希望像三雲他們這種只知道拘泥於政府方針的，是極少數缺乏道德意識的人。

「那麼，大家分頭到現場吧。」

調查員奉東雲之命離開辦公室。二百名調查員同時聚集會引人懷疑，所以眾人分乘便衣警車或大型警備車，計畫以滲透的方式在一般旅客不會注意的情況下完成部署。

十一月十二日上午五點三十四分，笘篠與蓮田從縣警本部出發。

上崎預定抵達仙台機場的時間雖是中午過後，但利根並不知道，極有可能自機場開始營運的上午六點三十分便潛入機場。笘篠等人接到的指示是，等機場一開始營業，便在一樓的角落待機。

這時候蓮田已經不再臭著一張臉，但賭氣硬要裝得面無表情反而令笘篠在意。

「蓮田，你進搜一現在是第幾年？」

「第二年。」

「現場逮捕嫌犯的次數呢？」

「……應該已經超過十次了。」

那麼，逮捕程序差不多都熟了。

「工作一熟就容易疏忽。你就當我囉嗦聽一聽。無論是不是重大案件，在辦案時最要提高警覺的，就是即將逮捕嫌犯的那一刻。站在嫌犯前拿起手銬的那一瞬間，個人的情緒和安心會排山倒海而來。想著：這下就破案了、犯人想必有犯人的理由……於是就鬆懈了。但這時候嫌犯正處於最敏銳的狀態，滿腦子想著要如何逃脫。雙方緊張感的落差就會造成意外狀況。」

「我知道啊。」

蓮田冷冷地說。

「被派到搜一的時候，最先被提醒的就是逮捕嫌犯時受傷的情形最多。」

「你知道就好。」

回答之後，笘篠才感到尷尬。

這番忠告並不是為了後進的安危才說的。毋寧是在警告自己。

儘管不像蓮田那般明顯，但自己對利根也懷著近似同理心的心態。而眼看利根即將落網，在緊張的同時也感到安心。

這是危險的徵兆。笘篠在搜查一課已經待了十年以上，從不曾如此偏袒一個嫌犯。

最應該要自律的是自己。

笘篠在副駕直盯著前方的景色，不久，太陽便自泛白的東方天空緩緩升起。

4

上午六點三十分，專案小組派出的兩百名調查員隨著機場開放的同時進入待機狀態。首先，一樓至三樓各配置二十人，接著配合機場內的人潮來輪班、加派人手。

利根最可能前往的，還是入境大廳所在的一樓。笘篠和蓮田在貴賓休息室的一角待機。從這裡可以將入境大廳盡收眼底。

剛開放的機場大廳沒什麼人，空盪盪的。機場的工作人員和旅行社的職員還比旅客多。

此刻也有一名工作人員拉著行李手推車經過兩人面前。蓮田看著工作人員的背影小聲問笘篠：

「笘篠先生和管理官都一致認為利根會變裝成旅客對吧。」

「也不是一致，是因為可能性最高。」

「他會不會出乎我們意料，假扮成機場的職員呢？職員的話，靠近剛下機的旅客也不會有人起疑。」

「這個我也想過了。」

笘篠回答，視線仍盯著大廳不動。

「你看看在大廳四處走動的職員。大多數都沒有戴帽子。扮成職員就不能戴太陽眼鏡了。要是戴口罩反而引人注目。一個有前科、長相被警方掌握了的人，不會選擇那種不利的變裝。但一般旅客無論是戴寬緣的帽子還是太陽眼鏡，誰也不會留意。而且要扮成職員，如何弄到制服也是個難題。至少要是我，不會做這麼沒效率的事。」

「利根是要為遠島惠報仇。也就是說，他是憑感情行事。既然如此，應該不會考慮效率吧？」

「如果是第一次的話。他已經殺了三雲和城之內。殺第二個人比第一個冷靜，第三個又會比第二個更冷靜。就算是出於感情的驅策，自然而然會因熟練而越來越追求省力。」

「這麼說是可以理解啦……可是總覺得好無情啊。」

上午七點五十五分，當天的第一班飛機抵達。不久，入境大門就出現了乘客的身影，但上崎是十三點多的班機，他當然不可能會出現。

然而利根不知道上崎的抵達時間，可能從機場開放便候在大廳。笘篠和蓮田都睜大眼睛，不願錯過任何一個與利根樣貌接近的人。有任何再小的異狀都要與所有調查員聯繫，所以也要注意塞在耳中的耳機。

蓮田也盯著大廳再度開口：

「利根有沒有扮成警衛的可能？警衛只要把帽子拉低，就是很好的掩護。也能藉口接近旅客。」

在監視的現場將可能性一一剔除不是壞事。笘篠注意著整個樓層，只動嘴巴。

「這個我也想過了。但也和機場職員一樣有困難。既不是三、兩天就能準備好，就算要搶真正的警衛的制服，只怕也很費事。保全公司有的採固定班次，有的採輪班制，就算成功變裝混進去了，也會馬上被其他警衛發現。再說，你以為管理官會沒想到這個可能性嗎？一知道上崎回國的日期，就下令傳了利根的照片給機場的保全公司，通告要注意此人。所以，這個可能性也消失了。」

解釋之後，蓮田也點頭表示明白了。這在蓮田或許只是直接將心裡的疑問說出來，但在回答的人則是解答之餘也是將檢查項目一一確認，所以絕非無意義的閒聊。

「那麼，要是上崎還沒出來利根就出現了呢？要在旁邊等他攻擊上崎嗎？」

「他是命案的嫌犯，可以要求他到案說明。只是，與其以這種理由長時間拘留他，不如以真正的嫌疑帶他走。」

「另案逮捕嗎？可是利根出獄以後做的事，頂多就是和五代聯絡，和無故曠職三天而已啊。」

蓮田說的沒錯，利根的舉止正派得足以作為假釋出獄者的模範。要是他沒有與五代聯絡，就連笘篠也會對拿他當嫌犯有所遲疑。

「另案逮捕也沒有材料啊。到底要怎麼把他帶走？」

「沒有材料，硬擠也要擠出來。恐怕管理官就是這個意思。都死了兩個人了，民眾卻認為案情完全沒有進展。就算不願跟著輿論起舞，但民眾的情緒是針對專案小組，更何況縣議會也不可能緘默。這是東雲管理官上任以來最大的難關。就算多少有些勉強，還是會逮住利根逼問他吧。」

聽笘篠這麼說，蓮田卻既不驚訝也不憤慨。看來，他也已經了解目前專案小組與東雲管理官所處的立場了。

「可是笘篠先生，如果利根不是坐過牢，小組也不會想到要這樣硬來吧。」

蓮田的疑問聽起來極其正當。這份單純，就是他和在搜查一課看遍凶惡罪犯的老刑警和管理官最大的不同嗎？

偶爾遇上這份單純，就覺得好像被點出了習於職場環境和常識而產生的疏漏。心中存了先入為主的觀念，認為犯過一次罪的人第二次以後犯罪的門檻就降低了。即使明知先入觀往往會妨礙判斷，卻不能否認經驗法則確實矇蔽了自己的眼睛。而這先入觀很容易直接變成瞧不起有前科的人的態度。

笘篠忽然想，八年前，冷冷拒絕了遠島惠的福祉保健事務所的那些人，會不會也是這種先入觀的囚徒？認為一再申請生活保護的人如果不是懶人，就不是好東西，被以偏概全的觀點綁住了？這一個月在生活保護現場的所見所聞，讓他想到的是第一線人員的倦怠。會不會是在許多不當請領與緊迫的預算夾攻之下，漸漸難以分辨誰是真正應該保護的人？如果以善意來解讀，遇害的三雲和城之內也有辯解的餘地。

然而，事實是，對那些被刻薄以待、失去形同家人的人而言，這些聽來只是藉口。至少對利根而言是如此。

*

上午八點五十五分，利根一到仙台機場的計程車乘車處，都還沒踏進機場呢，就看到顯然是警察的人四處戒備。

利根傻眼，心想他們這樣還自以為在戒備嗎？就算穿了便服假扮成一般人，一雙眼睛卻像盯住獵物的肉食猛獸，一看就知道是警察。一副完全沒想到自己在別人眼中到底是什麼模樣的樣子。

不，利根隨即推翻了這個想法。

自己之所以看得出他們是警察，是因為自己養成了能夠分辨的能力。只要被逮捕過一次，親身經歷過警察的視線、警察的呼吸、警察的說話方式的人，都會將警察的體味深深烙在記憶裡，無一例外。

也罷。多虧五代通知，利根事先就知道機場會布滿警察。既然事先得知了，就能設法因應。雖然多花了點時間，但這下誰也不會來盤查他。

一號出口兩旁也站著便服警察。和其他大批警察一樣，以懷疑的眼光觀察著進出機場的人。利根若無其事地準備從他們兩人之間經過。

他們會叫住我嗎？還是會拉住我？

那一瞬間，他屏住氣嚴陣以待。

但兩名警察既沒出聲也沒動手，就這樣讓利根走過。

從他們面前走過之後，利根安心地輕輕呼了一口氣。

太好了，成功了。這樣應該也能騙過其他警察的眼睛吧。

這次和上次來勘察時大不相同，大廳裡工作人員和許多旅客在眼前來來去去。再晚一點，人群一定會更多，對利根就更加有利。

由於準備花了點時間來遲了，但倒算從菲律賓起飛的時間，就知道第一班抵達的飛機裡不會有上崎。也算是歪打正著。要是機場一開放就來，不可疑的人也顯得可疑了。

走了幾步便發現國內線到站大廳四周也有看似警察的身影若隱若現。仔細察看，可以看出有十人左右。

利根右轉進了名取市觀光推廣中心。這裡還有另外兩個客人，再加上利根，顯得再自然不過。門是整片玻璃，從裡面也能監看大廳。

利根假裝看各種物產介紹，然後悄悄觀望整個樓層的情形。果然不出所料，每次有新的旅客走過來，利根剛才看出的那十來個警察就會仔細打量。監視體制也太過明顯，利根看著都傻眼。恐怕是現場指揮官一心只想抓到自己，沒有要求屬下徹底隱瞞身分。

這次的命案已經有兩人喪生，而且其中一人還是現任縣議員。宮城縣警所承受的政治壓力和輿論批評肯定不輕。也能理解專案小組會卯起來拚。

但他們越拚對利根越是有利。當然，加強警備是負面因素，但只要調查員不夠老練，人海戰術往往會造成反效果。

這也是五代教他的，支援體制下臨時組成的增援部隊只不過是烏合之眾。沒有時間學習搜查一課和強行犯係的專業便投入辦案，人數是變多了，但能夠當機立斷並敏捷行動的人並不多。結果只是人多勢眾，人人都無法發揮所長。就好像現在，自己明明已經到了，卻沒有半個調查員發現。

利根在一張隔著玻璃門也能眺望大廳的長椅上坐下來。櫃台裡的一名女子正對著電腦忙著做事，似乎沒有留意利根。

不經意往前看，地震展示板旁的影片正播放著海嘯的災情。利根在獄中的電視也看過幾次，每次都覺得心碎。

被沖走的居民，都是得不到保護的人。要是沒有發生八年前那件事，自己還繼續住在鹽釜的話，也許遇難名單裡也會有利根這個名字。

得到保護的人們和得不到的人們，其中的界線到底在哪裡？──利根一時之間陷入沉思。

＊

上午十點已過，笘篠等調查員卻沒有得到任何發現異狀的消息。

蓮田以煩躁的語氣發起牢騷：

「機場都開了三個半鐘頭了。利根到底什麼時候才要出現啊？他明明就不知道上崎搭的飛機什麼時候會到啊。」

難怪蓮田會問，說實話笘篠也正在想同樣一個問題。

人人對利根的印象說來說去就是認真。笘篠不認為這樣一個認真的人會放棄埋伏目標。他一定會比上崎抵達的時間更早到機場埋伏才對。

調查員並非只在機場航廈內待機。一樓、中二樓、二樓，包括機場博物館在內的展望露台、各樓梯，以及進出機場的一樓入口周邊和二樓連通道全都布下眼線。配合時間經過、旅客增加也加派了人手。有可疑人士入侵不可能沒有人發現。

不太對勁。

「笘篠先生？」

笘篠不理蓮田，離開貴賓休息室站在到站大門前。

從眼前橫越而過的旅客、機場職員、旅行社職員。電子告示板上顯示的航班資訊。以數種語言播放的廣播與人們的熱氣。

笘篠集中精神。視覺和聽覺漸漸後退。

於是，後頸竄過一陣類似靜電的痲刺感。這是他多年來追緝犯人得到的獎賞。在逮捕的場面總是會體會到的獨特感受。

錯不了。

利根就在這附近。

那麼，為什麼沒有報告？管理官也提到他可能會偽裝成旅客，也交代大家要注意帽子戴得很低和戴太陽眼鏡、口罩的男子。為什麼利根還是沒有落入調查員布下的天羅地網？

笘篠轉動視線環視整個樓層。的確沒看見可疑男子。但後頸的異物感卻遲遲不退。

＊

看地震災情影片看得正入神，背後突然感覺到一陣惡寒。

利根不禁朝玻璃門看。觀光推廣中心的另一側，能夠眺望整個國內線到站大廳的位置站著一個男人。年紀約在四十五至五十之間，乍看之下貌不驚人，但一雙眼睛的威壓卻非比尋常。明明沒有瞪人或恫嚇，卻感覺像蛇一般執拗。

這是老練刑警的眼睛，利根心想。八年前偵訊時讓他看到不想再看、黏糊糊地纏在身上的那種視線。獵犬般的眼睛不相信外表，而是憑自身經驗與嗅覺來找出獵物。

無論什麼職業，只要做得久了，身上就會散發獨特的氣味。刑警也一樣。而那個刑警身上的味道特別強。多半是在刑事偵辦待了很久。

利根腦中的警鈴大作。

那個男的特別危險。

潛進機場以來，恐懼首次來襲。

利根趕緊讓視線轉回到影片畫面上。畫面正好播出海嘯退去後的鹽釜地區。不能在這時候夾著尾巴逃走。

視線一角可以瞥見刑警和到站大廳。所幸，那個男的似乎還沒有注意到待在觀光推廣中心的自己。在他退到後面之前先躲在這裡吧。

本來在觀光推廣中心的一個客人走出去了。於是裡面的客人除了利根還有另一人。是個一臉無精打采的中年婦女，或許是在品評各地名產吧，正專心把一份份簡介打開來看。坐在櫃台的女子則是仍埋頭工作，沒有理會利根心中的糾葛。她們都對利根毫不注意。

包括那個刑警在內，此時此刻專案小組的每一個人在每一個角落都擦亮了眼睛。置身其中，利根要挾持目標並帶出機場，只怕不是一件容易的事。

但利根非做不可。自己就是為此在牢裡待了八年。要是在這裡失敗了，那些充滿了恐懼與屈辱的日子就全都白費了。

*

笘篠環顧整個一樓半晌卻不見特別可疑的人物，因而感到焦躁。

「笘篠先生。」

不知所措的蓮田在貴賓休息室一角招手。雖不是應聲而去，笘篠倒也不情不願地回到原位。

「怎麼了嗎？突然離開崗位。」

「他在。」

「咦！」

「利根勝久現在就在機場裡。」

「你看到了？」

笘篠不答，靠著牆深思。

他一點也不懷疑自己身為刑警的直覺。一旦懷疑極可能導致全面的自我否定。然而，既然如此，為何利根沒有落網？隨著時間接近中午，待機的調查員已增為一百四十名。搞不好與航廈中來來去去的旅客和機場職員加起來差不多。即使當中有些是搜查一課以外的人，但總不會個個都是渾然不覺的木頭人。大家應該也都將利根的外貌長相牢記於心了，不可能輕易看漏。

當感覺與現實相左時，以修正感覺為準。但身為刑警，笘篠否決了常理。在這個狀況下，他會懷疑現實。雖不免有傲慢之嫌，但在現場最值得信賴的是當下的判斷。而當下的判斷往往只能靠經驗累積。所以向經驗還淺的蓮田解釋也是白費口舌。

笘篠繼續深思。包括自己在內的一百四十個人都沒看見，一定是有什麼緣故。

時刻將近十二點。再過一個半鐘頭，上崎就要在國內線的到站大廳現身。既然知道利根的動機是為八年前報仇，機場又戒備嚴密，這次或許不會採用綁架目標後再慢慢餓死的方法，轉而訴諸當場孤注一擊的刺殺或槍殺等暴力手段。

剩下的時間實在太短。而事情也許比東雲預期的要來得嚴重。

快想、快想、快想。

這時候，所有調查員都聽到一則異狀通報。

＊

十二點一過，利根也覺得要一直坐在同一張長椅上越來越困難了。

那個看似刑警的人雖然從視野中消失了，最要緊的目標卻仍未出現。觀光推廣中心的櫃台小姐依舊專注於眼前的工作，但繼續待在這裡可能會引起懷疑。畢竟，他已經在這裡待了將近三個鐘頭了。

如果要假裝等搭機，除了觀光推廣中心，也還可以去用來舉辦活動用的中央廣場晃晃。只是，這麼做的前提是要瞞過那個眼神銳利的刑警。要是迫不得已，先離開航廈也是選擇之一。

持續以視野邊緣監視，目標依舊沒有出現。

可惡，不要讓我等太久！

利根朝尚未見到人的目標抱怨。

話說回來，當他看到自己時，究竟會出現什麼樣的表情呢？

責怪？傻眼？還是驚嚇？

恐怕以上皆是吧。否則，利根也很沒勁兒。利根在牢裡熬了八年，這八年就是為了見他。那麼那男的八年又是什麼樣的八年呢？在遠島惠死後，他過著什麼樣的生活？是安逸的生活呢？還是日日生活在後悔中？如果能夠，利根真想一對一好好問問。

心中半懷著走入一群警察中的恐懼，半懷著能見到多年不見的目標的期待，利根從坐得屁股發痛的椅子上站起來。櫃台小姐好像朝這邊看了一眼，但那也是基於職業的好奇吧。

一開門，來往的人們的熱氣和說話聲、因各國語言廣播而混沌的空氣便包圍了全身。仔細掃視，那個刑警和另一名男子在貴賓休息室旁靠牆站著。利根心中莫名堅信，只要能騙過他，就能輕易騙過其他警察。

利根輕輕呼吸著，準備緩緩自那兩名刑警面前走過。心臟卻與腳步相反，急速跳動。

＊

通知異狀的是假扮名取市觀光推廣中心女職員的女警。

『有一個可疑人物在觀光推廣中心待了很久。』

一聽到這個消息，笘篠的視線立刻轉向玻璃門。當他看到從那裡走出來的人物，頓時明白感覺與現實相左的原因。

原來如此，原來是這麼一回事。

謎底一揭曉，其實簡單得可笑，笘篠只能自嘲包括自己在內的調查同仁個個眼睛業障重。疑似利根的人自觀光推廣中心走出來，要從笘篠和蓮田面前經過。

看了他的全身，笘篠直覺認定他是利根沒錯。

手肘輕輕捅了一下蓮田的側腹向他打暗號。蓮田似乎也明白了，臉色驟變。

疑似利根的人拉著行李箱，腳步從容，但行李箱本身偏小，使得前傾的姿勢略顯不自然。寬緣的帽子和太陽眼鏡也與季節不合。果然還是想遮臉。

為什麼一直沒注意到一個如此可疑的人物呢——笘篠自己氣自己，但逮捕嫌犯要緊，便壓抑心情跟上去。兩人從背後接近，但利根似乎因為其他人的腳步聲和廣播而沒有發現。

笘篠向蓮田使了一個眼色，兩人兵分左右。同時從兩側包抄，就算對方手中有武器也能應付。

笘篠從背後叫道：

「請留步。」

利根的背震了一下。

「請協助辦案。」

利根頓時想逃，笘篠便繞到正面。也因此得以從正面看清他的臉。

「我們正在追查某個案子的嫌犯，能不能請您摘下帽子和太陽眼鏡？」

笘篠朝太陽眼鏡伸出的手立刻就被揮開。好極了，這下別案逮捕勉強成立。

「我要以妨礙公務逮捕您。」

對方要跑，但笘篠和蓮田早他一步，抓住了他的雙臂。對方最後還是不死心踢了蓮田一腳，但沒踢準，只擦到右大腿。

「來拜見一下盧山真面目吧。」

笘篠毫不客氣地拿掉對方的帽子和太陽眼鏡。從中出現的，是一頭不適合的假髮和化了濃妝的男人的臉。

「雖然料到會扮旅客，卻沒想到扮的是女裝。結果所有人都沒認出來。」

利根瞪著笘篠。

「扮女裝犯了什麼法？」

「我說了，嫌疑是妨礙公務。不過，真不知你這身洋裝和行李箱是從哪裡弄來的。我們還有其他很多事要問你。」

利根似乎還有話要說，但中途便放棄，取而代之的是展開猛烈的抵抗。但為時已晚，其他調查員也陸續趕到笘篠和蓮田四周。利根已成甕中之鱉。

「混帳！放開我！」

「有什麼話等回到縣警本部再慢慢說。安分點吧。」

只不過，就算現在安分了，檢方和法院對利根的心證也不會有多大變化。有前科，才剛假釋出獄就殺了兩個人。即使因形同家人的遠島惠的遭遇酌情量刑，也難逃死刑或無期徒刑。

「既然要逮捕我，就連上崎一起逮捕！他一樣也不是清白之身！」

「你是說他是買春團的常客吧。這個我們知道，你用不著擔心。只不過他不是現行犯，不能在機場把他帶走，但事後會好好料理他的。」

笘篠一路追查到八年前，非常了解利根心中的遺憾，也無法原諒去國外召雛妓這種國恥。然而，要與兩起命案同等對待卻也是不可能的。就流程而言，應該是先要求到案說明再問話。

「法律比你以為的公正。」

利根卻嗤之以鼻。

「世界沒有你以為的那麼公正。」

正午過後在機場大廳被逮住的利根，直接被帶到縣警的專案小組。但明明都上了手銬了，利根仍繼續抵抗。

「叫你們放開我！馬上就放了我！」

「喂，都已經護送到半路了。你也該認命了吧。」

「在上崎回國之前，我都得在機場盯著！」

「是啊，我知道。是為了讓遠島惠瞑目吧。」

「既然知道……」

「就放了你，眼看著再發生一起命案嗎？那怎麼行。」

即使當下就被拒絕，利根還是越說越激動。

「既然你們知道惠婆婆的事，那你們一定也知道當時的鹽釜福祉保健事務所怎麼對待需要生活保護的申請人。惠婆婆是在極度飢餓的狀態下死的。可是三雲他們後來升官的升官，發達的發達，悠悠哉哉，奢侈浪費，過著什麼都不缺的生活。這樣還有天理嗎？」

利根的話雖然有他的道理，但基於警察的立場，笘篠不能隨便對嫌犯表示同情或贊成。

「並不是只有三雲和城之內對生活保護受領人和申請人特別冷酷。現在狀況也差不多。再說，他們也只是依照國家和省政府的命令和方針行事。」

「哼，反正你們警察跟那些人一樣都是公務員，當然站在他們那邊。」

笘篠雖然想嚴正抗議，但現在還沒有偵訊。在這個階段透露自己的想法只會對己方不利。

「你有什麼話，到了本部再好好聽你說。現在就安分點。」

「吶，不然你說我做了什麼？」

利根開始語帶哀聲。

「難道你們有我殺了三雲和城之內的物證嗎？有法院命令嗎？沒有就形同非法調查。現在馬上放了我。」

「你的嫌疑是妨礙公務。目前啦。」

「放我走，拜託。」

「夠了哦，你也太不乾脆了。」

但利根連到了縣警本部都還是繼續苦苦掙扎。

逮捕利根勝久的消息讓縣警本部沸騰了。特別明顯的是本部長的反應，據說他竟露出平常難得一見的笑臉。宮城縣警因連續餓死殺人案有多麼苦惱，從這個事實便可見一斑。

當然以本部長為首的高階主管同樣也放下了心中大石，東雲管理官甚至還特地到刑事組來迎接笘篠他們。

「辛苦了。」

彷彿像迎接凱旋將軍似的，笘篠反而難為情。

「哪裡，才要開始忙。」

「既然你這麼說，可見得是打算擔任偵訊主任了。本來不管你願不願意，我都打算指派你就是了。」

大概是自以為抓到語病了，東雲得意地點頭。反觀蓮田則是因為身為搭檔也要被迫負責偵訊，正板著臉。

雖然不是被蓮田的臭臉影響，但餓死三雲與城之內的利根是什麼心情，笘篠能感同身受。麻煩的是這並不是調查員對嫌犯這種單純的關係，而是他們雙方都有保護不了應該保護的人這個共同點。當然，失去重要的人的原因有天災和人為的不同，但同樣的是，他們都領悟到自己的無力。

面對一個立場相同的人，能堅守多少職業倫理？——平常能夠不予理會的枝微末節竟如此令笘篠掛心，也是地震造成的影響吧。

雖然不能保證，也要盡力突破心防。現在笘篠只能這麼說。結果東雲一臉意外地歪著頭。

「哦，有偵訊高手之稱的你，這樣說也太保守了。」

東雲的語氣有了微妙的變化。

「這不僅是縣內的重大案件，也對全國造成了衝擊。我不是不明白你想慎重以對，但本部長以下的各長官都迫切希望儘快破案。」

「可是能讓嫌犯自白的物證太少了。要是在三雲和城之內屍體發現的現場找到能夠證明是利根的東西就另當別論，但現階段……」

「立刻自本人的口腔黏膜採集樣本。雖然要花一點時間，但只要與不明指紋或毛髮的DNA一致，就能結案了。」

先認定嫌犯再辨案容易辦出冤獄——這句不說為妙的話差點脫口而出，笘篠趕緊嚥下去。

「我就是認為你是適當人選才指定你的，其中的意思你要明白。」

說法實在迂迴，但總之就是儘快讓嫌犯招供。

「對於最關鍵的嫌犯，目前只有因遠島惠而起的怨恨，以及從五代那裡得到情報這兩則狀況證據。」

「是啊。所以本人的自白才有重大價值，是補強狀況證據的最佳材料。」

一看東雲，是一臉不容任何反駁的神情。看到他這樣，笘篠便試著想像東雲這一個月來的立場。輿論、媒體、縣議會，以及縣警高層。分別被這四個地方追問案情，心理壓力之大肯定非比尋常。對笘篠這委婉的強勢多半是來自壓力的反彈吧。

「總之，我會探探口風。再來判斷自白的內容能不能成為狀況證據的補強。」

「好。期待你的收穫。」

留下這句話，東雲便離開了刑事組。是笘篠的心理作用嗎，他的腳步顯得比昨天輕盈。

一直在場旁觀的蓮田不滿地說道：

「管理官開心得很呢。」

「這就證明了之前他的負擔有多重。」

「他真的想要真相嗎？還是想要凶手？」

笘篠想不出如何回答，就跟著蓮田走向偵訊室。

偵訊室裡，利根正受到兩名刑警的監視。笘篠與蓮田與他們交棒，換他們出去。笘篠在利根正面坐下，利根便緩緩抬起灰暗的眼睛。

「偵訊也是你嗎？」

「我是笘篠，記錄的是蓮田。」

「我才不管你們叫什麼。我的嫌疑是妨礙公務對吧，那我現在就承認，筆錄也隨便你們寫。所以寫完馬上就放了我。我沒有逃逸的可能，沒有拘留的必要吧。」

「看來你的前科讓你學到一些半吊子的知識嘛。很抱歉，暫時要請你留下來。除了妨礙公務，你還有更大的嫌疑。兩起命案。我可不會聽你說你不知道哦。被餓死的是一再拒絕遠島惠生活保護申請的福祉保健事務所的前職員。」

辦案並不是逮捕嫌犯就結束了。偵訊嫌犯、整理證據、備齊相關文件，送檢。直到檢察官起訴，警察的工作才總算告一段落。所以這是第二回合的開始。

「首先要確認姓名住址。利根勝久三十歲，住址是石卷市荻濱三——二五大牧建設宿舍。沒錯吧？」

「錯。」

「哪裡錯？」

「他們應該早就開除我了。所以我現在沒有工作，沒有固定住處。」

「你也太性急了。大牧建設沒有將你開除。」

「……咦？」

「不僅沒有，工地主任碓井先生還拜託我們早點找到你。觀護志工櫛谷先生也一樣，懇求我們在你還沒有再幹出什麼事來之前抓到你。」

「怎麼可能。」

「你以為世上所有人都對有前科的人很冷漠？以為人人都戴著有色眼鏡，認為你一定不會更生？是你戴著有色眼鏡來看社會。無論何時何地，都有人只相信目見為憑。你卻輕易辜負了他們。」

利根半張著嘴聽。

「尤其是櫛谷先生，他還是相信你是清白的。他照顧假釋中的你，為了幫你找工作四處奔走，你要用什麼臉面去見這樣一個恩人？」

挨了笘篠的罵，利根鬧彆扭般搖頭。

「……我沒殺人。」

從否認開始嗎？的確，這個案子一認罪肯定不是死刑就是無期徒刑。不可能一下就招認的。

好吧，既然如此，我就陪你耗到底。

「我就先從三雲先生的案子問起。十月一日晚間七點，你在哪裡做什麼？」

利根默默不語。不，是說不出話來吧。說了實話，就等於把自己的脖子套進絞架。編造不在場證明同樣會讓他的立場更加不利。既然如此，繼續行使緘默權反而有利。

「接著是城之內的案子。你能交代十月十九日下午六點起的行蹤嗎？」

「請問啊，笘篠先生，是吧？我坐牢的那八年，人類難道進化了嗎？」

「什麼意思？」

「一般人怎麼可能記得一個多月前在哪裡做些什麼？還是別的人就能對答如流？」

「有些人就答得出來。就是每天都規律地往返公司和家裡，在固定的時間上班、在固定的時間回家和固定的對象吃晚飯的那些人。」

「好無聊的生活啊。」

「你和遠島惠住在一起的時候，不也是那樣嗎？」

霎時，利根露出忍痛的表情。

「出來以後才不是那樣，所以我不記得了。」

「你餓死那兩個人，果然是因為遠島惠餓死而報復嗎？」

「我哪知道。」

「你怎麼會不知道。去鹽釜署看她的遺體的是你吧。你會想到這種殺人方式，是因為你一直忘不了她的死狀。你認為既然要替天行道，賜死福祉保健事務所的人，那是最好的辦法。不是嗎？」

「那全都是你的想像。」

利根的回答仍像個鬧脾氣的小孩。

「既然你說是想像就沒什麼好談的了。畢竟除了凶手，沒有人看到犯案那個當下。但是呢，人的所作所為不是雲煙，一定會留下行跡。沒有人看見，也會有東西看見。」

「你是說有指紋、毛髮或腳印嗎？當中有我的嗎？」

笘篠判斷關於殘留物的事還是老實告訴他的好。科學辦案的效果又不是洩露機密，對利根也是一種威壓。

「在你服刑期間，DNA的鑑定技術有了突破性的進步。證據能力是一流的。等到證實有你的殘留物，你就無法狡辯了。」

所以要認罪就趁現在——正要這麼說的時候，被利根搶了先機。

「那種事要等多久啊。又不是一兩個小時的事。」

「沒錯。不是像酸鹼試紙那樣看變紅變藍就行。再怎麼趕，也要花上兩、三天。」

「開什麼玩笑！」

利根突然大吼。

「我哪能等那麼久！現在馬上就讓我出去！」

「又來了，你還是想想你的立場吧。」
「既然不能放我出去，就把上崎帶來。」
看來他不是在開玩笑。被逮捕、拘留之後，對上崎的執著卻沒有絲毫消減。到了這種程度，根本是執妄了。
「你說過會以買春嫌疑逮捕上崎的。」
「是啊，會逮捕他的。只是他不是現行犯，所以會是在宅起訴。」
利根臉色變了。
「你說什麼……不把他一起帶來嗎？」
「看你這麼執著，我就告訴你吧。上崎是搭十三點十四分的飛機順利抵達仙台機場。一進大廳就當場被盤問，很爽快地承認了。一定是離開菲律賓那一刻就有心理準備了吧。雖然晚節不保，但實質上他已經退休又獨居。人失去了要保護的事物是很脆弱的。」
「他現在在哪裡？」
「不知道，大概在家裡吧。」
利根當下就站起來。本來在做紀錄的蓮田立刻跳出來按住他。
「馬上放我出去，不然就把上崎帶來這裡。」
這就連笘篠也受不了了。再怎麼不死心也要有個限度。
「我不是不明白你痛恨上崎的心情，可是殺了兩個人和在國外買春不可能相提並論。還是說，等我們把上崎帶來，你就要趁我們不注意接近他嗎？你也實在把我們警察看扁了。」

「我不是那個意思。」

「不然是什麼意思？你為了替遠島惠報仇已經殺了兩個人。最後殺了上崎你的報仇就完成了。」

「我沒有要殺他。那三個人的確是惠婆婆的仇人。可是我沒動手就打消念頭了。所以只是在沒有人的福祉保健事務所放個火就算了。」

「說謊。你是在對他們下手之前被捕，心懷怨恨被收監。你之所以當了八年模範受刑人，就是為了及早出獄好真的置他們於死地吧。」

「我沒有！」

「你有，證據就是你剛剛還在機場埋伏上崎，不是嗎？還特地扮了女裝。你就是打算若無其事地接近上崎，綁架他，像另外兩個一樣，把他扔在某個地方讓他不吃不喝活活餓死。」

「相反，我是為了保護上崎。」

笘篠和蓮田不禁對看一眼。

保護？剛才他說他要保護上崎？

「我出獄不久就從電視新聞知道三雲和城之內被殺了。既然他們兩個被殺，我知道接下來就輪到上崎。我自己找過了，可是怎麼找都找不到上崎的行蹤，才會請五代先生幫忙。我去機場，也不是為了攻擊他。我是猜到你們會在機場埋伏才變了裝而已。我根本沒有要對上崎怎麼樣。」

笘篠正要開口的時候，另一名刑警衝進偵訊室。

「不好了，上崎不見了。」

他在耳邊這樣悄聲說，笘篠頓時無言。

「不是有派人保護嗎？」

「逮捕利根之後就解除了警戒。上崎一口承認了買春嫌疑，又沒有逃亡之虞，就……可是剛才負責同仁要去問話，他家空無一人。」

「不是外出嗎？」

「打手機也不通。」

可惡——笘篠暗罵。真是大烏龍。

「搞丟上崎了吧？」

利根從身後著急地問。

「所以我一直叫你們把上崎帶來啊！」

「你早就料到了？」

「對。我去機場，也是打算先下手免得發生這種事。」

笘篠轉身過來直視利根，他的眼睛看來不像在說謊。

這也是刑警的直覺。但真能全靠直覺嗎？難道不是已經犯了大錯，而是正要犯錯？

淺淺呼吸之後，笘篠從正面盯著利根。

「我再問一次。殺死三雲和城之內的是你嗎？」

「煩不煩啊。我沒有殺人。我看新聞知道他們的屍體被發現的地方，可是那些地方我從來沒去過。不可能採集得到我的毛髮和腳印的。」

一番話說得理所當然，讓笘篠感到其中必有蹊蹺。

「你已經發現一連串案件的真相了吧。」

被這樣一問，利根很快垂下了眼。真老實。笘篠對自己竟懷疑這樣一個人感到生氣。

「把你知道的全說出來。」

「我有條件。」

「說說看。」

「現在分秒必爭，讓我幫忙找上崎。」

「你可是嫌犯之一。」

「他在哪裡只有我知道，難道你寧願拖到事情無可挽回嗎？」

懾於他認真的眼神，笘篠猶豫了。但最後決定相信自己的判斷。

「跟我來。」

5

笘篠和蓮田在警車後座左右包夾利根而坐。雖準他同行，利根的話仍不能全盤盡信。發現上崎失蹤後，專案小組積極搜索，但不要說「宮城名人俱樂部」，任何他會去的地方都找不到人，一度因逮捕利根而安心的東雲臉上重現冰霜之色。

笘篠提出想帶同利根搜索上崎時，東雲之所以勉強答應也不可能與此無關。當然，這是笘篠耐著性子交涉的結果，但若在平常，東雲是不可能會答應的。

「到鹽釜。」

利根還沒上警車就一再這麼說。

「鹽釜哪裡和上崎有關？難不成會去他以前當所長的福祉保健事務所嗎？」

「笘篠先生，靠近目的地我會告訴你的。在那之前你就不要再問了。」

「都這個時候了，你還有什麼非瞞不可的？」

「你也有非保護不可的東西吧。」

這一問出乎意料，笘篠一時答不出來。

「我也有啊，要保護的東西。」

利根微微低頭，低聲說起。

「我在牢裡那八年，這個國家整個變了。如果只是變窮，那我還能理解，可是吃苦的人和享樂的人的差距太誇張了。錢只會往有錢人那裡流。窮人家還是窮，搞到國中女生為了想買學校用品去賣身。我原以為像惠婆婆那樣受虐的人只是一小部分，結果根本不是。現在這個國家，有太多人對惠婆婆那樣需要有人保護的人見死不救。」

「可是，那也不成為殺人的理由吧。」

「你不知道。貧窮是所有犯罪的根源。我可以向你發誓，要是惠婆婆受到了妥當的社會保障，絕對不會發生這次的案子。」

利根的話讓笘篠無言以對。說這次的命案是社會保障費的預算不足，與福祉保健事務所職員過度的反登陸作戰引起的，並不算錯。

然而以笘篠的立場，他無法全面支持。因為那樣就成了容許窮人犯罪。

「真是歪理。」

他勉強這樣回應。

「又不是每個窮人都會成為罪犯，會不會去犯罪另有原因。」

「只要進監獄就知道了。你以為裡面的人有多少童年是富足的？要是沒錢走投無路，無論什麼人都會想到去偷。男人運差的女人就去賣身，因為年輕沒經驗馬上就被抓，被抓了就有前科，然後有前科就找不到正經工作。沒有正經工作，只好又去做不正經的工作。就這樣一直循環。會說這是歪理，是不知道什麼叫窮的人的藉口。」

「那你是說，被殺的三雲和城之內是自作自受嗎？他們只是遵循國家和省政府方針的公務員。」

「在身為公務人員之前，得先是個人吧。在駁回申請時，他們很清楚惠婆婆是什麼狀況。他們明知不給生活保護費，惠婆婆就會餓死，卻還是冷酷無情地駁回了她的申請。國家和省政府的命令比人命還重要嗎？不是為了替人民服務才有公務員的嗎？不是為了要維護國民的健康才有厚生勞動省的嗎？」

「別激動。」

「我沒有，我早就心寒了。」

利根空虛地笑了笑。

「死去的三雲和城之內也有家人吧。要是他們曾經想到過因為自己蓋的一個印章就只能餓死的惠婆婆也同樣是人，就應該做不出那種事。我不知道他們在死前想了些什麼，但他們被殺畢竟不是沒有理由的。兩個把別人的性命當螻蟻草芥的人。自己的性命被當成螻蟻草芥來對待也無話可說。要說什麼叫自作自受？那就是了。」

笘篠再度無言。

警車進入鹽釜市內，利根便說要去辛島町。

笘篠回溯記憶，想起那是死去的遠島惠的住處。

「上崎怎麼會在遠島惠住過的地方？」

「因為我只想得到那裡。」
「理由說來聽聽。」
「去了就知道。我想。」
一直保持沉默的蓮田對他投以不悅的視線。
「你不是知道上崎的行蹤嗎？」
「我可沒說保證一定在。」
「你不會是為了離開偵訊室而耍的詭計吧？」
「我知道要是離開偵訊室，警衛會更嚴密。如果真的要騙你們，我會想更可信的謊話。」
「你這傢伙！」
「好了。」
氣氛很差，笘篠便介入兩人之間。此時對利根還不能全然信任，多餘的爭執只會更令人煩心。
「反正到了就知道了。」
在整個辦案過程中，笘篠都未曾踏入辛島町。在得知這次命案與遠島惠有關之後，仍因她已作古多年而沒有拜訪的必要。
不久，鹽釜灣便在右側出現。從海岸通路口向西直行，進入一個老住宅區。這一帶雖不見地震肆虐的痕跡，但低矮的住宅與小商店林立，給人一種被平成之世遺忘的印象。明明是平日，大多數商店的鐵門都沒有拉開，民宅中甚至有些已經化為廢墟了。

「好蕭條啊。」

笘篠不禁低聲說，得到的回答是以前就是這樣。

「地震前就這樣了。這裡是老人和窮人住的地方，也有很多人領生活保護。所以光是住在這裡，福祉保健事務所就會透過有色眼鏡來看人了。我到現在還是這麼認為。」

車子開了一陣子，住宅零星了，路上也不見人影。

「我們要去遠島惠生前住的地方嗎？」

「對。再過去有一幢七連棟的房子。正中央那一戶就是惠婆婆住過的。不過現在那七戶都是空屋了。」

「你很清楚嘛。」

「我出來之後去看過一次。」

「明知道遠島惠死了，誰也不在？」

「因為惠婆婆是公家葬的，沒有一個像樣的墓。我出來以後想看看她也只能來這裡。」

「你為什麼認為上崎在這裡？上崎也對遠島惠感到自責嗎？」

「才不是，那傢伙哪有這種良心。一個跑到認識的人看不到的地方大買雛妓的畜牲。」

利根毫不掩飾他的厭惡。

車子繼續開了幾分鐘，利根所說的長屋出現了。七戶的屋頂牆壁都腐朽了，實在不像能住人的地方。

但，比長屋本身更吸引笘篠眼光的，是停在不遠處的一輛車。

他認得那輛車。使個眼色，蓮田似乎也注意到了，深深點頭。

在附近停好警車，笘篠與蓮田一左一右夾著利根下車。為了防止逃亡，利根仍繫著手銬和腰繩。

靠得越近，建築物荒廢的程度就越驚人。屋頂歪得肉眼就看得出來，牆上到處都是洞。玻璃窗破了，多年的褪色和污垢讓人看不出牆原來是什麼顏色。

蓮田喃喃地說這廢屋吧，利根回應道：

「已經沒有人住了。你們也知道吧，來這裡的路上，一個人也沒有。就算屋裡有人，也沒人會發現。是監禁、躲藏的絕佳地點。」

任憑腐朽的廢屋。原因不言可喻。住戶退租之後，沒了房租收入，房東也籌不出拆建費用，除了閒置別無他法。發現三雲屍體的「日出莊」也是同樣的情形。

利根朝正中央那戶走，在門前站定。

「有人在嗎？」

裡面立刻傳出聲音。

『救命！』

笘篠和蓮田立刻有所反應。

門沒有上鎖。但因老朽嚴重，反而無法順利打開。笘篠大叫開門的聲音和另一個男子的怒吼聲幾乎同時發生。

「警察！不許動！」

「別進來。一進來我就殺了上崎。」

一瞬間，瞥見昏暗中有兩條人影。被固定在椅子之類的東西上的，是笘篠看照片而認得的上崎，而另一條人影躲藏般佇立在陰影中。

看不清長相。但聲音確實是那個人。

「沒聽到嗎？現在馬上關上門給我消失。」

在黑暗中，有個閃現金屬光的東西。

刀子。

笘篠判斷應該先保持距離，便要關門。

就在這時候，利根朝男子喊了一聲：

「官官，是我，勝久。」

男子一驚，定住不動。

關上門之後，笘篠向蓮田下令：

「報告小組發現上崎，同時請求支援。監禁上崎的犯人持有凶器，要慎重行事。」

「了解。」

蓮田與小組聯絡時，笘篠與玄關拉開距離，向利根問問題。

「剛才你叫他官官是吧。」

利根似乎深陷苦思，遲遲不答。

「我在問你啊。」

「對。雖然樣貌變了很多，但那是以前被我當成弟弟的官官，不會錯的。」

笘篠知道利根和遠島惠之間形成了擬似家族，第三個家人就是官官。

「那，他就是一連串命案的凶手？」

利根什麼都沒說，但沉默意味著默認。遠島惠被餓死，讓利根痛恨福祉保健事務所，那麼作弟弟的同樣矢志報仇豈不是理所當然嗎？

「那麼，你在牢裡當模範受刑人、出來又調查上崎的近況，都是為了儘快出獄阻止他報仇嗎？」

利根輕輕點頭。不願承認弟弟的犯行，對自己的行為卻直承不諱。

「過了八年已經是個大人了。而且他對惠婆婆的感情比我還深，所以更危險。我出來之後找過他，可是他搬到但馬町以後，母親再婚又搬家了。無從找起。我還不知道該怎麼辦時，三雲和城之內就被殺了。一聽到他們是被餓死的，我馬上就猜到是官官做的。」

「你小弟的行蹤只要拜託五代他就會幫你查了吧。為什麼要繞這麼大一個圈子去查上崎的消息？」

「他母親再婚，我連他改姓什麼都不知道。我想反正他一定會去找上崎，盯住上崎就一定遇得到他。而且要是讓五代先生知道他，不能保證不會跟你們警察說。」

「也不管包庇他，你會被懷疑嗎？」

「只是被懷疑不算什麼。和他一再殺人比起來的話。」

笘篠短短嘆了一口氣。

怎會如此。包括自己在內，整個專案小組都被利根誤導了。

「你認為他會直接殺了上崎嗎？」

「你們應該知道吧，他已經殺了兩個人了。殺第三個人的障礙降低很多。他人雖聰明，卻是個死心眼。一旦決定了就會去做。所以拜託。」

利根注視著笘篠。被箭一般的視線貫穿，笘篠無法轉移視線。

「現在一定連他母親也勸不了他了。讓我來勸勸他。給我機會，讓我跟他一對一談。」

「難不成要我們解開你身上的東西？」

「不放心的話只解腰繩就好。」

「你以為我們會答應？」

「等縣警本部的支援大軍一到，就會把這裡整個包圍起來吧。反正我是逃不了的。」

笘篠只能叫他等一下。

待機中，支援軍警車陸續抵達，現場四周立刻被包圍。不知消息是怎麼洩露的，不光是警察，後面還有開轉播車來的媒體。

太陽已經開始西沉了。笘篠等人的影子加深，在地面上拉得很長。隨著日落，風也越來越冷。

想讓利根出面說服犯人——笘篠向本部這樣商量，起初東雲拒絕，但四周有警察小隊包圍沒有逃亡之虞，再加上笘篠一再耐心解釋現階段只有利根能夠說服犯人，東雲才總算讓步。但最後不忘加上一句：

『千萬不要偏袒犯人和嫌犯。』

簡直就像看穿了笘篠的內心，笘篠於是再度無言以對。

四個地方點起投光器，昏暗中遠島家朦朧浮現。

由笘篠隨同負責說服的利根。當然不會只有他們兩人，他們背後還有幾名宮城縣警ＳＩＴ（搜查一課特殊小組），隨時都能射擊犯人。

「要是你的勸解有失敗的樣子，射擊小組立刻就會扣下扳機。」

笘篠一邊走近門口一邊在利根耳邊說。

「不要對他開槍。」

「這就要看你勸不勸得動了。我不想威脅你，但你要認清現狀。」

利根下定決心般點了一下頭。

站在門前，利根長長呼了一口氣，對屋裡說道：

「官官，是我。好久不見了。」

『勝久哥哥。』

「上崎沒怎樣吧？」

『對，還活著。可以的話，勝久哥哥也來幫忙好不好？只要殺了他，報仇就完成了。』

「不了。」

『不過，好快喔。不是還要在裡面待兩年？』

「我是為了阻止你才提早出來的。」

『哦，所以勝久哥哥早就料到我會這麼做了。』

「是啊，我們是兄弟嘛。」

隔著門，利根的話越說越帶感情。

「官官，住手吧。你的心情我懂。我以前也很想向三雲、城之內和上崎報仇。」

『那就在旁邊看著吧。我好不容易才能懲罰這些人。勝久哥哥想做也做不到的，我現在正在做。』

「我以前的確也很想找他們三個報仇，替惠婆婆報仇。可是，我努力忘記這件事。」

『為什麼？惠婆婆一定也沒忘記。』

「因為沒有意義。」

『怎麼會沒有意義？』

「你不懂嗎？你把人命看得太輕了。說什麼報仇好像多了不起，卻沒有把自己以外的人當人。」

『我才沒有。』

「不，你有。你的做法，和上崎他們三個對惠婆婆做的一樣。」

『不要拿他們跟我相提並論。就算是勝久哥哥，我也會生氣的。』

別刺激犯人。笘篠為了提醒利根而伸手制止，但利根繼續說下去。

「你還沒生氣就會先被惠婆婆罵。」

『……什麼意思？』

「惠婆婆剛走那時候，你進過屋嗎？」

『沒有。那時候太難過不敢進來。』

「惠婆婆死了之後，房東只清理了散亂的垃圾，沒有動房子。因為也沒錢重新改裝，所以還留著。惠婆婆倒下的地方，正好就在你現在站著的客廳那裡。朝寢室的方向有一道破爛紙門吧？」

『哦，有啊。』

「那裡有惠婆婆的遺言。好像是臨終前，用快乾掉的馬克筆勉強寫的。要是有光源你就去看看。在紙門下面破掉的那裡。」

裡面的回應中斷了，不久傳出呻吟般的聲音。

『勝久哥哥……找到了……這真的是惠婆婆的字。』

「既然看得到就唸出來！」

『……要當一個……好孩子。不、不要給人添麻煩……』

「那是惠婆婆的遺言。你應該做得到吧？」

然而下一瞬間，卻傳出上崎的慘叫聲。

「官官！」

利根的叫聲響起的同時，ＳＩＴ隊員也闖入。

然而，撞開了門眼前出現的卻是一個高舉雙手的男子。

「官官。」

「……我辦不到。我可以在自己看不到的地方把人餓死，卻沒辦法親手刺死他。頂多就只能打他一拳。我果然膽小沒用，從以前到現在都沒變。」

圓山以又哭又笑的表情說完，便當場蹲下。ＳＩＴ隊員立刻逮捕他。至於上崎，雖全身癱軟但看來性命無礙。

因為是菅生，所以叫官官嗎——兩相對照，笘篠不禁對事情簡單得可笑而苦笑。

朝被捕後無法動彈的圓山走去，只見他露出懷念的笑容。

「嗨，笘篠先生。」

「告訴我。你會進福祉保健事務所，全都是為報仇嗎？」

「才不是呢。只是通過考試分發之後，剛好三雲就在。不過三雲不認得我的長相和名字。」

圓山落寞地笑了。

「三雲被身邊的人當成好人，但其實他一點都沒變。經常把我判斷無論如何都需要生活保護的申請，以一句預算不足就回絕。他真的，一點都沒變。我也很清楚社福行政的架構和現況，但三雲他們對個別申請者實在太不用心了。這才是讓我下定決心報仇的原因。身為福祉保健事務所的職員，要弄到前輩城之內和上崎的個資其實很容易。」

圓山有些得意地說完，忽然間嚴肅起來。

「可是請相信我。我不願意讓社會保障制度再製造出惠婆婆那樣的犧牲者，所以才拚命用功，當上福祉保健事務所的職員。這是真的。」

笘篠親眼看到圓山是怎麼工作的，由不得他不信。

被隊員帶走的圓山越走越遠。

「我還能為他做什麼？」

目送著圓山的背影，利根默默冒出一句。無論有什麼苦衷，他都已經殺了兩個人。利根能做的，就是為酌情量刑提供證詞，而這到底有多少效用卻實在令人放不下心。

「慢慢再想吧，距離開庭還有時間。」

笘篠輕輕拍了利根的肩。

在後來的偵訊中，圓山全面坦承他殺害了三雲和城之內。稍後，收到鑑識課的報告，從兩具屍體的發現現場掉落的不明毛髮中驗出與圓山的一致，補完了認罪的內容。

只是，令專案小組驚訝的是，圓山在廢屋監禁上崎前，在社群網站上發了一篇可視為犯罪聲明的文。

『給那些得不到保護的人：

我是圓山菅生，在青葉區福祉保健事務所保護第一課服務。我為需要生活保護的市民服務，但這次

因為私人原因可能要離職。所以，我要藉這個地方留下我想告訴各位的話。

依現行的社會保障制度，生活保護的架構實在不夠全面。人員與預算不足，但最重要的是受領方的觀念不成熟。會有那麼多不當請領也與此不無關係。說話大聲的、態度強硬的，強佔了生活保護費，而受到舊教育深信堅強、含蓄、自立才是美德的人，卻連今天的米在哪裡都不知道。這就是日本的現況。而福祉保健事務所的職員力量又太過微小，無法導正不公。我雖在最前線工作，卻有太多事力所未及，實在慚愧。老實說，這樣的爛攤子到底是誰的責任、又該從何改革才能解決，我也不敢說。因為我的無能，還有好幾個生活窮困的人仍身陷困境。可是，有一些小事是我能說的。

給那些得不到保護的人：請大聲說出來。不要隱忍，向至親，向近鄰，若環境許可，向網路說出你有多辛苦。無事可做關在屋裡，會覺得世上彷彿只有自己一個人。可是，不是那樣的。這個世界比你想像的寬廣，一定有人關心你、在意你。我也曾為這樣的人所救，所以我敢保證。

你絕對不孤單。請再一次，不，不管多少次，都要鼓起勇氣大聲說出來。要比那些蠻橫之徒說得更大聲、更響亮。』

圓山的發文隨著命案的報導廣為傳播，引起了廣泛的注意與討論。福祉保健事務所過去一直執行的反登陸作戰備受抨擊，厚生勞動大臣在國會也成為眾矢之的。當然很難因此便指望社會保障制度會產生戲劇性的變化，但笘篠決定樂觀以待，相信這是促使厚生勞動省改善的助力。否則圓山和利根就太可憐了。

利根妨礙公務不起訴，在櫛谷的協助下開始找律師。雖然可以預期即使有極為優秀的律師，圓山也很難獲得減刑，但若有輿論支持，可能性並不是零。站在負責辦案的警察立場，笘篠不能公開支持，只能默默守護。

上崎雖遭圓山綁架監禁，還好只挨了一拳就了事，但接下來卻有地獄等著他。以退休金為本到國外揮霍買春的代價，是被福祉保健事務所提告要求退還退休金，慘遭社會撻伐，「宮城名人俱樂部」強制解散，雖撿回一條命，失去的也不少。

儘管不是所有事都塵埃落定，至少自己的工作是結束了，笘篠在相隔幾週之後回到宿舍。

屋裡因為十一月的寒氣冷透了。

他在餐桌前坐下，與相框裡的妻子和兒子面對面。除了笘篠外空無一人的家裡，聲音和時間都被隔絕了。

忽然間他想和他們說說話。

圓山因為保護不了遠島惠，不惜賭上自己為她報仇。

利根為了保護情同弟弟的圓山坐了八年的牢。甚至險些賠上下半輩子。

遠島惠在飢餓得意識逐漸模糊中，直到最後一刻都努力保護自己的兩個兒子。

每個人都拚了命保護自己應該保護的。差別只是在命運的安排下，結果是否成為犯罪罷了。

那麼，我曾為你們做了什麼呢？

往後，我還能為你們做些什麼？

笘篠對照片裡的兩個人說話，他們卻只是靜靜地笑著。

繁體中文版後記

歷朝歷代都存在著貧富差距，而每一個國家也都存在著救濟弱勢的制度。若有所不同，便在於該制度是否健全運作。

《那些得不到保護的人》探討了日本的生活保護制度。近年來，這個問題因少子高齡化而突然備受關注，雖未必有書中那樣的殺人案，但申請收入救助的申請書在窗口遭拒、有人死於飢餓都是實際發生過的事實。就連在二十一世紀的現代、在所謂的已開發國家，飢餓也可能離你我不遠。

我聽說貴國在急遽現代化後也產生了貧富差距。若真是如此，那麼這個故事也可能是貴國的故事。在高聳入雲的台北一〇一的陰影下，或許有人正悄悄活在餓死邊緣。

我常思考國家富強這件事。一個國家富強與否，究竟是以什麼為指標？是立基的政治思想嗎？是國土大小嗎？或者是資源的蘊含量？ＧＮＰ的數字？還是擁有多少飛彈？

恕我冒昧，在我認為，是應該受到保護的人是否真正受到保護。

中山七里

PL00090

那些得不到保護的人

作　者—中山七里
譯　者—劉姿君
編　輯—黃煜智
總編輯—龔橞甄
董事長—趙政岷
出版者—時報文化出版企業股份有限公司
108019 台北市和平西路三段二四〇號七樓
發行專線—(〇二)二三〇六六八四二
讀者服務專線—〇八〇〇二三一七〇五
(〇二)二三〇四七一〇三
讀者服務傳真—(〇二)二三〇四六八五八
郵撥—一九三四四七二四時報文化出版公司
信箱—一〇八九九臺北華江橋郵局第九九信箱
時報悅讀網—http://www.readingtimes.com.tw
思潮線臉書—https://www.facebook.com/trendage
法律顧問—理律法律事務所　陳長文律師、李念祖律師
印　刷—紘億印刷有限公司
初版一刷—二〇一九年八月二日
二版一刷—二〇二二年三月四日
定　價—新台幣四三〇元
(缺頁或破損的書，請寄回更換)

時報文化出版公司成立於一九七五年，
並於一九九九年股票上櫃公開發行，於二〇〇八年脫離中時集團非屬旺中，
以「尊重智慧與創意的文化事業」為信念。

那些得不到保護的人 / 中山七里著 ; 劉姿君譯 . -- 二版 . -- 臺北市 : 時報文化出版企業股份有限公司，2022.03
面 ;　公分
譯自 : 護られなかった者たちへ
ISBN 978-957-13-9941-6 (平裝書腰版)

861.57　　111000140

MAMORARENAKATTA MONOTACHI HE

Original Japanese edition published by NHK Publishing, Inc.

Chinese (in complex character) translation rights arranged with
NHK Publishing, Inc., Tokyo through KEIO CULTURAL ENTERPRISE CO., LTD.

ISBN 978-957-13-9941-6
Printed in Taiwan